STS

山田社

STS

山田社

STS

山田社

STS
山田社

考試分數大躍進
累積實力
百萬考生見證
應考秘訣

3

根據日本國際交流基金考試相關概要

隨看 隨聽
朗讀QR code
線上下載學習更方便

精修 重音版

絶對合格 日檢必背單字

N3

新制對應！

山田社日檢題庫小組・
吉松由美・田中陽子・
西村惠子 ◎合著

山田社

preface

前言

為因應眾多讀者及學校的熱烈要求，
《精修重音版 新制對應絕對合格！日檢必背單字 N3》
隆重推出「**QR Code 線上音檔 + MP3 版**」了。
除了可以聆聽附贈的「實戰 MP3」音檔之外，
還可以手機隨掃即聽 QR Code 行動學習音檔，迅速累積實力！

交叉學習！

N3 1579 個單字標記重音 × N3 所有 150 文法 × 實戰光碟

全新三合一學習法，霸氣登場！

單字背起來就是鑽石，與文法珍珠相串成鍊，再用聽力鑲金加倍，
史上最貪婪的學習法！讓你快速取證、搶百萬年薪！

《精修版 新制對應 絕對合格！日檢必背單字 N3》再進化出重音版了，精修內容有：

1. 單字加上重音標記，學習效果加倍！例句內容包括時事、職場、生活等貼近 N3所需程度。
2. 例句加入 N3所有文法 150項，單字 ・文法交叉訓練，得到黃金的相乘學習效果。
3. 單字豆知識，補充説明等，讓單字學習更多元，加強記憶力道。例句主要單字上色，單字活用變化，一看就記住！
4. 分析舊新制考古題，補充類義詞、對義詞學習，單字全面攻破，內容最紮實！

史上最強的新日檢 N3 單字集《隨看隨聽 朗讀 QR Code 精修重音版 新制對應 絕對合格！日檢必背單字 N3》，是根據日本國際交流基金（JAPAN FOUNDATION）舊制考試基準及新發表的「新日本語能力試驗相關概要」，加以編寫彙整而成的。除此之外，精心分析從 2010 年開始的最新日檢考試內容，增加了過去未收錄的 N3 程度常用單字，接近 400 字，也據此調整了單字的程度，可說是內容最紮實 N3 單字書。無論是累積應考實力，或是考前迅速總複習，都是您高分合格最佳利器。

內容包括：

1. **單字王**—高出題率單字全面強化記憶：根據新制規格，由日籍金牌教師群所精選高出題率單字。每個單字所包含的詞性、意義、解釋、類 ・ 對義詞、中譯、用法、語源、補充資料等等，讓您不只能精確瞭解單字各層面的字義，還能讓您一眼就知道單字該怎麼念，活用的領域更加廣泛，也能全面強化記憶，幫助學習。

2. **重音王**—線式重音標記法縮短合格距離：突破日檢考試第一鐵則，會聽、會用才是真本事！「きれいな はな」是「花很漂亮」還是「鼻子很漂亮」？小心別上當，搞懂重音，會聽才會用！本書每個單字都標上重音，讓您一開始就打好正確的發音基礎，大幅提升日檢聽力實力，縮短日檢合格距離！

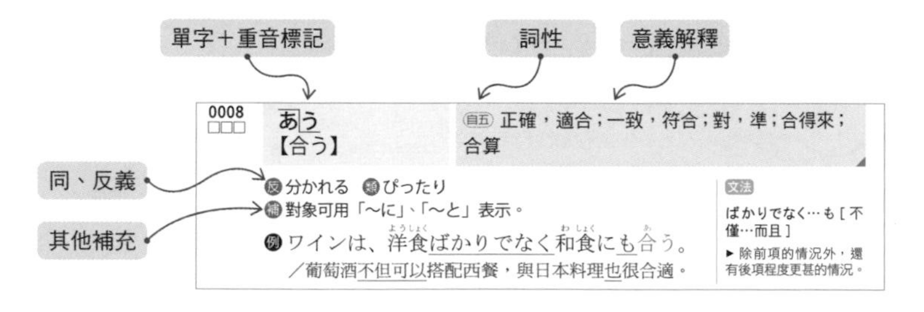

3. **文法王**—單字 ・ 文法交叉相乘黃金雙效學習：書中單字所帶出的例句，還搭配日籍金牌教師群精選 N3 所有文法，並補充近似文法，幫助您單字 ・ 文法交叉訓練，得到黃金的相乘學習效果！建議搭配《精修版 新制對應 絕對合格！日檢必背文法 N3》，以達到最完整的學習！

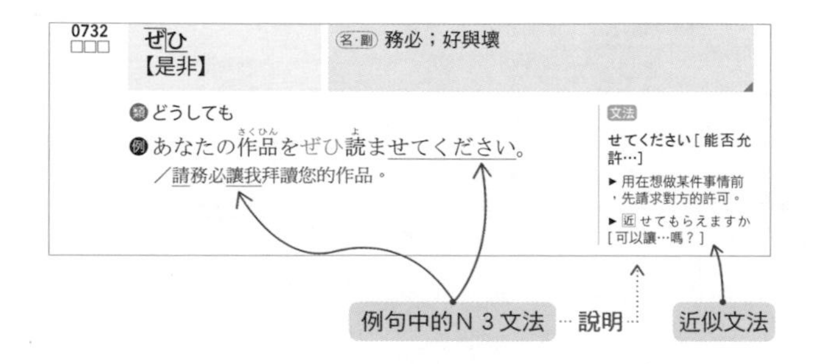

4. **得分王**—貼近新制考試題型學習最完整：新制單字考題中的「替換類義詞」題型，是測驗考生在發現自己「詞不達意」時，是否具備「換句話說」的能力，以及對字義的瞭解度。此題型除了須明白考題的字義外，更需要知道其他替換的語彙及說法。為此，書中精闢點出該單字的類義詞，對應新制內容最紮實。

5. **例句王**—活用單字的勝者學習法：活用單字才是勝者的學習法，怎麼活用呢？書中每個單字下面帶出一個例句，例句精選該單字常接續的詞彙、常使用的場合、常見的表現、配合 N3 所有文法，還有時事、職場、生活等內容貼近 N3 所需程度等等。**從例句來記單字，加深了對單字的理解，對根據上下文選擇適切語彙的題型，更是大有幫助，同時也紮實了文法及聽說讀寫的超強實力。**

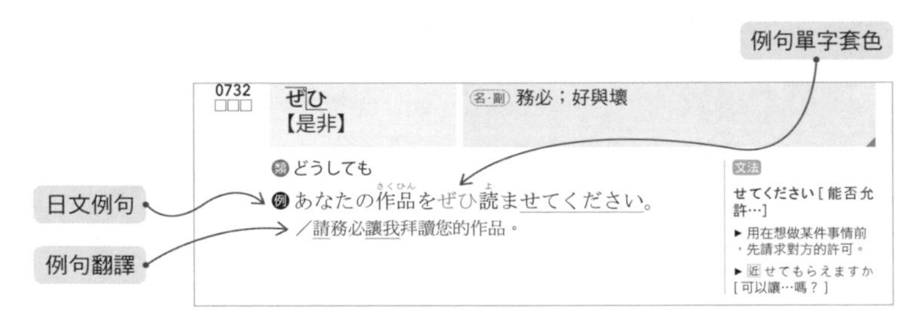

6. **測驗王**—全真新制模試密集訓練：本書最後附三回模擬考題（文字、語彙部份），將按照不同的題型，告訴您不同的解題訣竅，讓您在演練之後，不僅能立即得知學習效果，並充份掌握考試方向，以提升考試臨場反應。就像上過合格保證班一樣，成為新制日檢測驗王！如果您想挑戰綜合模擬試題，推薦完全遵照日檢規格的《合格全攻略！新日檢 6 回全真模擬試題 N3》進行練習喔！

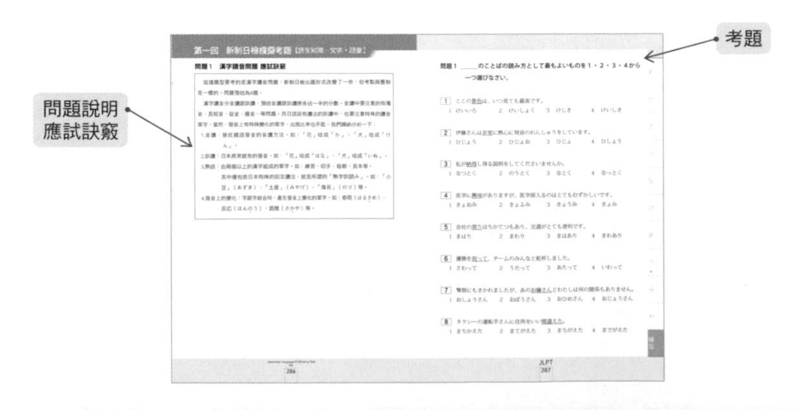

7. **聽力王**—合格最短距離：新制日檢考試，把聽力的分數提高了，合格最短距離就是加強聽力學習。為此，書中還附贈光碟，幫助您熟悉日籍教師的標準發音及語調，**內容並分「前半慢速，後半正常速度」，讓您循序漸進累積聽力實力**。為打下堅實的基礎，建議您搭配《精修版 新制對應 絕對合格！日檢必背聽力 N3》來進一步加強練習。

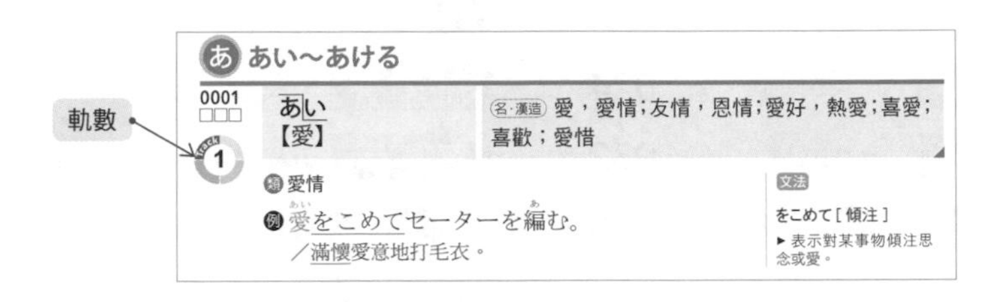

8. **計畫王**—讓進度、進步完全看得到：每個單字旁都標示有編號及小方格，可以讓您立即了解自己的學習量。每個對頁並精心設計讀書計畫小方格，您可以配合自己的學習進度填上日期，建立自己專屬讀書計畫表！

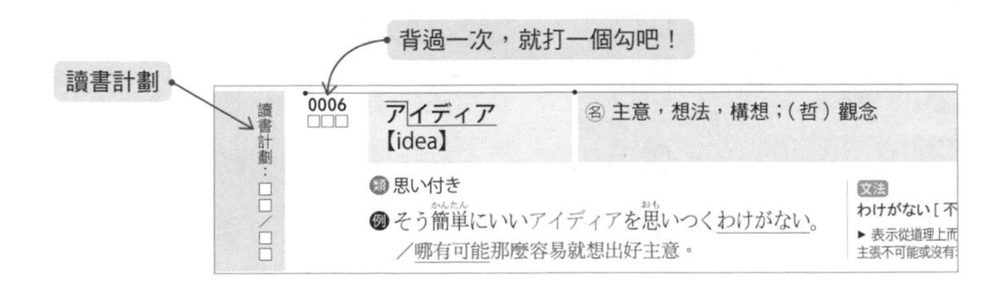

《精修重音版 新制對應 絕對合格！日檢必背單字 N3》本著利用「喝咖啡時間」，也能「倍增單字量」「通過新日檢」的意旨，搭配文法與例句快速理解、學習，附贈日語朗讀光碟，還能讓您隨時隨地聽 MP3，無時無刻增進日語單字能力，走到哪，學到哪！怎麼考，怎麼過！

目錄
contents

Contents

ま行單字

や行單字

ら行單字

わ行單字

符號說明

1 品詞略語

呈現	詞性	呈現	詞性
名	名詞	副	副詞
形	形容詞	副助	副助詞
形動	形容動詞	終助	終助詞
連體	連體詞	接助	接續助詞
自	自動詞	接續	接續詞
他	他動詞	接頭	接頭詞
四	四段活用	接尾	接尾語
五	五段活用	造語	造語成分（新創詞語）
上一	上一段活用	漢造	漢語造語成分（和製漢語）
上二	上二段活用	連語	連語
下一	下一段活用	感	感動詞
下二	下二段活用	慣	慣用語
サ・サ變	サ行變格活用	寒暄	寒暄用語
變	變格活用		

2 其他略語

呈現	詞性	呈現	詞性
反	反義詞	比	比較
類	類義詞	補	補充說明
近	文法部分的相近文法補充	敬	敬語

一、什麼是新日本語能力試驗呢

1. 新制「日語能力測驗」
2. 認證基準
3. 測驗科目
4. 測驗成績

二、新日本語能力試驗的考試內容

N3　題型分析

＊以上內容摘譯自「國際交流基金日本國際教育支援協會」的「新しい『日本語能力試験』ガイドブック」。

一、什麼是新日本語能力試驗呢

1. 新制「日語能力測驗」

從2010年起實施的新制「日語能力測驗」（以下簡稱為新制測驗）。

1－1　實施對象與目的

　　新制測驗與舊制測驗相同，原則上，實施對象為非以日語作為母語者。其目的在於，為廣泛階層的學習與使用日語者舉行測驗，以及認證其日語能力。

1－2　改制的重點

改制的重點有以下四項：

1　測驗解決各種問題所需的語言溝通能力

新制測驗重視的是結合日語的相關知識，以及實際活用的日語能力。因此，擬針對以下兩項舉行測驗：一是文字、語彙、文法這三項語言知識；二是活用這些語言知識解決各種溝通問題的能力。

2　由四個級數增為五個級數

新制測驗由舊制測驗的四個級數（1級、2級、3級、4級），增加為五個級數（N1、N2、N3、N4、N5）。新制測驗與舊制測驗的級數對照，如下所示。最大的不同是在舊制測驗的2級與3級之間，新增了N3級數。

N1	難易度比舊制測驗的1級稍難。合格基準與舊制測驗幾乎相同。
N2	難易度與舊制測驗的2級幾乎相同。
N3	難易度介於舊制測驗的2級與3級之間。（新增）
N4	難易度與舊制測驗的3級幾乎相同。
N5	難易度與舊制測驗的4級幾乎相同。

＊「N」代表「Nihongo（日語）」以及「New（新的）」。

3　施行「得分等化」

由於在不同時期實施的測驗，其試題均不相同，無論如何慎重出題，每次測驗的難易度總會有或多或少的差異。因此在新制測驗中，導入「等化」的計分方式後，便能將不同時期的測驗分數，於共同量尺上相互比較。因此，無論是在什麼時候接受測驗，只要是相同級數的測驗，其得分均可予以比較。目前全球幾種主要的語言測驗，均廣泛採用這種「得分等化」的計分方式。

4　提供「日本語能力試驗Can-do 自我評量表」（簡稱JPT Can-do）

為了瞭解通過各級數測驗者的實際日語能力，新制測驗經過調查後，提供「日本語能力試驗Can-do 自我評量表」。該表列載通過測驗認證者的實際日語能力範例。希望通過測驗認證者本人以及其他人，皆可藉由該表格，更加具體明瞭測驗成績代表的意義。

1－3　所謂「解決各種問題所需的語言溝通能力」

我們在生活中會面對各式各樣的「問題」。例如，「看著地圖前往目的地」或是「讀著說明書使用電器用品」等等。種種問題有時需要語言的協助，有時候不需要。

為了順利完成需要語言協助的問題，我們必須具備「語言知識」，例如文字、發音、語彙的相關知識、組合語詞成為文章段落的文法知識、判斷串連文句的順序以便清楚說明的知識等等。此外，亦必須能配合當前的問題，擁有實際運用自己所具備的語言知識的能力。

舉個例子，我們來想一想關於「聽了氣象預報以後，得知東京明天的天氣」這個課題。想要「知道東京明天的天氣」，必須具備以下的知識：「晴れ（晴天）、くもり（陰天）、雨（雨天）」等代表天氣的語彙；「東京は明日は晴れでしょう（東京明日應是晴天）」的文句結構；還有，也要知道氣象預報的播報順序等。除此以外，尚須能從播報的各地氣象中，分辨出哪一則是東京的天氣。

如上所述的「運用包含文字、語彙、文法的語言知識做語言溝通，進而具備解決各種問題所需的語言溝通能力」，在新制測驗中稱為「解決各種問題所需的語言溝通能力」。

新制測驗將「解決各種問題所需的語言溝通能力」分成以下「語言知識」、「讀解」、「聽解」等三個項目做測驗。

語言知識	各種問題所需之日語的文字、語彙、文法的相關知識。
讀　解	運用語言知識以理解文字內容，具備解決各種問題所需的能力。
聽　解	運用語言知識以理解口語內容，具備解決各種問題所需的能力。

作答方式與舊制測驗相同，將多重選項的答案劃記於答案卡上。此外，並沒有直接測驗口語或書寫能力的科目。

2. 認證基準

新制測驗共分為N1、N2、N3、N4、N5五個級數。最容易的級數為N5，最困難的級數為N1。

與舊制測驗最大的不同，在於由四個級數增加為五個級數。以往有許多通過3級認證者常抱怨「遲遲無法取得2級認證」。為因應這種情況，於舊制測驗的2級與3級之間，新增了N3級數。

新制測驗級數的認證基準，如表1的「讀」與「聽」的語言動作所示。該表雖未明載，但應試者也必須具備為表現各語言動作所需的語言知識。

N4與N5主要是測驗應試者在教室習得的基礎日語的理解程度；N1與N2是測驗應試者於現實生活的廣泛情境下，對日語理解程度；至於新增的N3，則是介於N1與N2，以及N4與N5之間的「過渡」級數。關於各級數的「讀」與「聽」的具體題材（內容），請參照表1。

■ 表1 新「日語能力測驗」認證基準

	級數	認證基準 各級數的認證基準，如以下【讀】與【聽】的語言動作所示。各級數亦必須具備為表現各語言動作所需的語言知識。
↑ 困 難 *	N1	能理解在廣泛情境下所使用的日語 【讀】・可閱讀話題廣泛的報紙社論與評論等論述性較複雜及較抽象的文章，且能理解其文章結構與內容。 ・可閱讀各種話題內容較具深度的讀物，且能理解其脈絡及詳細的表達意涵。 【聽】・在廣泛情境下，可聽懂常速且連貫的對話、新聞報導及講課，且能充分理解話題走向、內容、人物關係、以及說話內容的論述結構等，並確實掌握其大意。
	N2	除日常生活所使用的日語之外，也能大致理解較廣泛情境下的日語 【讀】・可看懂報紙與雜誌所刊載的各類報導、解說、簡易評論等主旨明確的文章。 ・可閱讀一般話題的讀物，並能理解其脈絡及表達意涵。 【聽】・除日常生活情境外，在大部分的情境下，可聽懂接近常速且連貫的對話與新聞報導，亦能理解其話題走向、內容、以及人物關係，並可掌握其大意。
	N3	能大致理解日常生活所使用的日語 【讀】・可看懂與日常生活相關的具體內容的文章。 ・可由報紙標題等，掌握概要的資訊。 ・於日常生活情境下接觸難度稍高的文章，經換個方式敘述，即可理解其大意。 【聽】・在日常生活情境下，面對稍微接近常速且連貫的對話，經彙整談話的具體內容與人物關係等資訊後，即可大致理解。

＊容易 ↓	N4	能理解基礎日語 【讀】・可看懂以基本語彙及漢字描述的貼近日常生活相關話題的文章。 【聽】・可大致聽懂速度較慢的日常會話。
	N5	能大致理解基礎日語 【讀】・可看懂以平假名、片假名或一般日常生活使用的基本漢字所書寫的固定詞句、短文、以及文章。 【聽】・在課堂上或周遭等日常生活中常接觸的情境下，如為速度較慢的簡短對話，可從中聽取必要資訊。

＊N1最難，N5最簡單。

3. 測驗科目

新制測驗的測驗科目與測驗時間如表2所示。

■ 表2 測驗科目與測驗時間＊①

<table>
<tr><th>級數</th><th colspan="3">測驗科目
（測驗時間）</th><th></th><th></th></tr>
<tr><td>N1</td><td colspan="2">語言知識（文字、語彙、文法）、讀解
（110分）</td><td>聽解
（60分）</td><td>→</td><td rowspan="2">測驗科目為「語言知識（文字、語彙、文法）、讀解」；以及「聽解」共2科目。</td></tr>
<tr><td>N2</td><td colspan="2">語言知識（文字、語彙、文法）、讀解
（105分）</td><td>聽解
（50分）</td><td>→</td></tr>
<tr><td>N3</td><td>語言知識（文字、語彙）
（30分）</td><td>語言知識（文法）、讀解
（70分）</td><td>聽解
（40分）</td><td>→</td><td rowspan="3">測驗科目為「語言知識（文字、語彙）」；「語言知識（文法）、讀解」；以及「聽解」共3科目。</td></tr>
<tr><td>N4</td><td>語言知識（文字、語彙）
（30分）</td><td>語言知識（文法）、讀解
（60分）</td><td>聽解
（35分）</td><td>→</td></tr>
<tr><td>N5</td><td>語言知識（文字、語彙）
（25分）</td><td>語言知識（文法）、讀解
（50分）</td><td>聽解
（30分）</td><td>→</td></tr>
</table>

N1與N2的測驗科目為「語言知識（文字、語彙、文法）、讀解」以及「聽解」共2科目；N3、N4、N5的測驗科目為「語言知識（文字、語彙）」、「語言知識（文法）、讀解」、「聽解」共3科目。

由於N3、N4、N5的試題中，包含較少的漢字、語彙、以及文法項目，因此當與N1、N2測驗相同的「語言知識（文字、語彙、文法）、讀解」科目時，有時會使某幾道試題成為其他題目的提示。為避免這個情況，因此將「語言知識（文字、語彙、文法）、讀解」，分成「語言知識（文字、語彙）」和「語言知識（文法）、讀解」施測。

＊①：聽解因測驗試題的錄音長度不同，致使測驗時間會有些許差異。

4. 測驗成績

4－1　量尺得分

舊制測驗的得分，答對的題數以「原始得分」呈現；相對的，新制測驗的得分以「量尺得分」呈現。

「量尺得分」是經過「等化」轉換後所得的分數。以下，本手冊將新制測驗的「量尺得分」，簡稱為「得分」。

4－2　測驗成績的呈現

新制測驗的測驗成績，如表3的計分科目所示。N1、N2、N3的計分科目分為「語言知識（文字、語彙、文法）」、「讀解」、以及「聽解」3項；N4、N5的計分科目分為「語言知識（文字、語彙、文法）、讀解」以及「聽解」2項。

會將N4、N5的「語言知識（文字、語彙、文法）」和「讀解」合併成一項，是因為在學習日語的基礎階段，「語言知識」與「讀解」方面的重疊性高，所以將「語言知識」與「讀解」合併計分，比較符合學習者於該階段的日語能力特徵。

■ 表3　各級數的計分科目及得分範圍

級數	計分科目	得分範圍
N1	語言知識（文字、語彙、文法）	0～60
	讀解	0～60
	聽解	0～60
	總分	0～180
N2	語言知識（文字、語彙、文法）	0～60
	讀解	0～60
	聽解	0～60
	總分	0～180
N3	語言知識（文字、語彙、文法）	0～60
	讀解	0～60
	聽解	0～60
	總分	0～180

N4	語言知識（文字、語彙、文法）、讀解 聽解	0～120 0～60
	總分	0～180
N5	語言知識（文字、語彙、文法）、讀解 聽解	0～120 0～60
	總分	0～180

各級數的得分範圍，如表3所示。N1、N2、N3的「語言知識（文字、語彙、文法）」、「讀解」、「聽解」的得分範圍各為0～60分，三項合計的總分範圍是0～180分。「語言知識（文字、語彙、文法）」、「讀解」、「聽解」各占總分的比例是1：1：1。

N4、N5的「語言知識（文字、語彙、文法）、讀解」的得分範圍為0～120分，「聽解」的得分範圍為0～60分，二項合計的總分範圍是0～180分。「語言知識（文字、語彙、文法）、讀解」與「聽解」各占總分的比例是2：1。還有，「語言知識（文字、語彙、文法）、讀解」的得分，不能拆解成「語言知識（文字、語彙、文法）」與「讀解」二項。

除此之外，在所有的級數中，「聽解」均占總分的三分之一，較舊制測驗的四分之一為高。

4－3　合格基準

舊制測驗是以總分作為合格基準；相對的，新制測驗是以總分與分項成績的門檻二者作為合格基準。所謂的門檻，是指各分項成績至少必須高於該分數。假如有一科分項成績未達門檻，無論總分有多高，都不合格。

新制測驗設定各分項成績門檻的目的，在於綜合評定學習者的日語能力，須符合以下二項條件才能判定為合格：①總分達合格分數（=通過標準）以上；②各分項成績達各分項合格分數（=通過門檻）以上。如有一科分項成績未達門檻，無論總分多高，也會判定為不合格。

N1~N3及N4、N5之分項成績有所不同，各級總分通過標準及各分項成績通過門檻如下所示：

級數	總分		分項成績					
			言語知識（文字・語彙・文法）		讀解		聽解	
	得分範圍	通過標準	得分範圍	通過門檻	得分範圍	通過門檻	得分範圍	通過門檻
N1	0～180分	100分	0～60分	19分	0～60分	19分	0～60分	19分
N2	0～180分	90分	0～60分	19分	0～60分	19分	0～60分	19分
N3	0～180分	95分	0～60分	19分	0～60分	19分	0～60分	19分

級數	總分		分項成績					
			言語知識（文字・語彙・文法）		讀解		聽解	
	得分範圍	通過標準	得分範圍	通過門檻	得分範圍	通過門檻	得分範圍	通過門檻
N4	0～180分	90分	0～120分	38分	0～60分	19分	0～60分	19分
N5	0～180分	80分	0～120分	38分	0～60分	19分	0～60分	19分

※上列通過標準自2010年第1回(7月)【N4、N5為2010年第2回(12月)】起適用。

缺考其中任一測驗科目者，即判定為不合格。寄發「合否結果通知書」時，含已應考之測驗科目在內，成績均不計分亦不告知。

4－4　測驗結果通知

依級數判定是否合格後，寄發「合否結果通知書」予應試者；合格者同時寄發「日本語能力認定書」。

■ N1, N2, N3

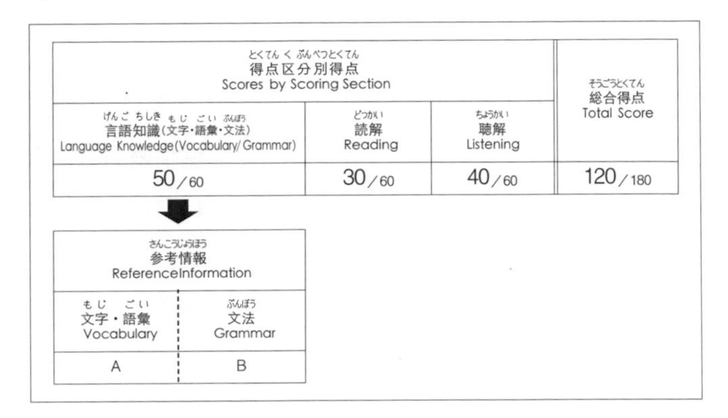

得点区分別得点 Scores by Scoring Section			総合得点 Total Score
言語知識（文字・語彙・文法） Language Knowledge (Vocabulary/ Grammar)	読解 Reading	聴解 Listening	
50／60	30／60	40／60	120／180

参考情報 ReferenceInformation	
文字・語彙 Vocabulary	文法 Grammar
A	B

■ N4, N5

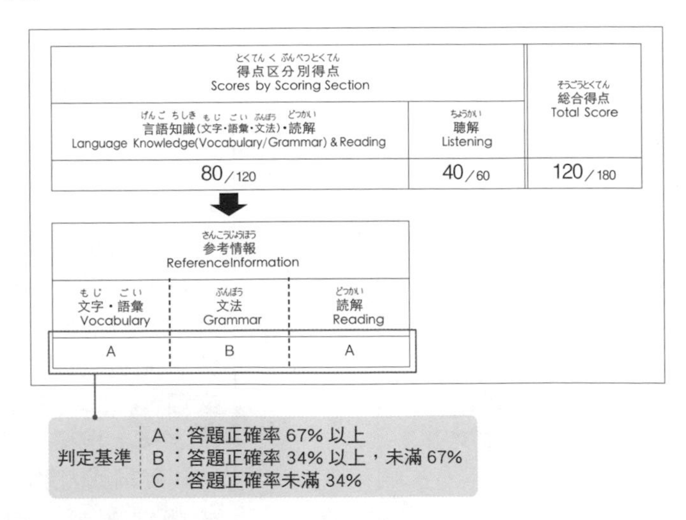

得点区分別得点 Scores by Scoring Section		総合得点 Total Score
言語知識（文字・語彙・文法）・読解 Language Knowledge(Vocabulary/Grammar) & Reading	聴解 Listening	
80／120	40／60	120／180

参考情報 ReferenceInformation		
文字・語彙 Vocabulary	文法 Grammar	読解 Reading
A	B	A

判定基準

A：答題正確率 67% 以上
B：答題正確率 34% 以上，未滿 67%
C：答題正確率未滿 34%

※各節測驗如有一節缺考就不予計分，即判定為不合格。雖會寄發「合否結果通知書」但所有分項成績，含已出席科目在內，均不予計分。各欄成績以「＊」表示，如「＊＊／60」。

※所有科目皆缺席者，不寄發「合否結果通知書」。

二、新日本語能力試驗的考試內容

N3 題型分析

測驗科目（測驗時間）		試題內容				
		題型			小題題數＊	分析
語言知識（30分）	文字、語彙	1	漢字讀音	◇	8	測驗漢字語彙的讀音。
		2	假名漢字寫法	◇	6	測驗平假名語彙的漢字寫法。
		3	選擇文脈語彙	○	11	測驗根據文脈選擇適切語彙。
		4	替換類義詞	○	5	測驗根據試題的語彙或說法，選擇類義詞或類義說法。
		5	語彙用法	○	5	測驗試題的語彙在文句裡的用法。
語言知識、讀解（70分）	文法	1	文句的文法1（文法形式判斷）	○	13	測驗辨別哪種文法形式符合文句內容。
		2	文句的文法2（文句組構）	◆	5	測驗是否能夠組織文法正確且文義通順的句子。
		3	文章段落的文法	◆	5	測驗辨別該文句有無符合文脈。
	讀解＊	4	理解內容（短文）	○	4	於讀完包含生活與工作等各種題材的撰寫說明文或指示文等，約150～200字左右的文章段落之後，測驗是否能夠理解其內容。
		5	理解內容（中文）	○	6	於讀完包含撰寫的解說與散文等，約350字左右的文章段落之後，測驗是否能夠理解其關鍵詞或因果關係等等。
		6	理解內容（長文）	○	4	於讀完解說、散文、信函等，約550字左右的文章段落之後，測驗是否能夠理解其概要或論述等等。

	讀解＊	7	釐整資訊	◆	2	測驗是否能夠從廣告、傳單、提供各類訊息的雜誌、商業文書等資訊題材（600字左右）中，找出所需的訊息。
聽解（40分）		1	理解問題	◇	6	於聽取完整的會話段落之後，測驗是否能夠理解其內容（於聽完解決問題所需的具體訊息之後，測驗是否能夠理解應當採取的下一個適切步驟）。
		2	理解重點	◇	6	於聽取完整的會話段落之後，測驗是否能夠理解其內容（依據剛才已聽過的提示，測驗是否能夠抓住應當聽取的重點）。
		3	理解概要	◇	3	於聽取完整的會話段落之後，測驗是否能夠理解其內容（測驗是否能夠從整段會話中理解說話者的用意與想法）。
		4	適切話語	◆	4	於一面看圖示，一面聽取情境說明時，測驗是否能夠選擇適切的話語。
		5	即時應答	◆	9	於聽完簡短的詢問之後，測驗是否能夠選擇適切的應答。

＊「小題題數」為每次測驗的約略題數，與實際測驗時的題數可能未盡相同。此外，亦有可能會變更小題題數。

＊有時在「讀解」科目中，同一段文章可能會有數道小題。

資料來源：《日本語能力試驗JLPT官方網站：分項成績・合格判定・合否結果通知》。2016年1月11日，取自：http://www.jlpt.jp/tw/guideline/results.html

MEMO

N3
vocabulary

JLPT

あ あい～あける

0001 □□□

あい【愛】

㊔名・漢造 愛，愛情；友情，恩情；愛好，熱愛；喜愛；喜歡；愛惜

類 愛情

例 愛（あい）をこめてセーターを編（あ）む。
／滿懷愛意地打毛衣。

文法
をこめて［傾注］
▶ 表示對某事物傾注思念或愛。

0002 □□□

あいかわらず【相変わらず】

副 照舊，仍舊，和往常一樣

類 変わりもなく

例 相変（あいか）わらず、ゴルフばかりしているね。
／你還是老樣子，常打高爾夫球！

0003 □□□

あいず【合図】

名・自サ 信號，暗號

類 知らせ

例 あの煙（けむり）は、仲間（なかま）からの合図（あいず）に違（ちが）いない。
／那道煙霧，一定是同伴給我們的暗號。

文法
に違（ちが）いない［一定是］
▶ 說話者根據經驗或直覺，做出非常肯定的判斷。

0004 □□□

アイスクリーム【ice cream】

名 冰淇淋

例 アイスクリームを食（た）べ過（す）ぎたせいで、おなかを壊（こわ）した。
／由於吃了太多冰淇淋，鬧肚子了。

文法
せいで［由於］
▶ 發生壞事或會導致某種不利情況或責任的原因。

0005 □□□

あいて【相手】

名 夥伴，共事者；對方，敵手；對象

反 自分

類 相棒（あいぼう）

例 結婚（けっこん）したいが、相手（あいて）がいない。
／雖然想結婚，可是找不到對象。

文法
たい［想］
▶ 說話者的內心願望，想要的事物用「が」表示。

0006 □□□

アイディア【idea】

名 主意，想法，構想；（哲）觀念

類 思い付き

例 そう簡単（かんたん）にいいアイディアを思（おも）いつくわけがない。
／哪有可能那麼容易就想出好主意。

文法
わけがない［不可能…］
▶ 表示從道理上而言，強烈地主張不可能或沒有理由成立。

0007 □□□

アイロン【iron】

㊔ 熨斗、烙鐵

例 妻がズボンにアイロンをかけてくれます。
／妻子為我熨燙長褲。

0008 □□□

あう【合う】

自五 正確，適合；一致，符合；對，準；合得來；合算

反 分かれる　類 ぴったり
補 對象可用「～に」、「～と」表示。

例 ワインは、洋食ばかりでなく和食にも合う。
／葡萄酒不但可以搭配西餐，與日本料理也很合適。

文法
ばかりでなく…も［不僅…而且］
▶ 除前項的情況外，還有後項程度更甚的情況。

0009 □□□

あきる【飽きる】

自上一 夠，滿足；厭煩，煩膩

類 満足；いやになる
補 に飽きる

例 ごちそうを飽きるほど食べた。
／已經吃過太多美食，都吃膩了。

例 付き合ってまだ３か月だけど、もう彼氏に飽きちゃった。
／雖然和男朋友才交往三個月而已，但是已經膩了。

文法
ほど［得］
▶ 比喻或舉出具體的例子，來表示動作或狀態處於某種程度。

だけ［只；僅僅］
▶ 表示只限於某範圍。

0010 □□□

あくしゅ【握手】

名・自サ 握手；和解，言和；合作，妥協；會師，會合

例 CD を買うと、握手会に参加できる。
／只要買 CD 就能參加握手會。

0011 □□□

アクション【action】

㊔ 行動，動作；（劇）格鬥等演技

類 身振り

例 いまアクションドラマが人気を集めている。／現在動作連續劇人氣很高。

0012 □□□

あける【空ける】

他下一 倒出，空出；騰出（時間）

類 空かす（すかす）

例 10 時までに会議室を空けてください。／請十點以後把會議室空出來。

あける～あたためる

0013 □□□

あける【明ける】

自下一（天）明，亮；過年；（期間）結束，期滿

例 あけましておめでとうございます。
／元旦開春，恭賀新禧。

0014 □□□

あげる【揚げる】

他下一 炸，油炸；舉，抬；提高；進步

反 降ろす　類 引き揚げる

例 これが天(てん)ぷらを上手(じょうず)に揚(あ)げるコツです。
／這是炸天婦羅的技巧。

0015 □□□

あご【顎】

名（上、下）顎；下巴

例 太(ふと)りすぎて、二重(にじゅう)あごになってしまった。
／太胖了，結果長出雙下巴。

0016 □□□

あさ【麻】

名（植物）麻，大麻；麻紗，麻布，麻纖維

例 このワンピースは麻(あさ)でできている。
／這件洋裝是麻紗材質。

0017 □□□

あさい【浅い】

形（水等）淺的；（顏色）淡的；（程度）膚淺的，少的，輕的；（時間）短的

反 深い

例 子(こ)ども用(よう)のプールは浅(あさ)いです。／孩童用的游泳池很淺。

0018 □□□

あしくび【足首】

名 腳踝

例 不注意(ふちゅうい)で足首(あしくび)をひねった。
／因為不小心而扭傷了腳踝。

0019 □□□

あずかる【預かる】

他五 收存，（代人）保管；擔任，管理，負責處理；保留，暫不公開

類 引き受ける

例 人(ひと)から預(あず)かった金(かね)を、使(つか)ってしまった。
／把別人託我保管的錢用掉了。

讀書計劃：□□／□□

0020 □□□

あずける【預ける】 (他下一) 寄放，存放；委託，託付

類 託する

例 あんな銀行に、お金を預けるものか。
／我絕不把錢存到那種銀行！

文法
ものか［絕不…］
▶ 說話者絕不做某事的決心。

0021 □□□

あたえる【与える】 (他下一) 給與，供給；授與；使蒙受；分配

反 奪う（うばう）
類 授ける（さずける）

例 手塚治虫は、後の漫画家に大きな影響を与えた。
／手塚治虫帶給了漫畫家後進極大的影響。

0022 □□□

あたたまる【暖まる】 (自五) 暖，暖和；感到溫暖；手頭寬裕

類 暖かくなる

例 これだけ寒いと、部屋が暖まるのにも時間がかかる。
／像現在這麼冷，必須等上一段時間才能讓房間變暖和。

0023 □□□

あたたまる【温まる】 (自五) 暖，暖和；感到心情溫暖

類 温かくなる

例 外は寒かったでしょう。早くお風呂に入って温まりなさい。
／想必外頭很冷吧。請快點洗個熱水澡暖暖身子。

0024 □□□

あたためる【暖める】 (他下一) 使溫暖；重溫，恢復

類 暖かくする

例 ストーブと扇風機を一緒に使うと、部屋が早く暖められる。
／只要同時開啟暖爐和電風扇，房間就會比較快變暖和。

文法
られる［能；會］
▶ 表示根據某狀況，是有某種可能性的。

0025 □□□

Track 2

あたためる【温める】 (他下一) 溫，熱；擱置不發表

類 熱する

例 冷めた料理を温めて食べました。／我把已經變涼了的菜餚加熱後吃了。

あたり～アナウンス

0026 □□□

あたり【辺り】

㊔名·造語 附近，一帶；之類，左右

類 近く；辺（へん）

例 この辺（あた）りからあの辺（へん）にかけて、畑（はたけ）が多（おお）いです。

／從這邊到那邊，有許多田地。

文法

から…にかけて［從…到…］

▶ 表示兩地點、時間之間一直連續發生某事或某狀態。

0027 □□□

あたりまえ【当たり前】

㊔名 當然，應然；平常，普通

類 もっとも

例 学生（がくせい）なら、勉強（べんきょう）するのは当（あ）たり前（まえ）です。

／既然身為學生，讀書就是應盡的本分。

0028 □□□

あたる【当たる】

自五·他五 碰撞；擊中；合適；太陽照射；取暖，吹（風）；接觸；（大致）位於；當…時候；（粗暴）對待

類 ぶつかる

例 この花（はな）は、よく日（ひ）の当（あ）たるところに置（お）いてください。

／請把這盆花放在容易曬到太陽的地方。

0029 □□□

あっというま（に）【あっという間（に）】

感 一眨眼的功夫

例 あっという間（ま）の7週間（しゅうかん）、本当（ほんとう）にありがとうございました。

／七個星期一眨眼就結束了，真的萬分感激。

0030 □□□

アップ【up】

名·他サ 增高，提高；上傳（檔案至網路）

例 姉（あね）はいつも収入（しゅうにゅう）アップのことを考（かんが）えていた。

／姊姊老想著提高年收。

0031 □□□

あつまり【集まり】

名 集會，會合；收集（的情況）

類 集い（つどい）

例 親戚（しんせき）の集（あつ）まりは、美人（びじん）の妹（いもうと）と比（くら）べられるから嫌（いや）だ。

／我討厭在親戚聚會時被拿來和漂亮的妹妹做比較。

文法

られる［被…］

▶ 表示某事物或人承受到別人的動作。

0032 □□□

あてな【宛名】

㊔ 收信（件）人的姓名住址

類 宛所

例 宛名を書きかけて、間違いに気がついた。

／正在寫收件人姓名的時候，發現自己寫錯了。

0033 □□□

あてる【当てる】

他下一 碰撞，接觸；命中；猜，預測；貼上，放上；測量；對著，朝向

例 布団を日に当てると、ふかふかになる。

／把棉被拿去曬太陽，就會變得很膨鬆。

0034 □□□

アドバイス【advice】

名·他サ 勸告，提意見；建議

類 諫める（いさめる）；注意

例 彼はいつも的確なアドバイスをくれます。

／他總是給予切實的建議。

0035 □□□

あな【穴】

㊔ 孔，洞，窟窿；坑；穴，窩；礦井；藏匿處；缺點；虧空

類 洞窟（どうくつ）

例 うちの犬は、地面に穴を掘るのが好きだ。

／我家的狗喜歡在地上挖洞。

0036 □□□

アナウンサー【announcer】

㊔ 廣播員，播報員

類 アナ

例 彼は、アナウンサーにしては声が悪い。

／就一個播音員來說，他的聲音並不好。

文法

にしては［作為…，相對來說］

▶ 表示現實情況跟前項提的標準相差大。

0037 □□□

アナウンス【announce】

名·他サ 廣播；報告；通知

例 機長が、到着予定時刻をアナウンスした。

／機長廣播了預定抵達時刻。

アニメ～あれっ・あれ

0038 □□□

アニメ
【animation】

㊔ 卡通，動畫片

類 動画；アニメーション

例 私（わたし）の国（くに）でも日本（にほん）のアニメがよく放送（ほうそう）されています。
／在我的國家也經常播映日本的卡通。

0039 □□□

あぶら
【油】

㊔ 脂肪，油脂

比 常溫液體的可燃性物質，由植物製成。

例 えびを油（あぶら）でからりと揚（あ）げる。
／用油把蝦子炸得酥脆。

0040 □□□

あぶら
【脂】

㊔ 脂肪，油脂；（喻）活動力，幹勁

類 脂肪（しぼう）

比 常溫固體的可燃性物質，肉類所分泌油脂。

例 肉（にく）は脂（あぶら）があるからおいしいんだ。／肉就是富含油脂所以才好吃呀。

0041 □□□

アマチュア
【amateur】

㊔ 業餘愛好者；外行

反 プロフェッショナル　類 素人（しろうと）

例 最近（さいきん）は、アマチュア選手（せんしゅ）もレベルが高（たか）い。
／最近非職業選手的水準也很高。

0042 □□□

あら
【粗】

㊔ 缺點，毛病

例 人（ひと）の粗（あら）を探（さが）すより、よいところを見（み）るようにしよう。
／與其挑別人的毛病，不如請多看對方的優點吧。

文法

ように［請…］

▶ 表示希望、勸告或輕微的命令。

0043 □□□

あらそう
【争う】

他五 爭奪；爭辯；奮鬥，對抗，競爭

類 競う（きそう）

例 各地区（かくちく）の代表（だいひょう）、計（けい）6チームが優勝（ゆうしょう）を争（あらそ）う。
／將由各地區代表總共六隊來爭奪冠軍。

0044 □□□

あらわす【表す】

他五 表現出，表達；象徵，代表

類 示す

比 將思想、情感等抽象的事物表現出來。

例 計画(けいかく)を図(ず)で表(あらわ)して説明(せつめい)した。

／透過圖表說明了計畫。

0045 □□□

あらわす【現す】

他五 現，顯現，顯露

類 示す　比 將情況、狀態、真相或事件等具體呈現。

例 彼(かれ)は、8時(じ)ぎりぎりに、ようやく姿(すがた)を現(あらわ)した。

／快到八點時，他才終於出現了。

0046 □□□

あらわれる【表れる】

自下一 出現，出來；表現，顯出

類 明らかになる

例 彼(かれ)は何(なに)も言(い)わなかったが、不満(ふまん)が顔(かお)に表(あらわ)れていた。

／他雖然什麼都沒說，但臉上卻露出了不服氣的神情。

0047 □□□

あらわれる【現れる】

自下一 出現，呈現，顯露

類 出現

例 意外(いがい)な人(ひと)が突然(とつぜん)現(あらわ)れた。

／突然出現了一位意想不到的人。

0048 □□□

アルバム【album】

名 相簿，記念冊

例 娘(むすめ)の七五三(しちごさん)の記念(きねん)アルバムを作(つく)ることにしました。

／為了記念女兒七五三節，決定做本記念冊。

0049 □□□

あれっ・あれ

感 哎呀

例「あれ。」「どうしたの」「財布(さいふ)忘(わす)れてきたみたい」

／「咦？」「怎麼了？」「我好像忘記帶錢包了。」

文法

みたい［好像］

▶ 表示不是很確定的推測或判斷。

あわせる～いし

0050 □□□

あわせる【合わせる】

他下一 合併；核對，對照；加在一起，混合；配合，調合

類 一致させる（いっちさせる）

例 みんなで力(ちから)を合(あ)わせたとしても、彼(かれ)に勝(か)つことはできない。

／就算大家聯手，也是沒辦法贏過他。

文法

としても［就算…，也…］

▶ 假設前項是事實或成立，後項也不會起有效的作用。

0051 □□□

あわてる【慌てる】

自下一 驚慌，急急忙忙，匆忙，不穩定

反 落ち着く

類 まごつく

例 突然質問(とつぜんしつもん)されて、少(すこ)し慌(あわ)ててしまった。

／突然被問了問題，顯得有點慌張。

0052 □□□

あんがい【案外】

副・形動 意想不到，出乎意外

類 意外

例 難(むずか)しいかと思(おも)ったら、案外易(あんがいやさ)しかった。

／原以為很難，結果卻簡單得叫人意外。

0053 □□□

アンケート【(法)enquête】

名（以同樣內容對多數人的）問卷調查，民意測驗

例 皆様(みなさま)にご協力(きょうりょく)いただいたアンケートの結果(けっか)をご報告(ほうこく)します。

／現在容我報告承蒙各位協助所完成的問卷調查結果。

い

0054 □□□

Track 3

い【位】

接尾 位；身分，地位

例 今度(こんど)のテストでは、学年(がくねん)で一位(いちい)になりたい。

／這次考試希望能拿到全學年的第一名。

文法

たい［想要…］

▶ 表示說話者的內心想做、想要的。

0055 □□□

いいえ

感 不，不是

例 いいえ、違(ちが)います。

／不，不是那樣。

0056 □□□

いがい【意外】

名·形動 意外，想不到，出乎意料

類 案外

例 雨による被害は、意外に大きかった。
／大雨意外地造成嚴重的災情。

文法
による［因…造成的…］
▸ 造成某種事態的原因。

0057 □□□

いかり【怒り】

名 憤怒，生氣

類 いきどおり

例 子どもの怒りの表現は親の怒りの表現のコピーです。
／小孩子生氣的模樣正是父母生氣時的翻版。

0058 □□□

いき・ゆき【行き】

名 去，往

例 まもなく、東京行きの列車が発車します。
／前往東京的列車即將發車。

0059 □□□

いご【以後】

名 今後，以後，將來；（接尾語用法）（在某時期）以後

反 以前 類 以来

例 夜 11 時以後は電話代が安くなります。
／夜間十一點以後的電話費率比較便宜。

0060 □□□

イコール【equal】

名 相等；（數學）等號

類 等しい（ひとしい）

例 失敗イコール負けというわけではない。
／失敗並不等於輸了。

文法
わけではない［並不是］
▸ 不能簡單地對現在的狀況下某種結論，也有其他情況。

0061 □□□

いし【医師】

名 醫師，大夫

類 医者

例 医師に言われた通りに薬を飲む。
／按照醫師開立的藥囑吃藥。

文法
とおりに［按照］
▸ 按照前項的方式或要求，進行後項的行為、動作。

いじょうきしょう～いったい

0062 □□□

いじょうきしょう【異常気象】

㊔ 氣候異常

例 異常気象が続いている。

／氣候異常正持續著。

文法

▶ 近 つづける［繼續…］

▶ 近 っ放しで［…著（表持續）］

0063 □□□

いじわる【意地悪】

名·形動 使壞，刁難，作弄

類 虐待（ぎゃくたい）

例 意地悪な人といえば、高校の数学の先生を思い出す。

／說到壞心眼的人，就讓我想到高中的數學老師。

0064 □□□

いぜん【以前】

㊔ 以前；更低階段（程度）的；（某時期）以前

反 以降 類 以往

例 以前、東京でお会いした際に、名刺をお渡ししたと思います。

／我記得之前在東京跟您會面時，有遞過名片給您。

文法

際に［在…時］

▶ 表示動作、行為進行的時候。

0065 □□□

いそぎ【急ぎ】

名·副 急忙，匆忙，緊急

類 至急

例 部長は大変お急ぎのご様子でした。

／經理似乎非常急的模樣。

0066 □□□

いたずら【悪戯】

名·形動 淘氣，惡作劇；玩笑，消遣

類 戯れ（たわむれ）；ふざける

例 彼女は、いたずらっぽい目で笑った。

／她眼神淘氣地笑了。

文法

っぽい［感覺像…］

▶ 表示有這種感覺或傾向。

0067 □□□

いためる【傷める・痛める】

他下一 使（身體）疼痛，損傷；使（心裡）痛苦

例 桃をうっかり落として傷めてしまった。

／不小心把桃子掉到地上摔傷了。

讀書計劃：□□／□□

0068 □□□

いちどに【一度に】

副 同時地，一塊地，一下子

類 同時に

例 そんなに一度に食べられません。

／我沒辦法一次吃那麼多。

0069 □□□

いちれつ【一列】

名 一列，一排

例 一列に並んで、順番を待つ。

／排成一列依序等候。

0070 □□□

いっさくじつ【一昨日】

名 前一天，前天

類 一昨日（おととい）

例 一昨日アメリカから帰ってきました。

／前天從美國回來了。

0071 □□□

いっさくねん【一昨年】

造語 前年

類 一昨年（おととし）

例 一昨年、北海道に引っ越しました。

／前年，搬去了北海道。

0072 □□□

いっしょう【一生】

名 一生，終生，一輩子

類 生涯（しょうがい）

例 あいつとは、一生口をきくものか。

／我這輩子，決不跟他講話。

文法

ものか［決不…］

▶ 絕不做某事的決心、強烈否定對方的意見。

0073 □□□

いったい【一体】

名・副 一體，同心合力；一種體裁；根本，本來；大致上；到底，究竟

類 そもそも

例 一体何が起こったのですか。

／到底發生了什麼事？

いってきます～いわう

0074 □□□

Track 4

いってきます【行ってきます】

寒暄 我出門了

例 8時だ。行ってきます。

／八點了！我出門囉。

0075 □□□

いつのまにか【何時の間にか】

副 不知不覺地，不知什麼時候

例 いつの間にか、お茶の葉を使い切りました。

／茶葉不知道什麼時候就用光了。

0076 □□□

いとこ【従兄弟・従姉妹】

名 堂表兄弟姊妹

例 日本では、いとこ同士でも結婚できる。

／在日本，就算是堂兄妹／堂姊弟、表兄妹／表姊弟也可以結婚。

0077 □□□

いのち【命】

名 生命，命；壽命

類 生命

例 命が危ないところを、助けていただきました。

／在我性命危急時，他救了我。

文法

ところを［正當…時］

▶ 表示正當Ａ的時候，發生了Ｂ的狀況。

0078 □□□

いま【居間】

名 起居室

類 茶の間

例 居間はもとより、トイレも台所も全部掃除しました。

／別說是客廳，就連廁所和廚房也都清掃過了。

文法

はもとより［不僅…而且…］

▶ 表示一般程度的前項自然不用說，就連程度較高的後項也不例外。

0079 □□□

イメージ【image】

名 影像，形象，印象

例 企業イメージの低下に伴って、売り上げも落ちている。

／隨著企業形象的滑落，銷售額也跟著減少。

文法

に伴って［隨著…］

▶ 表示隨著前項事物的變化而進展。

0080 □□□

いもうとさん【妹さん】

㊔ 妹妹，令妹（「妹」的鄭重說法）

例 予想に反して、遠藤さんの妹さんは美人でした。
／與預料相反，遠藤先生的妹妹居然是美女。

文法
に反して［與…相反…］
▶ 接「期待」、「予想」等詞後面，表後項結果與前項所預料相反。

0081 □□□

いや

感 不；沒什麼

例 いや、それは違う。
／不，不是那樣的。

0082 □□□

いらいら【苛々】

名·副·他サ 情緒急躁、不安；焦急，急躁

類 苛立つ（いらだつ）

例 何だか最近いらいらしてしょうがない。
／不知道是怎麼搞的，最近老是焦躁不安的。

0083 □□□

いりょうひ【衣料費】

㊔ 服裝費

類 洋服代

例 子どもの衣料費に一人月どれくらいかけていますか。
／小孩的治裝費一個月要花多少錢？

0084 □□□

いりょうひ【医療費】

㊔ 治療費，醫療費

類 治療費

例 今年は入院したので医療費が多くかかった。
／今年由於住了院，以致於醫療費用增加了。

0085 □□□

いわう【祝う】

他五 祝賀，慶祝；祝福；送賀禮；致賀詞

類 祝する（しゅくする）

例 みんなで彼の合格を祝おう。
／大家一起來慶祝他上榜吧！

0086 □□□

インキ【ink】 ㊔ 墨水

類 インク

例 万年筆のインキがなくなったので、サインのしようがない。
／因為鋼筆的墨水用完了，所以沒辦法簽名。

文法
ようがない［沒辦法］
▶ 表示不管用什麼方法都不可能，已經沒有其他方法了。

0087 □□□

インク【ink】 ㊔ 墨水，油墨（也寫作「インキ」）

類 インキ

例 この絵は、ペンとインクで書きました。
／這幅畫是以鋼筆和墨水繪製而成的。

0088 □□□

いんしょう【印象】 ㊔ 印象

類 イメージ

例 台湾では、故宮の白菜の彫刻が一番印象に残った。
／這趟台灣之行，印象最深刻的是故宮的翠玉白菜。

0089 □□□

インスタント【instant】 名·形動 即席，稍加工即可的，速成（或唸：インスタント）

例 昼ご飯はインスタントラーメンですませた。
／吃速食麵打發了午餐。

0090 □□□

インターネット【internet】 ㊔ 網路

例 説明書に従って、インターネットに接続しました。
／照著說明書，連接網路。

0091 □□□

インタビュー【interview】 名·自サ 會面，接見；訪問，採訪

類 面会

例 インタビューを始めたとたん、首相は怒り始めた。
／採訪剛開始，首相就生氣了。

文法
とたん［剛…就…］
▶ 表示前項動作和變化完成的一瞬間，發生了後項的動作和變化。

0092 □□□

いんりょく【引力】

㊔ 物體互相吸引的力量

㊄ 万有引力の法則は、ニュートンが発見した。
／萬有引力定律是由牛頓發現的。

う

0093 □□□ Track 5

ウイルス【virus】

㊔ 病毒，濾過性病毒

類 菌

㊄ メールでウイルスに感染しました。
／因為收郵件導致電腦中毒了。

0094 □□□

ウール【wool】

㊔ 羊毛，毛線，毛織品

㊄ そろそろ、ウールのセーターを出さなくちゃ。
／看這天氣，再不把毛衣拿出來就不行了。

文法
なくちゃ［不…不行］
▶ 表示受限於某個條件而必須要做，如果不做，會有不好的結果發生。

0095 □□□

ウェーター・ウェイター【waiter】

㊔（餐廳等的）侍者，男服務員

㊄ ウェーターが注文を取りに来た。
／服務生過來點菜了。

0096 □□□

ウェートレス・ウェイトレス【waitress】

㊔（餐廳等的）女侍者，女服務生

類 メード

㊄ あの店のウエートレスは態度が悪くて、腹が立つほどだ。
／那家店的女服務生態度之差，可說是令人火冒三丈。

文法
ほど［得令人］
▶ 比喻或舉出具體的例子，來表示動作或狀態處於某種程度。

0097 □□□

うごかす【動かす】

他五 移動，挪動，活動；搖動，搖撼；給予影響，使其變化，感動

反 止める

㊄ たまには体を動かした方がいい。／偶爾活動一下筋骨比較好。

うし～うむ

0098 □□□

うし【牛】

㊔ 牛

例 いつか北海道に自分の牧場を持って、牛を飼いたい。
／我希望有一天能在北海道擁有自己的牧場養牛。

文法
たい［想要…］
▶ 表示説話者的內心想做、想要的。

0099 □□□

うっかり

副・自サ 不注意，不留神；發呆，茫然

類 うかうか

例 うっかりしたものだから、約束を忘れてしまった。
／因為一時不留意，而忘了約會。

文法
ものだから［就是因為…，所以…］
▶ 常用在因為事態的程度很厲害，因此做了某事。

0100 □□□

うつす【写す】

他五 抄襲，抄寫；照相；摹寫

例 友達に宿題を写させてもらったら、間違いだらけだった。
／我抄了朋友的作業，結果他的作業卻是錯誤連篇。

文法
だらけ［全是…］
▶ 表示數量過多。

0101 □□□

うつす【移す】

他五 移，搬；使傳染；度過時間

類 引っ越す

例 鼻水が止まらない。弟に風邪を移されたに違いない。
／鼻水流個不停。一定是被弟弟傳染了感冒，錯不了。

文法
に違いない［一定是］
▶ 説話者根據經驗或直覺，做出非常肯定的判斷。

0102 □□□

うつる【写る】

自五 照相，映顯；顯像；（穿透某物）看到

類 転写する（てんしゃする）

例 私の隣に写っているのは姉です。
／照片中，在我旁邊的是姊姊。

0103 □□□

うつる【映る】

自五 映，照；顯得，映入；相配，相稱；照相，映現

類 映ずる（えいずる）

例 山が湖の水に映っています。／山影倒映在湖面上。

0104 □□□

うつる【移る】

自五 移動；推移；沾到

類 移動する（いどうする）

例 都会は家賃が高いので、引退してから郊外に移った。

／由於大都市的房租很貴，退下第一線以後就搬到郊區了。

0105 □□□

うどん【饂飩】

名 烏龍麵條，烏龍麵

例 安かったわりには、おいしいうどんだった。

／這碗烏龍麵雖然便宜，但出乎意料地好吃。

文法

わりには［（比較起來）雖然…但是…］

▶ 表示結果跟前項條件不相稱，結果劣於或優於應有程度。

0106 □□□

うま【馬】

名 馬

例 生まれて初めて馬に乗った。

／我這輩子第一次騎了馬。

0107 □□□

うまい

形 味道好，好吃；想法或做法巧妙，擅於；非常適宜，順利

反 まずい　類 おいしい

例 山は空気がうまいなあ。／山上的空氣真新鮮呀。

0108 □□□

うまる【埋まる】

自五 被埋上；填滿，堵住；彌補，補齊

例 小屋は雪に埋まっていた。／小屋被雪覆蓋住。

0109 □□□

うむ【生む】

他五 產生，產出

例 その発言は誤解を生む可能性がありますよ。

／你那發言可能會產生誤解喔！

0110 □□□

うむ【産む】

他五 生，產

例 彼女は女の子を産んだ。／她生了女娃兒。

うめる～えきいん

0111 □□□

うめる【埋める】

他下一 埋，掩埋；填補，彌補；佔滿

類 埋める（うずめる）

例 犯人は、木の下にお金を埋めたと言っている。
／犯人自白說他將錢埋在樹下。

0112 □□□

うらやましい【羨ましい】

形 羡慕，令人嫉妒，眼紅

類 羨む（うらやむ）

例 お金のある人が羨ましい。
／好羨慕有錢人。

0113 □□□

うる【得る】

他下二 得到；領悟

例 この本はなかなか得るところが多かった。
／從這本書學到了相當多東西。

0114 □□□

うわさ【噂】

名·自サ 議論，閒談；傳說，風聲

類 流言（りゅうげん）

例 本人に聞かないと、うわさが本当かどうかわからない。
／傳聞是真是假，不問當事人是不知道的。

文法
ないと［不…不行］
▶ 表示受限於某個條件、規定，必須要做某件事情。

0115 □□□

うんちん【運賃】

名 票價；運費

類 切符代

例 運賃は当方で負担いたします。
／運費由我方負責。

0116 □□□

うんてんし【運転士】

名 司機；駕駛員，船員

例 私は JR で運転士をしています。
／我在 JR 當司機。

讀書計劃：□□／□□

0117 □□□

うんてんしゅ
【運転手】

㊔ 司機

類 運転士

例 タクシーの運転手（うんてんしゅ）に、チップをあげた。
／給了計程車司機小費。

え

0118 □□□

エアコン
【air conditioning】

㊔ 空調；溫度調節器

類 冷房（れいぼう）

例 家具（かぐ）とエアコンつきの部屋（へや）を探（さが）しています。
／我在找附有家具跟冷氣的房子。

0119 □□□

えいきょう
【影響】

名・自サ 影響

類 反響（はんきょう）

例 鈴木先生（すずきせんせい）には、大変影響（たいへんえいきょう）を受（う）けました。
／鈴木老師給了我很大的影響。

0120 □□□

えいよう
【栄養】

㊔ 營養

類 養分（ようぶん）

例 子供（こども）の栄養（えいよう）には気（き）をつけています。
／我很注重孩子的營養。

0121 □□□

えがく
【描く】

他五 畫，描繪；以…為形式，描寫；想像

類 写す（うつす）

例 この絵（え）は、心（こころ）に浮（う）かんだものを描（えが）いたにすぎません。
／這幅畫只是將內心所想像的東西，畫出來的而已。

0122 □□□

えきいん
【駅員】

㊔ 車站工作人員，站務員

例 駅（えき）のホームに立（た）って、列車（れっしゃ）を見送（みおく）る駅員（えきいん）さんが好（す）きだ。
／我喜歡站在車站目送列車的站員。

エスエフ～おい

0123 □□□

エスエフ（SF）【science fiction】

㊔ 科學幻想

例 以前に比べて、少女漫画のＳＦ作品は随分増えた。

／相較於從前，少女漫畫的科幻作品增加了相當多。

文法

に比べて［與…相比］

▶ 表示比較、對照。

0124 □□□

エッセー・エッセイ【essay】

㊔ 小品文，隨筆；（隨筆式的）短論文

類 随筆（ずいひつ）

例 彼女はCDを発売するとともに、エッセーも出版した。

／她發行CD的同時，也出版了小品文。

文法

とともに［與…同時］

▶ 表示後項的動作或變化，跟著前項同時進行或發生。

▶ 近 にしたがって［伴隨…］

0125 □□□

エネルギー【(德)energie】

㊔ 能量，能源，精力，氣力

類 活力（かつりょく）

例 国内全体にわたって、エネルギーが不足しています。

／就全國整體來看，能源是不足的。

文法

にわたって［在…範圍內］

▶ 表示動作、行為所涉及到的時間範圍，或空間範圍非常之大。

0126 □□□

えり【襟】

㊔（衣服的）領子；脖頸，後頸；（西裝的）硬領

例 コートの襟を立てている人は、山田さんです。

／那位豎起外套領子的人就是山田小姐。

0127 □□□

える【得る】

他下一 得，得到；領悟，理解；能夠

類 手に入れる

例 そんな簡単に大金が得られるわけがない。

／怎麼可能那麼容易就得到一大筆錢。

文法

わけがない［不可能…］

▶ 表示從道理上而言，強烈地主張不可能或沒有理由成立。

0128 □□□

えん【園】

接尾 園

例 弟は幼稚園に通っている。／弟弟上幼稚園。

0129 □□□

えんか【演歌】

㊔ 演歌（現多指日本民間特有曲調哀愁的民謠）

例 演歌がうまく歌えたらいいのになあ。

／要是能把日本歌謠唱得動聽，不知該有多好呀。

文法
たらいいのになあ［就好了］
▶ 前項是難以實現或是與事實相反的情況，表現說話者遺憾、不滿、感嘆的心情。

0130 □□□

えんげき【演劇】

㊔ 演劇，戲劇

類 芝居（しばい）

例 演劇の練習をしている最中に、大きな地震が来た。

／正在排演戲劇的時候，突然來了一場大地震。

文法
最中に［正在…］
▶ 表示某一行為在進行中。常用在突發什麼事的場合。

0131 □□□

エンジニア【engineer】

㊔ 工程師，技師

類 技師（ぎし）

例 あの子はエンジニアを目指している。

／那個孩子立志成為工程師。

0132 □□□

えんそう【演奏】

名・他サ 演奏

類 奏楽（そうがく）

例 彼の演奏はまだまだだ。

／他的演奏還有待加強。

0133 □□□

Track 7

おい

感（主要是男性對同輩或晚輩使用）打招呼的喂，唉；（表示輕微的驚訝）呀！啊！

例（道に倒れている人に向かって）おい、大丈夫か。

／（朝倒在路上的人說）喂，沒事吧？

おい～おきる

0134 □□□

おい【老い】

㊔ 老；老人

例 こんな階段でくたびれるなんて、老いを感じるなあ。
／區區爬這幾階樓梯居然累得要命，果然年紀到了啊。

文法
なんて［真是太…］
▶ 表示前面的事是出乎意料的，後面多接驚訝或是輕視的評價。

0135 □□□

おいこす【追い越す】

他五 超過，趕過去

類 抜く（ぬく）

例 トラックなんか、追い越しちゃえ。
／我們快追過那卡車吧！

文法
なんか［之類的］
▶ 用輕視的語氣，談論主題。口語用法。
▶ 近 など［才不（輕視的語氣）］

0136 □□□

おうえん【応援】

名・他サ 援助，支援；聲援，助威

類 声援

例 今年は、私が応援している野球チームが優勝した。
／我支持的棒球隊今年獲勝了。

0137 □□□

おおく【多く】

名・副 多數，許多；多半，大多

類 沢山

例 日本は、食品の多くを輸入に頼っている。
／日本的食品多數仰賴進口。

0138 □□□

オーバー・オーバーコート【overcoat】

㊔ 大衣，外套，外衣

例 まだオーバーを着るほど寒くない。
／還沒有冷到需要穿大衣。

文法
ほど…ない［沒那麼…］
▶ 表示程度並沒有那麼高。

讀書計劃：□□／□□

0139 □□□

オープン【open】

名・自他サ・形動 開放，公開；無蓋，敞篷；露天，野外

例 このレストランは3月にオープンする。
／這家餐廳將於三月開幕。

0140 □□□

おかえり【お帰り】

寒暄（你）回來了

例「ただいま」「お帰り」
／「我回來了。」「回來啦！」

0141 □□□

おかえりなさい【お帰りなさい】

寒暄 回來了

例 お帰りなさい。お茶でも飲みますか。
／你回來啦。要不要喝杯茶？

0142 □□□

おかけください

敬 請坐

例 どうぞ、おかけください。
／請坐下。

0143 □□□

おかしい【可笑しい】

形 奇怪，可笑；不正常

類 滑稽（こっけい）

例 いくらおかしくても、そんなに笑うことないでしょう。
／就算好笑，也不必笑成那個樣子吧。

文法
ことはない［用不著…］
▶ 表示鼓勵或勸告別人，沒有做某一行為的必要。

0144 □□□

おかまいなく【お構いなく】

敬 不管，不在乎，不介意

例 どうぞ、お構いなく。／請不必客氣。

0145 □□□

おきる【起きる】

自上一（倒著的東西）起來，立起來；起床；不睡；發生

類 立ち上がる（たちあがる）

例 昨夜はずっと起きていた。
／昨天晚上一直都醒著。

おく～おしゃべり

0146 □□□

おく【奥】

㊔ 裡頭，深處；裡院；盡頭

例 のどの奥に魚の骨が引っかかった。

／喉嚨深處哽到魚刺了。

0147 □□□

おくれ【遅れ】

㊔ 落後，晚；畏縮，怯懦

例 台風のため、郵便の配達に二日の遅れが出ている。

／由於颱風，郵件延遲兩天送達。

0148 □□□

おげんきですか【お元気ですか】

(寒暄) 你好嗎？

例 ご両親はお元気ですか。

／請問令尊與令堂安好嗎？

0149 □□□

おこす【起こす】

(他五) 扶起；叫醒；引起

類 目を覚まさせる（めをさまさせる）

例 父は、「明日の朝、６時に起こしてくれ」と言った。

／父親說：「明天早上六點叫我起床」。

文法

てくれと［給我…］

▶ 表示引用某人下的強烈命令的內容。

と［（表示命令內容）］

▶ 前面接動詞命令形，表示引用命令的內容。

0150 □□□

おこる【起こる】

(自五) 發生，鬧；興起，興盛；（火）著旺

反 終わる

類 始まる

例 この交差点は事故が起こりやすい。

／這個十字路口經常發生交通事故。

例 世界の地震の約１割が日本で起こっている。

／全世界的地震大約有一成發生在日本。

0151 □□□

おごる【奢る】

(自五·他五) 奢侈，過於講究；請客，作東

例 ここは私がおごります。／這回就讓我作東了。

0152 □□□

おさえる【押さえる】

(他下一) 按，壓；扣住，勒住；控制，阻止；捉住；扣留；超群出眾

類 押す

例 この釘を押さえていてください。

／請按住這個釘子。

0153 □□□

おさきに【お先に】

(敬) 先離開了，先告辭了

例 お先に、失礼します。

／我先告辭了。

0154 □□□

おさめる【納める】

(他下一) 交，繳納

例 税金を納めるのは国民の義務です。

／繳納稅金是國民的義務。

0155 □□□

おしえ【教え】

(名) 教導，指教，教誨；教義

例 神の教えを守って生活する。

／遵照神的教誨過生活。

0156 □□□

おじぎ【お辞儀】

(名·自サ) 行禮，鞠躬，敬禮；客氣

類 挨拶

例 目上の人にお辞儀をしなかったので、母にしかられた。

／因為我沒跟長輩行禮，被媽媽罵了一頓。

0157 □□□

おしゃべり【お喋り】

(名·自サ·形動) 閒談，聊天；愛說話的人，健談的人

反 無口　類 無駄口（むだぐち）

例 友だちとおしゃべりをしているところへ、先生が来た。

／當我正在和朋友閒談時，老師走了過來。

文法

ところへ［正當…的時候］

▶ 表示正在做某事時，偶發了另一件事，並產生某種影響。

おじゃまします～おめでとう

0158 □□□

おじゃまします【お邪魔します】

敬 打擾了

例「どうぞお上がりください」「お邪魔します」
／「請進請進」「打擾了」

0159 □□□

おしゃれ【お洒落】

名·形動 打扮漂亮，愛漂亮的人

例おしゃれしちゃって、これからデート。
／瞧你打扮得那麼漂亮／帥氣，等一下要約會？

0160 □□□

おせわになりました【お世話になりました】

敬 受您照顧了

例いろいろと、お世話になりました。
／感謝您多方的關照。

0161 □□□

おそわる【教わる】

他五 受教，跟…學習

例パソコンの使い方を教わったとたんに、もう忘れてしまった。
／才剛請別人教我電腦的操作方式，現在就已經忘了。

文法

とたんに [剛…就…]

▶ 表示前項動作和變化完成的一瞬間，發生了後項的動作和變化。

0162 □□□

Track 8

おたがい【お互い】

名 彼此，互相

例二人はお互いに愛し合っている。
／兩人彼此相愛。

0163 □□□

おたまじゃくし【お玉杓子】

名 圓杓，湯杓；蝌蚪

例お玉じゃくしでスープをすくう。
／用湯杓舀湯。

0164 □□□

おでこ

名 凸額，額頭突出（的人）；額頭，額骨

類 額（ひたい）

例息子が転んで机の角におでこをぶつけた。
／兒子跌倒時額頭撞到了桌角。

0165 □□□

おとなしい【大人しい】

形 老實，溫順；(顏色等) 樸素，雅致

類 穏やか（おだやか）

例 彼女はおとなしいですが、とてもしっかりしています。

／她雖然文靜，但非常能幹。

0166 □□□

オフィス【office】

名 辦公室，辦事處；公司；政府機關

類 事務所（じむしょ）

例 彼のオフィスは、3階だと思ったら4階でした。

／原以為他的辦公室是在三樓，誰知原來是在四樓。

0167 □□□

オペラ【opera】

名 歌劇

類 芝居

例 オペラを観て、主人公の悲しい運命に涙が出ました。

／觀看歌劇中主角的悲慘命運，而熱淚盈框。

0168 □□□

おまごさん【お孫さん】

名 孫子，孫女，令孫（「孫」的鄭重說法）

例 そちら、お孫さん。何歳ですか。

／那一位是令孫？今年幾歲？

0169 □□□

おまちください【お待ちください】

敬 請等一下

例 少々、お待ちください。

／請等一下。

0170 □□□

おまちどおさま【お待ちどおさま】

敬 久等了

例 お待ちどおさま、こちらへどうぞ。

／久等了，這邊請。

0171 □□□

おめでとう

寒暄 恭喜

例 大学合格、おめでとう。／恭喜你考上大學。

おめにかかる～オリンピック

0172 □□□

おめにかかる【お目に掛かる】

慣（謙讓語）見面，拜會

例 社長にお目に掛かりたいのですが。
／想拜會社長。

文法
たい［想要…］
▶ 表示說話者的內心想做、想要的。

0173 □□□

おもい【思い】

名（文）思想，思考；感覺，情感；想念，思念；願望，心願

類 考え

例 彼女には、申し訳ないという思いでいっぱいだ。
／我對她滿懷歉意。

0174 □□□

おもいえがく【思い描く】

他五 在心裡描繪，想像

例 将来の生活を思い描く。
／在心裡描繪未來的生活。

0175 □□□

おもいきり【思い切り】

名・副 斷念，死心；果斷，下決心；狠狠地，盡情地，徹底的

例 試験が終わったら、思い切り遊びたい。
／等考試結束後，打算玩個夠。（副詞用法）

例 別れた彼女が忘れられない。俺は思い切りが悪いのか。
／我忘不了已經分手的女友，難道是我太優柔寡斷了？（名詞用法）

文法
たい［想要…］
▶ 表示說話者的內心想做、想要的。

0176 □□□

おもいつく【思い付く】

自他五（忽然）想起，想起來

類 考え付く（かんがえつく）

例 いいアイディアを思い付くたびに、会社に提案しています。
／每當我想到好點子，就提案給公司。

文法
たびに［每當…就…］
▶ 表示前項的動作、行為都伴隨後項。

0177 □□□

おもいで【思い出】

名 回憶，追憶，追懷；紀念

例 旅の思い出に写真を撮る。／旅行拍照留念。

0178 □□□

おもいやる【思いやる】

㊀他五 體諒，表同情；想像，推測

例 夫婦は、お互いに思いやることが大切です。

／夫妻間相互體貼很重要。

0179 □□□

おもわず【思わず】

副 禁不住，不由得，意想不到地，下意識地

類 うっかり

例 頭にきて、思わず殴ってしまった。

／怒氣一上來，就不自覺地揍了下去。

0180 □□□

おやすみ【お休み】

寒暄 休息；晚安

例 お休みのところをすみません。

／抱歉，在您休息的時間來打擾。

文法

ところを［正當…時］

▶ 表示正當 A 的時候，發生了 B 的狀況。

0181 □□□

おやすみなさい【お休みなさい】

寒暄 晚安

例 さて、そろそろ寝ようかな。お休みなさい。

／好啦！該睡了。晚安！

0182 □□□

おやゆび【親指】

名（手腳的）的拇指

例 親指に怪我をしてしまった。

／大拇指不小心受傷了。

0183 □□□

オリンピック【Olympics】

名 奥林匹克

例 オリンピックに出るからには、金メダルを目指す。

／既然參加奧運，目標就是得金牌。

文法

からには［既然…，就…］

▶ 表示既然到了這種情況，後面就要「貫徹到底」的説法。

オレンジ～か

0184 □□□

オレンジ【orange】

㊔ 柳橙，柳丁；橙色

例 オレンジ（ぜんぶ）はもう全部食（た）べたんだっけ。
／柳橙好像全都吃光了吧？

文法
つけ［是不是…呢］
▶用在想確認自己記不清，或已經忘掉的事物時。

0185 □□□

おろす【下ろす・降ろす】

他五（從高處）取下，拿下，降下，弄下；開始使用（新東西）；砍下

反 上げる　類 下げる

例 車（くるま）から荷物（にもつ）を降（お）ろすとき、腰（こし）を痛（いた）めた。
／從車上搬行李下來的時候弄痛了腰。

0186 □□□

おん【御】

接頭 表示敬意

例 御礼申（おんれいもう）し上（あ）げます。
／致以深深的謝意。

0187 □□□

おんがくか【音楽家】

㊔ 音樂家

類 ミュージシャン

例 プロの音楽家（おんがくか）になりたい。
／我想成為專業的音樂家。

文法
たい［想要…］
▶表示說話者的內心想做、想要的。

0188 □□□

おんど【温度】

㊔（空氣等）溫度，熱度

例 冬（ふゆ）の朝（あさ）は、天気（てんき）がいいと温度（おんど）が下（さ）がります。
／如果冬天早晨的天氣晴朗，氣溫就會下降。

0189 □□□ Track 9

か【課】

名·漢造（教材的）課；課業；（公司等）課，科

例 会計課で学費を納める。／在會計處繳交學費。

0190 □□□

か【日】

漢造 表示日期或天數

例 私の誕生日は四月二十日です。／我的生日是四月二十日。

0191 □□□

か【下】

漢造 下面；屬下；低下；下，降

例 この辺りでは、冬には気温が零下になることもある。
／這一帶的冬天有時氣溫會到零度以下。

0192 □□□

か【化】

漢造 化學的簡稱；變化

例 この作家の小説は、たびたび映画化されている。
／這位作家的小說經常被改拍成電影。

0193 □□□

か【科】

名·漢造（大專院校）科系；（區分種類）科

例 英文科だから、英語を勉強しないわけにはいかない。
／因為是英文系，總不能不讀英語。

文法
ないわけにはいかない
[不能不…]
▶ 表示根據情理、一般常識或的經驗，有做某事的義務。

0194 □□□

か【家】

漢造 家庭；家族；專家

例 芸術家になって食べていくのは、容易なことではない。
／想當藝術家餬口過日，並不是容易的事。

0195 □□□

か【歌】

漢造 唱歌；歌詞

例 年のせいか、流行歌より演歌が好きだ。
／大概是因為上了年紀，比起流行歌曲更喜歡傳統歌謠。

文法
せいか[可能是（因為）…]
▶ 表示發生壞事或不利的原因，但這一原因也不很明確。

カード～かう

0196 □□□

カード【card】

㊔ 卡片；撲克牌

例 単語（たんご）を覚（おぼ）えるには、カードを使（つか）うといいよ。
／想要背詞彙，利用卡片的效果很好喔。

0197 □□□

カーペット【carpet】

㊔ 地毯

例 カーペットにコーヒーをこぼしてしまった。
／把咖啡灑到地毯上了。

0198 □□□

かい【会】

㊔ 會，會議，集會

類 集まり

例 毎週金曜日（まいしゅうきんようび）の夜（よる）に、『源氏物語（げんじものがたり）』を読（よ）む会（かい）をやっています。
／每週五晚上舉行都《源氏物語》讀書會。

0199 □□□

かい【会】

接尾 …會

例 展覧会（てんらんかい）は、終（お）わってしまいました。／展覽會結束了。

0200 □□□

かいけつ【解決】

名·自他サ 解決，處理

反 決裂（けつれつ）
類 決着（けっちゃく）

例 問題（もんだい）が小（ちい）さいうちに、解決（かいけつ）しましょう。
／趁問題還不大的時候解決掉吧！

文法
うちに［趁…之內］
▶ 表示在前面的環境、狀態持續的期間，做後面的動作。

0201 □□□

かいごし【介護士】

㊔ 專門照顧身心障礙者日常生活的專門技術人員

例 介護士（かいごし）の仕事内容（しごとないよう）は、患者（かんじゃ）の身（み）の回（まわ）りの世話（せわ）などです。
／看護士的工作內容是照顧病人周邊的事等等。

0202 □□□

かいさつぐち【改札口】

㊔（火車站等）剪票口

類 改札

例 JRの改札口（かいさつぐち）で待（ま）っています。／在JR的剪票口等你。

0203 □□□

かいしゃいん【会社員】 ㊔ 公司職員

例 会社員（かいしゃいん）なんかじゃなく、公務員（こうむいん）になればよかった。
／要是能當上公務員，而不是什麼公司職員，該有多好。

文法
なんか［之類的］
▶ 用輕視的語氣，談論主題。口語用法。
ばよかった［就好了］
▶ 表示說話者對於過去事物的惋惜、感慨。

0204 □□□

かいしゃく【解釈】 名·他サ 解釋，理解，說明

類 釈義（しゃくぎ）

例 この法律（ほうりつ）は、解釈上（かいしゃくじょう）、二（ふた）つの問題（もんだい）がある。
／這條法律，在解釋上有兩個問題點。

0205 □□□

かいすうけん【回数券】 ㊔（車票等的）回數票

例 回数券（かいすうけん）をこんなにもらっても、使（つか）いきれません。
／就算拿了這麼多的回數票，我也用不完。

0206 □□□

かいそく【快速】 名·形動 快速，高速度

類 速い

例 快速電車（かいそくでんしゃ）に乗（の）りました。
／我搭乘快速電車。

0207 □□□

かいちゅうでんとう【懐中電灯】 ㊔ 手電筒

例 この懐中電灯（かいちゅうでんとう）は電池（でんち）がいらない。振（ふ）ればつく。
／這種手電筒不需要裝電池，只要甩動就會亮。

0208 □□□

かう【飼う】 他五 飼養（動物等）

例 うちではダックスフントを飼（か）っています。
／我家裡有養臘腸犬。

あ か さ た な は ま や ら わ 練習

かえる～かぐ

0209 □□□
かえる【代える・換える・替える】
(他下一) 代替，代理：改變，變更，變換

類 改変（かいへん）
例 この子は私の命に代えても守る。／我不惜犧牲性命也要保護這個孩子。
例 窓を開けて空気を換える。／打開窗戶透氣。
例 台湾元を日本円に替える。／把台幣換成日圓。

0210 □□□
かえる【返る】
(自五) 復原；返回；回應

類 戻る
例 友達に貸したお金が、なかなか返ってこない。
／借給朋友的錢，遲遲沒能拿回來。

0211 □□□
がか【画家】
(名) 畫家

例 彼は小説家であるばかりでなく、画家でもある。
／他不單是小說家，同時也是個畫家。

文法
ばかりでなく[不僅…]
▶ 表示除前項的情況之外，還有後項程度更甚的情況。

0212 □□□
かがく【化学】
(名) 化學

例 君、専攻は化学だったのか。道理で薬品に詳しいわけだ。
／原來你以前主修化學喔。難怪對藥品知之甚詳。

文法
わけだ[怪不得…]
▶ 表示按事物的發展，事實、狀況合乎邏輯地必然導致這樣的結果。

0213 □□□
かがくはんのう【化学反応】
(名) 化學反應

例 卵をゆでると固まるのは、熱による化学反応である。
／雞蛋經過烹煮之所以會凝固，是由於熱能所產生的化學反應。

0214 □□□
かかと【踵】
(名) 腳後跟

例 かかとがガサガサになって、靴下が引っかかる。
／腳踝變得很粗糙，會勾到襪子。

0215 □□□

かかる

自五 生病；遭受災難

例 小さい子供は病気にかかりやすい。

／年紀小的孩子容易生病。

0216 □□□

かきとめ
【書留】

名 掛號郵件

例 大事な書類ですから書留で郵送してください。

／這是很重要的文件，請用掛號信郵寄。

0217 □□□

かきとり
【書き取り】

名·自サ 抄寫，記錄；聽寫，默寫

例 明日は書き取りのテストがある。

／明天有聽寫考試。

0218 □□□

かく
【各】

接頭 各，每人，每個，各個

例 各クラスから代表を一人出してください。

／請每個班級選出一名代表。

0219 □□□

かく
【掻く】

他五 (用手或爪) 搔，撥；拔，推；攪拌，攪和

類 擦る（する）

例 失敗して恥ずかしくて、頭を掻いていた。

／因失敗感到不好意思，而搔起頭來。

0220 □□□

かぐ
【嗅ぐ】

他五 (用鼻子) 聞，嗅

例 この花の香りをかいでごらんなさい。

／請聞一下這花的香味。

0221 □□□

かぐ
【家具】

名 家具

類 ファーニチャー

例 家具といえば、やはり丈夫なものが便利だと思います。

／說到家具，我認為還是耐用的東西比較方便。

かくえきていしゃ～かざり

0222 □□□

かくえきていしゃ【各駅停車】

㊔ 指電車各站都停車，普通車

反 急行（きゅうこう）
類 鈍行（どんこう）
例 あの駅（えき）は各駅停車（かくえきていしゃ）の電車（でんしゃ）しか止（と）まりません。
／那個車站只有每站停靠的電車才會停。

0223 □□□

かくす【隠す】

（他五） 藏起來，隱瞞，掩蓋

類 隠れる
例 事件（じけん）のあと、彼（かれ）は姿（すがた）を隠（かく）してしまった。
／案件發生後，他就躲了起來。

0224 □□□

かくにん【確認】

（名・他サ） 證實，確認，判明

類 確かめる（たしかめる）
例 まだ事実（じじつ）を確認（かくにん）しきれていません。
／事實還沒有被證實。

0225 □□□

がくひ【学費】

㊔ 學費

類 費用
例 子（こ）どもたちの学費（がくひ）を考（かんが）えると不安（ふあん）でしょうがない。
／只要一想到孩子們的學費，我就忐忑不安。

0226 □□□

がくれき【学歴】

㊔ 學歷

例 結婚相手（けっこんあいて）は、学歴（がくれき）・収入（しゅうにゅう）・身長（しんちょう）が高（たか）い人（ひと）がいいです。
／結婚對象最好是學歷、收入和身高三項都高的人。

0227 □□□

Track 11

かくれる【隠れる】

（自下一） 躲藏，隱藏；隱遁；不為人知，潛在的

類 隠す（かくす）
例 息子（むすこ）が親（おや）に隠（かく）れてたばこを吸（す）っていた。
／兒子以前瞞著父母偷偷抽菸。

讀書計劃：□□／□□

0228 □□□

かげき【歌劇】

㊔ 歌劇

類 芝居

例 宝塚歌劇に夢中なの。だってて男役がすてきなんだもん。／我非常迷寶塚歌劇呢。因為那些女扮男裝的演員實在太帥了呀。

文法

んだもん［因為…嘛］

▶ 用來解釋理由，語氣偏任性、撒嬌，在說明時帶有一種辯解的意味。

0229 □□□

かけざん【掛け算】

㊔ 乘法

反 割り算（わりざん）

類 乗法（じょうほう）

例 まだ5歳だが、足し算・引き算はもちろん、掛け算もできる。

／雖然才五歲，但不單是加法和減法，連乘法也會。

文法

はもちろん［不僅…］

▶ 表示一般程度的前項自然不用說，就連程度較高的後項也不例外。

0230 □□□

かける【掛ける】

（他下一・接尾）坐；懸掛；蓋上，放上；放在…之上；提交；澆；開動；花費；寄託；鎖上；（數學）乘

類 ぶら下げる

例 椅子に掛けて話をしよう。／讓我們坐下來講吧！

0231 □□□

かこむ【囲む】

（他五）圍上，包圍；圍攻

類 取り巻く（とりまく）

例 やっぱり、庭があって自然に囲まれた家がいいわ。

／我還是比較想住在那種有庭院，能沐浴在大自然之中的屋子耶。

0232 □□□

かさねる【重ねる】

（他下一）重疊堆放；再加上，蓋上；反覆，重複，屢次

例 本がたくさん重ねてある。

／書堆了一大疊。

0233 □□□

かざり【飾り】

㊔ 裝飾（品）

例 道にそって、クリスマスの飾りが続いている。

／沿街滿是聖誕節的裝飾。

かし～かたづく

0234 □□□

かし【貸し】

名 借出，貸款；貸方；給別人的恩惠

反 借り

例 山田君をはじめ、たくさんの同僚に貸しがある。

／山田以及其他同事都對我有恩。

文法

をはじめ［以及…］

▶ 表示由核心的人或物擴展到很廣的範圍。

0235 □□□

かしちん【貸し賃】

名 租金，賃費

例 この料金には、車の貸し賃のほかに保険も含まれています。

／這筆費用，除了車子的租賃費，連保險費也包含在內。

0236 □□□

かしゅ【歌手】

名 歌手，歌唱家

例 きっと歌手になってみせる。

／我一定會成為歌手給大家看。

文法

てみせる［做給…看］

▶ 表示説話者強烈的意志跟決心，含有顯示自己能力的語氣。

0237 □□□

かしょ【箇所】

名·接尾（特定的）地方；（助數詞）處

例 残念だが、一箇所間違えてしまった。／很可惜，錯了一個地方。

0238 □□□

かず【数】

名 數，數目；多數，種種

例 羊の数を 1,000 匹まで数えたのにまだ眠れない。

／數羊都數到了一千隻，還是睡不著。

0239 □□□

ガスりょうきん【ガス料金】

名 瓦斯費

例 一月のガス料金はおいくらですか。／一個月的瓦斯費要花多少錢？

0240 □□□

カセット【cassette】

名 小暗盒；（盒式）錄音磁帶，錄音帶

例 授業をカセットに入れて、家で復習する。

／上課時錄音，帶回家裡複習。

0241 □□□

かぞえる【数える】

他下一 數，計算；列舉，枚舉

類 勘定する（かんじょうする）

例 10から1まで逆(ぎゃく)に数(かぞ)える。／從10倒數到1。

0242 □□□

かた【肩】

名 肩，肩膀；（衣服的）肩

例 このごろ運動不足(うんどうぶそく)のせいか、どうも肩(かた)が凝(こ)っている。

／大概是因為最近運動量不足，肩膀非常僵硬。

文法

せいか［可能是（因為）…］

▶ 表示發生壞事或不利的原因，但這一原因也不很明確。

0243 □□□

かた【型】

名 模子，形，模式；樣式

類 かっこう

例 車(くるま)の型(かた)としては、ちょっと古(ふる)いと思(おも)います。

／就車型來看，我認為有些老舊。

0244 □□□

かたい【固い・硬い・堅い】

形 硬的，堅固的；堅決的；生硬的；嚴謹的，頑固的；一定，包准；可靠的

反 柔らかい　類 強固（きょうこ）

例 父(ちち)は、真面目(まじめ)というより頭(あたま)が固(かた)いんです。

／父親與其說是認真，還不如說是死腦筋。

文法

というより［與其說…，還不如說…］

▶ 表示在相比較的情況下，後項的說法比前項更恰當。

0245 □□□

かだい【課題】

名 提出的題目；課題，任務

例 明日(あした)までに課題(かだい)を仕上(しあ)げて提出(ていしゅつ)しないと落第(らくだい)してしまう。

／如果明天之前沒有完成並提交作業，這個科目就會被當掉。

0246 □□□

Track 12

かたづく【片付く】

自五 收拾，整理好；得到解決，處裡好；出嫁

例 母親(ははおや)によると、彼女(かのじょ)の部屋(へや)はいつも片付(かたづ)いているらしい。

／就她母親所言，她的房間好像都有整理。

文法

によると［據…說］

▶ 表示消息、信息的來源，或推測的依據。

かたづけ～かね

0247 □□□

かたづけ【片付け】

㊔ 整理，整頓，收拾

例 ずいぶん暖(あたた)かくなったので、冬服(ふゆふく)の片付(かたづ)けをしましょう。

／天氣已相當緩和了，把冬天的衣服收起來吧！

0248 □□□

かたづける【片付ける】

他下一 收拾，打掃；解決

例 教室(きょうしつ)を片付(かたづ)けようとしていたら、先生(せんせい)が来(き)た。

／正打算整理教室的時候，老師來了。

0249 □□□

かたみち【片道】

㊔ 單程，單方面

例 小笠原諸島(おがさわらしょとう)には、船(ふね)で片道(かたみち)25時間半(じかんはん)もかかる。

／要去小笠原群島，單趟航程就要花上二十五小時又三十分鐘。

0250 □□□

かち【勝ち】

㊔ 勝利

反 負け（まけ）

類 勝利

例 3対(たい)1で、白組(しろぐみ)の勝(か)ち。／以三比一的結果由白隊獲勝。

0251 □□□

かっこういい【格好いい】

連語·形（俗）真棒，真帥，酷（口語用「かっこいい」）

類 ハンサム

例 今(いま)、一番(いちばん)かっこいいと思(おも)う俳優(はいゆう)は。／現在最帥氣的男星是誰？

0252 □□□

カップル【couple】

㊔ 一對，一對男女，一對情人，一對夫婦

例 お似合(にあ)いのカップルですね。お幸(しあわ)せに。

／新郎新娘好登對喔！祝幸福快樂！

0253 □□□

かつやく【活躍】

名·自サ 活躍

例 彼(かれ)は、前回(ぜんかい)の試合(しあい)において大(おお)いに活躍(かつやく)した。

／他在上次的比賽中大為活躍。

文法

において［在…］

▶ 表示動作或作用的時間、地點、範圍、狀況等。是書面語。

0254 □□□

かていか【家庭科】

㊔（學校學科之一）家事，家政

例 家庭科(かていか)は小学校(しょうがっこう)５年生(ねんせい)から始(はじ)まる。

／家政課是從小學五年級開始上。

0255 □□□

かでんせいひん【家電製品】

㊔ 家用電器

例 今(いま)の家庭(かてい)には家電製品(かでんせいひん)があふれている。

／現在的家庭中，充滿過多的家電用品。

0256 □□□

かなしみ【悲しみ】

㊔ 悲哀，悲傷，憂愁，悲痛

反 喜び

類 悲しさ

例 彼(かれ)の死(し)に悲(かな)しみを感(かん)じない者(もの)はいない。

／人們都對他的死感到悲痛。

0257 □□□

かなづち【金槌】

㊔ 釘錘，榔頭；旱鴨子

例 金(かな)づちで釘(くぎ)を打(う)とうとして、指(ゆび)をたたいてしまった。

／拿鐵鎚釘釘子時敲到了手指。

0258 □□□

かなり

副・形動・名 相當，頗

類 相当

例 先生(せんせい)は、かなり疲(つか)れていらっしゃいますね。

／老師您看來相當地疲憊呢！

0259 □□□

かね【金】

㊔ 金屬；錢，金錢

類 金銭（きんせん）

例 事業(じぎょう)を始(はじ)めるとしたら、まず金(かね)が問題(もんだい)になる。

／如果要創業的話，首先金錢就是個問題。

文法

としたら［如果…的話］

▶ 在認清現況或得來的信息的前提條件下，據此條件進行判斷。

かのう～カラー

0260 □□□

かのう【可能】

名·形動 可能

例 可能な範囲でご協力いただけると助かります。
／若在不為難的情況下能得到您的鼎力相助，那就太好了。

0261 □□□

かび

名 霉

例 かびが生えないうちに食べてください。
／請趁發霉前把它吃完。

文法
うちに［趁…之內］
▶ 表示在前面的環境、狀態持續的期間，做後面的動作。

0262 □□□

かまう【構う】

自他五 介意，顧忌，理睬；照顧，招待；調戲，逗弄；放逐

類 気にする

例 あの人は、あまり服装に構わない人です。
／那個人不大在意自己的穿著。

0263 □□□

がまん【我慢】

名·他サ 忍耐，克制，將就，原諒；（佛）饒恕

類 辛抱（しんぼう）

例 買いたいけれども、給料日まで我慢します。
／雖然想買，但在發薪日之前先忍一忍。

文法
たい［想要…］
▶ 表示説話者的內心想做、想要的。

0264 □□□

がまんづよい【我慢強い】

形 忍耐性強，有忍耐力

例 入院生活、よくがんばったね。本当に我慢強い子だ。
／住院的這段日子實在辛苦了。真是個勇敢的孩子呀！

0265 □□□

かみのけ【髪の毛】

名 頭髮

例 高校生のくせに髪の毛を染めるなんて、何考えてるんだ！
／區區一個高中生居然染頭髮，你在想什麼啊！

文法
くせに［明明…，卻…］
▶ 根據前項的條件，出現後項讓人覺得可笑的、不相稱的情況。

讀書計劃：□□／□□

0266 □□□

Track 13

ガム【(英)gum】

㊔ 口香糖；樹膠

例 運転中（うんてんちゅう）、眠（ねむ）くなってきたので、ガムをかんだ。
／由於開車時愈來愈睏，因此嚼了口香糖。

0267 □□□

カメラマン【cameraman】

㊔ 攝影師；(報社、雜誌等) 攝影記者

例 日本（にほん）にはとてもたくさんのカメラマンがいる。
／日本有很多攝影師。

0268 □□□

がめん【画面】

㊔ (繪畫的) 畫面；照片，相片；(電影等) 畫面，鏡頭

類 映像（えいぞう）

例 コンピューターの画面（がめん）を見（み）すぎて目（め）が疲（つか）れた。
／盯著電腦螢幕看太久了，眼睛好疲憊。

0269 □□□

かもしれない

連語 也許，也未可知

例 あなたの言（い）う通（とお）りかもしれない。
／或許如你說的。

0270 □□□

かゆ【粥】

㊔ 粥，稀飯

例 おなかを壊（こわ）したから、おかゆしか食（た）べられない。
／因為鬧肚子了，所以只能吃稀飯。

0271 □□□

かゆい【痒い】

㊒ 癢的

類 むずむず

例 なんだか体中（からだじゅう）かゆいです。
／不知道為什麼，全身發癢。

0272 □□□

カラー【color】

㊔ 色，彩色；(繪畫用) 顏料；特色

例 今（いま）ではテレビはカラーが当（あ）たり前（まえ）になった。
／如今，電視機上出現彩色畫面已經成為理所當然的現象了。

かり～かん

0273 □□□

かり【借り】

㊔ 借，借入；借的東西；欠人情；怨恨，仇恨

例 伊藤(いとう)さんには、借(か)りがある。
／我欠伊藤小姐一份情。

0274 □□□

かるた【carta・歌留多】

㊔ 紙牌；寫有日本和歌的紙牌

補 撲克牌（トランプ）

例 お正月(しょうがつ)には、よくかるたで遊(あそ)んだものだ。
／過年時經常玩紙牌遊戲呢。

文法
ものだ［真…啊］
▶ 表示説話者對於過去常做某件事情的感慨、回憶。

0275 □□□

かわ【皮】

㊔ 皮，表皮；皮革

類 表皮（ひょうひ）

例 包丁(ほうちょう)でりんごの皮(かわ)をむく。
／拿菜刀削蘋果皮。

0276 □□□

かわかす【乾かす】

他五 曬乾；晾乾；烤乾

類 乾く（かわく）

例 雨(あめ)でぬれたコートを吊(つ)るして乾(かわ)かす。
／把淋到雨的濕外套掛起來風乾。

0277 □□□

かわく【乾く】

自五 乾，乾燥

類 乾燥（かんそう）

例 雨(あめ)が少(すく)ないので、土(つち)が乾(かわ)いている。
／因雨下得少，所以地面很乾。

0278 □□□

かわく【渇く】

自五 渴，乾渴；渴望，內心的要求

補 「のどが渇いた」（○）
「私が渇いた」　（×）

例 のどが渇(かわ)いた。何(なに)か飲(の)み物(もの)ない。
／我好渴，有什麼什麼可以喝的？

0279 □□□

かわる【代わる】

(自五) 代替，代理，代理

類 代理（だいりり）

例「途中、どっかで運転代わるよ」「別にいいよ」
／「半路上找個地方和你換手開車吧？」「沒關係啦！」

0280 □□□

かわる【替わる】

(自五) 更換，交替

類 交替

例 石油に替わる新しいエネルギーはなんですか。
／請問可用來替代石油的新能源是什麼呢？

0281 □□□

かわる【換わる】

(自五) 更換，更替

類 交換（こうかん）

例 すみませんが、席を換わってもらえませんか。
／不好意思，請問可以和您換個位子嗎？

0282 □□□

かわる【変わる】

(自五) 變化；與眾不同；改變時間地點，遷居，調任

類 変化する

例 人の考え方は、変わるものだ。
／人的想法，是會變的。

0283 □□□

かん【缶】

(名) 罐子

例 缶はまとめてリサイクルに出した。
／我將罐子集中，拿去回收了。

0284 □□□

かん【刊】

(漢造) 刊，出版

例 うちは朝刊だけで、夕刊は取っていません。
／我家只有早報，沒訂晚報。

文法

だけ［只；僅僅］

▶ 表示只限於某範圍，除此以外沒有別的了。

かん～かんじる・かんずる

0285 □□□ Track 14

かん【間】

名·接尾 間，機會，間隙

例 五日間の九州旅行も終わって、明日からはまた仕事だ。

／五天的九州之旅已經結束，從明天起又要上班了。

0286 □□□

かん【館】

漢造 旅館；大建築物或商店

例 大英博物館は、無料で見学できる。

／大英博物館可以免費參觀。

0287 □□□

かん【感】

名·漢造 感覺，感動；感

例 給料も大切だけれど、満足感が得られる仕事がしたい。

／薪資雖然重要，但我想從事能夠得到成就感的工作。

文法
たい［想要…］
▶表示說話者的內心想做、想要的。

0288 □□□

かん【観】

名·漢造 觀感，印象，樣子；觀看；觀點

例 アフリカを旅して、人生観が変わりました。

／到非洲旅行之後，徹底改變了人生觀。

0289 □□□

かん【巻】

名·漢造 卷，書冊；（書畫的）手卷；卷曲

例（本屋で）全3巻なのに、上・下だけあって中がない。

／（在書店）明明全套共三集，但只有上下兩集，找不到中集。

文法
だけ［只有］
▶表示除此之外，別無其他。

0290 □□□

かんがえ【考え】

名 思想，想法，意見；念頭，觀念，信念；考慮，思考；期待，願望；決心

例 その件について自分の考えを説明した。

／我來說明自己對那件事的看法。

0291 □□□

かんきょう【環境】

名 環境

例 環境のせいか、彼の子どもたちはみなスポーツが好きだ。
／可能是因為環境的關係，他的小孩都很喜歡運動。

文法
せいか［可能是（因為）…］
▶ 表示積極的原因。另也可表示發生壞事的原因，但這一原因也不很明確。

0292 □□□

かんこう【観光】

名・他サ 觀光，遊覽，旅遊

類 旅行

例 まだ天気がいいうちに、観光に出かけました。
／趁天氣還晴朗時，出外觀光去了。

文法
うちに［趁…之內］
▶ 表示在前面的環境、狀態持續的期間，做後面的動作。

0293 □□□

かんごし【看護師】

名 護士，看護

例 男性の看護師は、女性の看護師ほど多くない。
／男性護理師沒有女性護理師那麼多。

文法
ほど…ない［沒那麼…］
▶ 表示程度並沒有那麼高。

0294 □□□

かんしゃ【感謝】

名・自他サ 感謝

類 お礼

例 本当は感謝しているくせに、ありがとうも言わない。
／明明就很感謝，卻連句道謝的話也沒有。

文法
くせに［明明…，卻…］
▶ 根據前項的條件，出現後項讓人覺得可笑的、不相稱的情況。

0295 □□□

かんじる・かんずる【感じる・感ずる】

自他上一 感覺，感到；感動，感觸，有所感

サ 感ずる

例 子供が生まれてうれしい反面、責任も感じる。
／孩子出生後很高興，但相對地也感受到責任。

文法
反面［另一方面；相反］
▶ 表示同一種事物，同時兼具兩種不同性格的兩個方面。

かんしん～きく

0296 □□□

かんしん
【感心】

名·形動·自サ 欽佩；贊成；(貶) 令人吃驚

類 驚く（おどろく）

例 彼はよく働くので、感心させられる。
／他很努力工作，真是令人欽佩。

文法
させられる［令人…］
▶ 受到某事物的觸動，而不自覺地產生某心理狀態，或感情色彩。

0297 □□□

かんせい
【完成】

名·自他サ 完成

類 出来上がる（できあがる）

例 ビルが完成したら、お祝いのパーティーを開こう。
／等大樓竣工以後，來開個慶祝酒會吧。

0298 □□□

かんぜん
【完全】

名·形動 完全，完整；完美，圓滿

反 不完全　類 完璧

例 もう病気は完全に治りました。
／病症已經完全治癒了。

0299 □□□

かんそう
【感想】

名 感想

類 所感（しょかん）

例 全員、明日までに研修の感想を書いてきてください。
／你們全部，在明天以前要寫出研究的感想。

0300 □□□

かんづめ
【缶詰】

名 罐頭；關起來，隔離起來；擁擠的狀態

補 に缶詰（かんづめ）：在（某場所）閉關

例 この缶詰は、缶切りがなくても開けられます。
／這個罐頭不需要用開罐器也能打開。

0301 □□□

かんどう
【感動】

名·自サ 感動，感激

類 感銘（かんめい）

例 予想に反して、とても感動した。
／出乎預料之外，受到了極大的感動。

文法
に反して［與…相反…］
▶ 表示後項的結果，跟前項所預料的相反，形成對比的關係。

0302 □□□

Track 15

き
【期】

漢造 時期；時機；季節；（預定的）時日

例 うちの子、反抗期で、なんでも「やだ」って言うのよ。
／我家小孩正值反抗期，問他什麼都回答「不要」。

0303 □□□

き
【機】

名·接尾·漢造 機器；時機；飛機；（助數詞用法）架

例 20年使った洗濯機が、とうとう壊れた。／用了二十年的洗衣機終於壞了。

0304 □□□

キーボード
【keyboard】

名（鋼琴、打字機等）鍵盤

例 コンピューターのキーボードをポンポンと叩いた。
／「砰砰」地敲打電腦鍵盤。

0305 □□□

きがえ
【着替え】

名·自サ 換衣服；換洗衣物

例 着替えを忘れたものだから、また同じのを着るしかない。
／由於忘了帶換洗衣物，只好繼續穿同一套衣服。

文法
しかない［只好…］
▶ 表示只有這唯一可行的，沒有別的選擇。

0306 □□□

きがえる・きかえる
【着替える】

他下一 換衣服

例 着物を着替える。／換衣服。

0307 □□□

きかん
【期間】

名 期間，期限內

類 間

例 夏休みの期間、塾の講師として働きます。
／暑假期間，我以補習班老師的身份在工作。

0308 □□□

きく
【効く】

自五 有效，奏效；好用，能幹；可以，能夠；起作用；（交通工具等）通，有

例 この薬は、高かったわりに効かない。
／這服藥雖然昂貴，卻沒什麼效用。

文法
わりに［雖然…但是］
▶ 表示結果跟前項條件不成比例、有出入，或不相稱。

きげん～きほん

0309 □□□

きげん【期限】

名 期限

類 締め切り（しめきり）

例 支払いの期限を忘れるなんて、非常識というものだ。

／竟然忘記繳款的期限，真是離譜。

0310 □□□

きこく【帰国】

名・自サ 回國，歸國；回到家鄉

類 帰京（ききょう）

例 夏に帰国して、日本の暑さと湿気の多さにびっくりした。

／夏天回國，對日本暑熱跟多濕，感到驚訝！

0311 □□□

きじ【記事】

名 報導，記事

例 新聞記事によると、2020年のオリンピックは東京でやるそうだ。

／據報上說，二〇二〇年的奧運將在東京舉行。

文法

によると［據…說］

▶ 表示消息、信息的來源，或推測的依據。

0312 □□□

きしゃ【記者】

名 執筆者，筆者；（新聞）記者，編輯

類 レポーター

例 首相は記者の質問に答えなかった。

／首相答不出記者的提問。

0313 □□□

きすう【奇数】

名（數）奇數

反 偶数（ぐうすう）

例 奇数の月に、この書類を提出してください。

／請在每個奇數月交出這份文件。

0314 □□□

きせい【帰省】

名・自サ 歸省，回家（省親），探親

類 里帰り（さとがえり）

例 お正月に帰省しますか。

／請問您元月新年會不會回家探親呢？

0315 □□□

き|たく【帰宅】

㊔名·自サ 回家

反 出かける　類 帰る

例 あちこちの店でお酒を飲んで、夜中の１時にやっと帰宅した。
／到了許多店去喝酒，深夜一點才終於回到家。

0316 □□□

き|ちんと

副 整齊，乾乾淨淨；恰好，洽當；如期，準時；好好地，牢牢地

類 ちゃんと

例 きちんと勉強していたわりには、点が悪かった。
／雖然努力用功了，但分數卻不理想。

文法
わりには［雖然…但是］
▶ 表示結果跟前項條件不成比例、有出入，或不相稱。

0317 □□□

キ|ッチン【kitchen】

名 廚房

類 台所

例 キッチンは流し台がすぐに汚れてしまいます。
／廚房的流理台一下子就會變髒了。

0318 □□□

き|っと

副 一定，必定；(神色等) 嚴厲地，嚴肅地

類 必ず

例 あしたはきっと晴れるでしょう。／明天一定會放晴。

0319 □□□

き|ぼう【希望】

名·他サ 希望，期望，願望

類 望み

例 あなたのおかげで、希望を持つことができました。
／多虧你的加油打氣，我才能懷抱希望。

文法
おかげで［多虧…］
▶ 由於受到某種恩惠，導致後面好的結果。常帶有感謝的語氣。

0320 □□□

き|ほん【基本】

名 基本，基礎，根本

類 基礎

例 平仮名は日本語の基本ですから、しっかり覚えてください。
／平假名是日文的基礎，請務必背誦起來。

きほんてき（な）～ぎょう

0321 □□□

きほんてき(な)【基本的（な）】 (形動) 基本的

例 中国語は、基本的な挨拶ができるだけです。
／中文只會最簡單的打招呼而已。

文法
だけ［只；僅僅］
▶ 表示只限於某範圍，除此以外沒有別的了。

0322 □□□

きまり【決まり】 (名) 規定，規則；習慣，常規，慣例；終結；收拾整頓

類 規則（きそく）

例 グループに加わるからには、決まりはちゃんと守ります。
／既然加入這團體，就會好好遵守規則。

文法
からには［既然…，就…］
▶ 表示既然到了這種情況，後面就要「貫徹到底」的說法

0323 □□□

きゃくしつじょうむいん【客室乗務員】 (名)（車、飛機、輪船上）服務員

類 キャビンアテンダント

例 どうしても客室乗務員になりたい、でも身長が足りない。
／我很想當空姐，但是個子不夠高。

文法
たい［想要…］
▶ 表示說話者的內心想做、想要的。

0324 □□□

きゅうけい【休憩】 (名·自サ) 休息

類 休息（きゅうそく）

例 休憩どころか、食事する暇もない。
／別說是吃飯，就連休息的時間也沒有。

0325 □□□

きゅうこう【急行】 (名·自サ) 急忙前往，急趕；急行列車

反 普通
類 急行列車（きゅうこうれっしゃ）

例 たとえ急行に乗ったとしても、間に合わない。
／就算搭上了快車也來不及。

文法
たとえ…ても［即使…也…］
▶ 表示讓步關係，即使是在前項極端的條件下，後項結果仍然成立。

としても［即使…，也…］
▶ 表示假設前項是事實或成立，後項也不會起有效的作用。

0326 □□□

Track 16

きゅうじつ【休日】

㊔ 假日，休息日

類 休み

例 せっかくの休日に、何もしないでだらだら過ごすのは嫌です。

／我討厭在難得的假日，什麼也不做地閒晃一整天。

0327 □□□

きゅうりょう【丘陵】

㊔ 丘陵

例 多摩丘陵は、東京都から神奈川県にかけて広がっている。

／多摩丘陵的分布範圍從東京都遍及神奈川縣。

文法

から…にかけて［從…到…］

▶ 表示兩地點、時間之間一直連續發生某事或某狀態。

0328 □□□

きゅうりょう【給料】

㊔ 工資，薪水

例 来年こそは給料が上がるといいなあ。

／真希望明年一定要加薪啊。

文法

こそ［無論如何］

▶ 特別強調某事物。

といいなあ［就好了］

▶ 前項是難以實現或是與事實相反的情況，表現說話者遺憾、不滿、感嘆的心情。

0329 □□□

きょう【教】

漢造 教，教導；宗教

例 信仰している宗教はありますか。

／請問您有宗教信仰嗎？

0330 □□□

ぎょう【行】

名・漢造（字的）行；（佛）修行；行書

例 段落を分けるには、行を改めて頭を一字分空けます。

／分段時請換行，並於起頭處空一格。

0331 □□□

ぎょう【業】

名・漢造 業，職業；事業；學業

例 父は金融業で働いています。／家父在金融業工作。

きょういん～きろく

0332 □□□

きょういん【教員】

名 教師，教員

類 教師

例 小学校(しょうがっこう)の教員(きょういん)になりました。

／我當上小學的教職員了。

0333 □□□

きょうかしょ【教科書】

名 教科書，教材

例 今日(きょう)は教科書(きょうかしょ)の 21 ページからですね。

／今天是從課本的第二十一頁開始上吧？

0334 □□□

きょうし【教師】

名 教師，老師

類 先生

例 両親(りょうしん)とも、高校(こうこう)の教師(きょうし)です。

／我父母都是高中老師。

0335 □□□

きょうちょう【強調】

名・他サ 強調；權力主張；（行情）看漲

類 力説（りきせつ）

例 先生(せんせい)は、この点(てん)について特(とく)に強調(きょうちょう)していた。

／老師曾特別強調這個部分。

0336 □□□

きょうつう【共通】

名・形動・自サ 共同，通用

類 通用（つうよう）

例 成功者(せいこうしゃ)に共通(きょうつう)している 10(とお) の法則(ほうそく)はこれだ。

／成功者的十項共同法則就是這些！

0337 □□□

きょうりょく【協力】

名・自サ 協力，合作，共同努力，配合

類 協同（きょうどう）

例 友達(ともだち)が協力(きょうりょく)してくれたおかげで、彼女(かのじょ)とデートができた。

／多虧朋友們從中幫忙撮合，所以才有辦法約她出來。

文法

おかげで［多虧…］

▶ 由於受到某種恩惠，導致後面好的結果。常帶有感謝的語氣。

0338 □□□

きょく【曲】

名·漢造 曲調；歌曲；彎曲

例 妹が書いた歌詞に私が曲をつけて、ネットで発表しました。

／我把妹妹寫的詞譜成歌曲後，放到網路上發表了。

0339 □□□

きょり【距離】

名 距離，間隔，差距

類 隔たり（へだたり）

例 距離は遠いといっても、車で行けばすぐです。

／雖說距離遠，但開車馬上就到了。

文法

といっても［雖說…，但…］

▶表示承認前項的說法，但同時在後項做部分的修正。

0340 □□□

きらす【切らす】

他五 用盡，用光

類 絶やす（たやす）

例 恐れ入ります。今、名刺を切らしておりまして……。

／不好意思，現在手邊的名片正好用完……。

0341 □□□

ぎりぎり

名·副·他サ（容量等）最大限度，極限；（摩擦的）嘎吱聲

類 少なくとも

例 期限ぎりぎりまで待ちましょう。

／我們就等到最後的期限吧！

0342 □□□

きれる【切れる】

自下一 斷；用盡

例 たこの糸が切れてしまった。

／風箏線斷掉了。

0343 □□□

きろく【記録】

名·他サ 記錄，記載，（體育比賽的）紀錄

類 記述（きじゅつ）

例 記録からして、大した選手じゃないのはわかっていた。

／就紀錄來看，可知道他並不是很厲害的選手。

0344 □□□
きん【金】
名·漢造 黃金，金子；金錢

例 彼なら、金メダルが取れるんじゃないかと思う。
／如果是他，我想應該可以奪下金牌。

文法
んじゃないかと思う［應該可以］
▶ 表示意見跟主張。

0345 □□□
きんえん【禁煙】
名·自サ 禁止吸菸；禁菸，戒菸

例 校舎内は禁煙です。外の喫煙所をご利用ください。
／校園內禁煙，請到外面的吸菸區。

0346 □□□
ぎんこういん【銀行員】
名 銀行行員

例 佐藤さんの子どもは二人とも銀行員です。
／佐藤太太的兩個小孩都在銀行工作。

0347 □□□
きんし【禁止】
名·他サ 禁止

反 許可（きょか）
類 差し止める（さしとめる）
例 病室では、喫煙だけでなく、携帯電話の使用も禁止されている。
／病房內不止抽煙，就連使用手機也是被禁止的。

0348 □□□
きんじょ【近所】
名 附近，左近，近郊

類 辺り（あたり）
例 近所の子どもたちに昔の歌を教えています。
／我教附近的孩子們唱老歌。

0349 □□□
きんちょう【緊張】
名·自サ 緊張

反 和らげる
類 緊迫（きんぱく）
例 彼が緊張しているところに声をかけると、もっと緊張するよ。
／在他緊張的時候跟他說話，他會更緊張的啦！

文法
ところに［…的時候］
▶ 表示行為主體正在做某事的時候，發生了其他的事情。

讀書計劃：□□／□□

0350 □□□

Track 17

く˥
【句】

㊔ 字，字句；俳句

例「古池(ふるいけ)や蛙(かわず)飛(と)びこむ水(みず)の音(おと)」。この句(く)の季語(きご)は何(なん)ですか。
／「蛙入古池水有聲」這首俳句的季語是什麼呢？

0351 □□□

クイズ
【quiz】

㊔ 回答比賽，猜謎；考試

例 テレビのクイズ番組(ばんぐみ)に参加(さんか)してみたい。
／我想去參加電視台的益智節目。

文法
たい［想要…］
▶ 表示說話者的內心想做、想要的。

0352 □□□

くう
【空】

名·形動·漢造 空中，空間；空虛

例 空(くう)に消(き)える。
／消失在空中。

0353 □□□

クーラー
【cooler】

㊔ 冷氣設備

例 暑(あつ)いといっても、クーラーをつけるほどではない。
／雖說熱，但還不到需要開冷氣的程度。

文法
ほど…ない［沒那麼…］
▶ 表示程度並沒有那麼高。

0354 □□□

くさい
【臭い】

㊋ 臭

例 この臭(くさ)いにおいは、いったい何(なん)だろう。
／這種臭味的來源到底是什麼呢？

0355 □□□

くさる
【腐る】

自五 腐臭，腐爛；金屬鏽，爛；墮落，腐敗；消沉，氣餒

類 腐敗する（ふはいする）

例 それ、腐(くさ)りかけてるみたいだね。捨(す)てた方(ほう)がいいんじゃない。
／那東西好像開始腐敗了，還是丟了比較好吧。

文法
みたいだ［好像…］
▶ 表示不是很確定的推測或判斷。

くし～クラシック

0356 □□□

くし【櫛】

㊔ 梳子

例 くしで髪をとかすとき、髪がいっぱい抜けるので心配です。
／用梳子梳開頭髮的時候會扯下很多髮絲，讓我很憂心。

0357 □□□

くじ【籤】

㊔ 籤；抽籤

例 発表の順番はくじで決めましょう。
／上台發表的順序就用抽籤來決定吧。

0358 □□□

くすりだい【薬代】

㊔ 藥費

例 日本では薬代はとても高いです。／日本的藥價非常昂貴。

0359 □□□

くすりゆび【薬指】

㊔ 無名指

例 薬指に、結婚指輪をはめている。
／她的無名指上，戴著結婚戒指。

0360 □□□

くせ【癖】

㊔ 癖好，脾氣，習慣；（衣服的）摺線；頭髮亂翹

類 習慣

例 まず、朝寝坊の癖を直すことですね。
／首先，你要做的是把你的早上賴床的習慣改掉。

0361 □□□

くだり【下り】

㊔ 下降的；東京往各地的列車

反 上り（のぼり）

例 まもなく、下りの列車が参ります。
／下行列車即將進站。

0362 □□□

くだる【下る】

自五 下降，下去；下野，脫離公職；由中央到地方；下達；往河的下游去

反 上る

例 この坂を下っていくと、1時間ぐらいで麓の町に着きます。
／只要下了這條坡道，大約一個小時就可以到達山腳下的城鎮了。

0363 □□□

くちびる【唇】

㊔ 嘴唇

例 冬(ふゆ)になると、唇(くちびる)が乾燥(かんそう)する。／一到冬天嘴唇就會乾燥。

0364 □□□

ぐっすり

副 熟睡，酣睡

類 熟睡（じゅくすい）

例 みんな、ゆうべはぐっすり寝(ね)たとか。

／聽說大家昨晚都一夜好眠。

文法

とか［聽說…］

▶ 表示不確定的傳聞。

0365 □□□

くび【首】

㊔ 頸部

例 どうしてか、首(くび)がちょっと痛(いた)いです。／不知道為什麼，脖子有點痛。

0366 □□□

くふう【工夫】

名·自サ 設法

例 工夫(くふう)しないことには、問題(もんだい)を解決(かいけつ)できない。

／如不下點功夫，就沒辦法解決問題。

0367 □□□

くやくしょ【区役所】

㊔（東京都特別區與政令指定都市所屬的）區公所

例 父(ちち)は区役所(くやくしょ)で働(はたら)いています。／家父在區公所工作。

0368 □□□

くやしい【悔しい】

形 令人懊悔的

類 残念（ざんねん）

例 試合(しあい)に負(ま)けたので、悔(くや)しくてたまらない。

／由於比賽輸了，所以懊悔得不得了。

文法

てたまらない［非常…］

▶ 前接表示感覺、感情的詞，表示強烈的感情、感覺、慾望等。

▶ 近 てならない［得受不了］

0369 □□□

クラシック【classic】

㊔ 經典作品，古典作品，古典音樂；古典的

類 古典

例 クラシックを勉強(べんきょう)するからには、ウィーンに行(い)かなければ。

／既然要學古典音樂，就得去一趟維也納。

文法

からには［既然…，就…］

▶ 表示既然到了這種情況，後面就要「貫徹到底」的說法

くらす～けいい

0370 □□□

くらす【暮らす】

自他五 生活，度日

類 生活する

例 親子３人で楽しく暮らしています。

／親子三人過著快樂的生活。

0371 □□□

クラスメート【classmate】

名 同班同學

類 同級生

例 クラスメートはみな仲が良いです。

／我們班同學相處得十分和睦。

0372 □□□

くりかえす【繰り返す】

他五 反覆，重覆

類 反復する（はんぷくする）

例 同じ失敗を繰り返すなんて、私はばかだ。

／竟然犯了相同的錯誤，我真是個笨蛋。

0373 □□□

クリスマス【christmas】

名 聖誕節

例 メリークリスマスアンドハッピーニューイヤー。

／祝你聖誕和新年快樂。（Merry Christmas and Happy New Year）

0374 □□□

グループ【group】

名（共同行動的）集團，夥伴；組，幫，群

類 集団（しゅうだん）

例 あいつのグループになんか、入るものか。

／我才不加入那傢伙的團隊！

文法

なんか［之類的］

▶ 用輕視的語氣，談論主題。口語用法。

0375 □□□

くるしい【苦しい】

形 艱苦；困難；難過；勉強

例「食べ過ぎた。苦しい～」「それ見たことか」

／「吃太飽了，好難受……」「誰要你不聽勸告！」

0376 □□□

くれ【暮れ】

㊔ 日暮，傍晚；季末，年末

反 明け

類 夕暮れ（ゆうぐれ）；年末

例 去年の暮れに比べて、景気がよくなりました。

／和去年年底比起來，景氣已回升許多。

文法

に比べて［與…相比］

▶ 表示比較、對照。

0377 □□□

くろ【黒】

㊔ 黑，黑色；犯罪，罪犯

例 黒のワンピースに黒の靴なんて、お葬式みたいだよ。

／怎麼會穿黑色的洋裝還搭上黑色的鞋子，簡直像去參加葬禮似的。

文法

なんて［怎麼會］

▶ 表示用輕視的語氣，談論主題。

▶ 近 なんて言う［那種；之類的（輕視語氣）］

0378 □□□

くわしい【詳しい】

㊎ 詳細；精通，熟悉

類 詳細（しょうさい）

例 あの人なら、きっと事情を詳しく知っている。

／若是那個人，一定對整件事的來龍去脈一清二楚。

け

0379 □□□

Track 18

け【家】

接尾 家，家族

例 このドラマは将軍家の一族の話です。

／那齣連續劇是描述將軍家族的故事。

0380 □□□

けい【計】

㊔ 總計，合計；計畫，計

例 計 3, 500 円をカードで払った。

／以信用卡付了總額三千五百圓。

0381 □□□

けいい【敬意】

㊔ 尊敬對方的心情，敬意

例 お年寄りに敬意をもって接する。

／心懷尊敬對待老年人。

けいえい～げきじょう

0382 □□□

けいえい【経営】 名·他サ 經營，管理

類 営む（いとなむ）

例 経営はうまくいっているが、人間関係がよくない。

／經營上雖不錯，但人際關係卻不好。

0383 □□□

けいご【敬語】 名 敬語

例 外国人ばかりでなく、日本人にとっても敬語は難しい。

／不單是外國人，對日本人而言，敬語的使用同樣非常困難。

文法

ばかりでなく［不僅…］

▶表示除前項的情況之外，還有後項程度更甚的情況。

0384 □□□

けいこうとう【蛍光灯】 名 螢光燈，日光燈

例 蛍光灯の調子が悪くて、ちかちかする。

／日光燈的狀態不太好，一直閃個不停。

0385 □□□

けいさつかん【警察官】 名 警察官，警官

類 警官

例 どんな女性が警察官の妻に向いていますか。

／什麼樣的女性適合當警官的妻子呢？

0386 □□□

けいさつしょ【警察署】 名 警察署

例 容疑者が警察署に連れて行かれた。

／嫌犯被帶去了警局。

0387 □□□

けいさん【計算】 名·他サ 計算，演算；估計，算計，考慮

類 打算

例 商売をしているだけあって、計算が速い。

／不愧是做買賣的，計算得真快。

0388 □□□

げいじゅつ【芸術】

㊔ 藝術

類 アート

例 芸術のことなどわからないくせに、偉そうなことを言うな。／明明就不懂藝術，就別再自吹自擂說大話了。

文法 くせに［明明…，卻…］
► 根據前項的條件，出現後項讓人覺得可笑的、不相稱的情況。

0389 □□□

けいたい【携帯】

名・他サ 攜帶；手機（「携帯電話（けいたいでんわ）」的簡稱）

例 携帯電話だけで、家の電話はありません。
／只有行動電話，沒有家用電話。

文法 だけ［只有…］
► 表示除此之外，別無其它。
► 近 だけ（で）［光…就…］

0390 □□□

けいやく【契約】

名・自他サ 契約，合同

例 契約を結ぶ際は、はんこが必要です。
／在簽訂契約的時候，必須用到印章。

文法 際は［在…時］
► 表示動作、行為進行的時候。

0391 □□□

けいゆ【経由】

名・自サ 經過，經由

類 経る

例 新宿を経由して、東京駅まで行きます。／我經新宿，前往東京車站。

0392 □□□

ゲーム【game】

㊔ 遊戲，娛樂；比賽

例 ゲームばかりしているわりには、成績は悪くない。
／儘管他老是打電玩，但是成績還不壞。

文法 わりには［雖然…但是…］
► 表示結果跟前項條件不成比例、有出入，或不相稱。

0393 □□□

げきじょう【劇場】

㊔ 劇院，劇場，電影院

類 シアター

例 駅の裏に新しい劇場を建てるということだ。
／聽說車站後面將會建蓋一座新劇場。

文法 ということだ［據說…］
► 從某特定的人或外界獲取的傳聞、資訊。

げじゅん～けん・げん

0394 □□□

げじゅん【下旬】

㊔ 下旬

反 上旬（じょうじゅん）
類 月末（げつまつ）
例 もう3月も下旬だけれど、春というよりまだ冬だ。／都已經是三月下旬了，但與其說是春天，根本還在冬天。

文法
というより［與其說…，還不如說…］
▶ 表示在相比較的情況下，後項的說法比前項更恰當。

0395 □□□

けしょう【化粧】

㊔·自サ 化妝，打扮；修飾，裝飾，裝潢

類 メークアップ
例 彼女はトイレで化粧しているところだ。
／她正在洗手間化妝。

0396 □□□

けた【桁】

㊔（房屋、橋樑的）橫樑，桁架；算盤的主柱；數字的位數

例 桁が一つ違うから、高くて買えないよ。
／因為價格上多了一個零，太貴買不下手啦！

0397 □□□

けち

㊔·形動 吝嗇、小氣（的人）；卑賤，簡陋，心胸狹窄，不值錢

類 吝嗇（りんしょく）
例 彼は、経済観念があるというより、けちなんだと思います。
／與其說他有理財觀念，倒不如說是小氣。

文法
というより［與其說…，還不如說…］
▶ 表示在相比較的情況下，後項的說法比前項更恰當。

0398 □□□

ケチャップ【ketchup】

㊔ 蕃茄醬

例 ハンバーグにはケチャップをつけます。
／把蕃茄醬澆淋在漢堡肉上。

0399 □□□

けつえき【血液】

㊔ 血，血液

類 血
例 検査では、まず血液を取らなければなりません。
／在檢查項目中，首先就得先抽血才行。

讀書計劃：□□／□□

0400 □□□

けっか【結果】

名·自他サ 結果，結局

反 原因
類 結末（けつまつ）

例 コーチのおかげでよい結果が出せた。
／多虧教練的指導，比賽結果相當好。

文法
おかげで［多虧…］
▶ 由於受到某種恩惠，導致後面好的結果。常帶有感謝的語氣。

0401 □□□

けっせき【欠席】

名·自サ 缺席

反 出席

例 病気のため学校を欠席する。
／因生病而沒去學校。

0402 □□□

げつまつ【月末】

名 月末、月底

反 月初（つきはじめ）

例 給料は、月末に支払われる。
／薪資在月底支付。

0403 □□□

けむり【煙】

名 煙

類 スモーク

例 喫茶店は、たばこの煙でいっぱいだった。
／咖啡廳裡，瀰漫著香煙的煙。

0404 □□□

ける【蹴る】

他五 踢；沖破（浪等）；拒絕，駁回

類 蹴飛ばす（けとばす）

例 ボールを蹴ったら、隣のうちに入ってしまった。
／球一踢就飛到隔壁的屋裡去了。

0405 □□□

けん・げん【軒】

漢造 軒昂，高昂；屋簷；表房屋數量，書齋，商店等雅號

例 小さい村なのに、薬屋が３軒もある。
／雖然只是一個小村莊，藥房卻多達三家。

けんこう～こう

0406 □□□

けんこう【健康】 形動 健康的，健全的

類 元気

例 若（わか）いときからたばこを吸（す）っていたわりに、健康（けんこう）です。

／儘管從年輕時就開始抽菸了，但身體依然健康。

文法

わりに［雖然…但是…］

▶ 表示結果跟前項條件不成比例、有出入，或不相稱。

0407 □□□

けんさ【検査】 名·他サ 檢查，檢驗

類 調べる（しらべる）

例 病気（びょうき）かどうかは、検査（けんさ）をしてみないと分（わ）からない。

／生病與否必須做檢查，否則無法判定。

0408 □□□

げんだい【現代】 名 現代，當代；（歷史）現代（日本史上指二次世界大戰後）

反 古代 類 当世

例 この方法（ほうほう）は、現代（げんだい）ではあまり使（つか）われません。

／那個方法現代已經不常使用了。

0409 □□□

けんちくか【建築家】 名 建築師

例 このビルは有名（ゆうめい）な建築家（けんちくか）が設計（せっけい）したそうです。

／聽說這棟建築物是由一位著名的建築師設計的。

0410 □□□

けんちょう【県庁】 名 縣政府

例 県庁（けんちょう）のとなりにきれいな公園（こうえん）があります。

／在縣政府的旁邊有座美麗的公園。

0411 □□□

（じどう）けんばいき【（自動）券売機】 名（門票、車票等）自動售票機

例 新幹線（しんかんせん）の切符（きっぷ）も自動券売機（じどうけんばいき）で買（か）うことができます。

／新幹線的車票也可以在自動販賣機買得到。

0412 □□□

Track 19

こ【小】

(接頭) 小，少；稍微

例 うちから駅(えき)までは、小一時間(こいちじかん)かかる。

／從我家到車站必須花上接近一個小時。

0413 □□□

こ【湖】

(接尾) 湖

例 琵琶湖(びわこ)観光(かんこう)のついでに、ふなずしを食(た)べてきた。

／遊覽琵琶湖時順道享用了鯽魚壽司。

文法

ついでに［順便…］

▶ 表示做某一主要的事情的同時，再追加順便做其他件事情。

0414 □□□

こい【濃い】

(形) 色或味濃深；濃稠，密

反 薄い

類 濃厚（のうこう）

例 あの人(ひと)は夜(よる)の商売(しょうばい)をしているのか。道理(どうり)で化粧(けしょう)が濃(こ)いわけだ。

／原來那個人是做晚上陪酒生意的，難怪化著一臉的濃妝。

文法

わけだ［怪不得…］

▶ 表示按事物的發展，事實、狀況合乎邏輯地必然導致這樣的結果。

0415 □□□

こいびと【恋人】

(名) 情人，意中人

例 月下老人(げっかろうじん)のおかげで、恋人(こいびと)ができました。

／多虧月下老人牽起姻緣，我已經交到女友／男友了。

文法

おかげで［多虧…］

▶ 由於受到某種恩惠，導致後面好的結果。常帶有感謝的語氣。

0416 □□□

こう【高】

(名·漢造) 高；高處，高度；(地位等) 高

例 高(こう)カロリーでも、気(き)にしないで食(た)べる。

／就算是高熱量的食物也蠻不在乎地享用。

0417 □□□

こう【校】

(漢造) 學校；校對；(軍銜) 校；學校

例 野球(やきゅう)の有名校(ゆうめいこう)に入学(にゅうがく)する。

／進入擁有知名棒球隊的學校就讀。

こう～こうじ

0418 □□□

こう【港】

(漢造) 港口

例 福岡観光なら、門司港に行かなくちゃ。
／如果到福岡觀光，就非得去參觀門司港不可。

文法
なくちゃ［不…不行］
▶表示受限於某個條件、規定，必須要做某件事情。

0419 □□□

ごう【号】

(名·漢造)（雜誌刊物等）期號；（學者等）別名

例 雑誌の１月号を買ったら、カレンダーが付いていました。
／買下雜誌的一月號刊後，發現裡面附了月曆。

0420 □□□

こういん【行員】

(名) 銀行職員

例 当行の行員が暗証番号をお尋ねすることは絶対にありません。
／本行行員絕對不會詢問客戶密碼。

0421 □□□

こうか【効果】

(名) 效果，成效，成績；（劇）效果

類 効き目（ききめ）

例 このドラマは音楽が効果的に使われている。
／這部影集的配樂相當出色。

0422 □□□

こうかい【後悔】

(名·他サ) 後悔，懊悔

類 悔しい（くやしい）

例 もう少し早く気づくべきだったと後悔している。
／很後悔應該早點察覺出來才對。

文法
べき［應當…］
▶表示那樣做是應該的、正確的。常用在勸告、禁止及命令的場合。

0423 □□□

ごうかく【合格】

(名·自サ) 及格；合格

例 第一志望の大学の入学試験に合格する。
／我要考上第一志願的大學。

0424 □□□

こうかん【交換】

(名·他サ) 交換；交易

補「～と～を交換する」和～交換～
「～を～に交換する」用～交換～

例 古新聞(ふるしんぶん)をトイレットペーパーに交換(こうかん)してもらう。

／用舊報紙換到了廁用衛生紙。

0425 □□□

こうくうびん【航空便】

(名) 航空郵件；空運

反 船便（ふなびん）

例 注文(ちゅうもん)した品物(しなもの)は至急必要(しきゅうひつよう)なので、航空便(こうくうびん)で送(おく)ってください。

／我訂購的商品是急件，請用空運送過來。

0426 □□□

こうこく【広告】

(名·他サ) 廣告；作廣告，廣告宣傳

類 コマーシャル

例 広告(こうこく)を出(だ)すとすれば、たくさんお金(かね)が必要(ひつよう)になります。

／如果要拍廣告，就需要龐大的資金。

文法
とすれば［如果…的話］
▶ 在認清現況或得來的信息的前提條件下，據此條件進行判斷。

0427 □□□

こうさいひ【交際費】

(名) 應酬費用

類 社交費（しゃこうひ）

例 友達(ともだち)と飲(の)んだコーヒーって、交際費(こうさいひ)。

／跟朋友去喝咖啡，這算是交際費呢？

0428 □□□

こうじ【工事】

(名·自サ) 工程，工事

例 来週(らいしゅう)から再来週(さらいしゅう)にかけて、近所(きんじょ)で工事(こうじ)が行(おこな)われる。

／從下週到下下週，這附近將會施工。

文法
から…にかけて［從…到…］
▶ 表示兩地點、時間之間一直連續發生某事或某狀態。

こうつうひ～コース

0429 □□□

こうつうひ【交通費】

㊔ 交通費，車馬費

類 足代（あしだい）

例 会場までの交通費は自分で払います。／前往會場的交通費必須自付。

0430 □□□

こうねつひ【光熱費】

㊔ 電費和瓦斯費等

類 燃料費（ねんりょうひ）

例 生活が苦しくて、学費はもちろん光熱費も払えない。

／生活過得很苦，別說是學費，就連水電費都付不出來。

文法

はもちろん［不僅…而且…］

▶ 表示一般程度的前項自然不用說，就連程度較高的後項也不例外。

0431 □□□

こうはい【後輩】

㊔ 後來的同事，（同一學校）後班生；晚輩，後生

反 先輩　類 後進（こうしん）

例 明日は、後輩もいっしょに来ることになっている。

／預定明天學弟也會一起前來。

文法

ことになっている［預定…］

▶ 表示安排、約定或約束人們生活行為的各種規定、法律以及一些慣例。

0432 □□□

こうはん【後半】

㊔ 後半，後一半

反 前半

例 私は三十代後半の主婦です。／我是個三十歲過半的家庭主婦。

0433 □□□

こうふく【幸福】

名・形動 沒有憂慮，非常滿足的狀態

例 貧しくても、あなたと二人なら私は幸福です。

／就算貧窮，只要和你在一起，我就感覺很幸福。

0434 □□□

こうふん【興奮】

名・自サ 興奮，激昂；情緒不穩定

反 落ちつく　類 激情（げきじょう）

例 興奮したものだから、つい声が大きくなってしまった。

／由於情緒過於激動，忍不住提高了嗓門。

文法

ものだから［就是因為…，所以…］

▶ 常用在因為事態的程度很厲害，因此做了某事。

▶ 近 もので［由於…］

讀書計劃：□□／□□

0435 □□□

こうみん【公民】

㊔ 公民

例 公民は中学３年生のときに習いました。

／中學三年級時已經上過了公民課程。

0436 □□□

こうみんかん【公民館】

㊔（市町村等的）文化館，活動中心

例 公民館には茶道や華道の教室があります。

／公民活動中心裡設有茶道與花道的課程。

0437 □□□

こうれい【高齢】

㊔ 高齢

例 会長はご高齢ですが、まだまだお元気です。

／會長雖然年事已高，但是依然精力充沛。

0438 □□□

こうれいしゃ【高齢者】

㊔ 高齢者，年高者

例 近年、高齢者の人口が増えています。

／近年來，高齡人口的數目不斷增加。

0439 □□□

こえる【越える・超える】

自下一 越過；度過；超出，超過

例 国境を越えたとしても、見つかったら殺される恐れがある。

／就算成功越過了國界，要是被發現了，可能還是會遭到殺害。

0440 □□□

ごえんりょなく【ご遠慮なく】

敬 請不用客氣

例「こちら、いただいてもいいですか」「どうぞ、ご遠慮なく」

／「請問這邊的可以享用／收下嗎？」「請用請用／請請請，別客氣！」

0441 □□□

コース【course】

Track 20

㊔ 路線，（前進的）路徑；跑道；課程，學程；程序；套餐

例 初級から上級まで、いろいろなコースが揃っている。

／這裡有從初級到高級等各種完備的課程。

こおり～こぜに

0442 □□□

こおり
【氷】

㊔ 冰

例 春(はる)になって、湖(みずうみ)に張(は)っていた氷(こおり)も溶(と)けた。
／到了春天，原本在湖面上凍結的冰層也融解了。

0443 □□□

ごかい
【誤解】

名·他サ 誤解，誤會

類 勘違い（かんちがい）

例 説明(せつめい)のしかたが悪(わる)くて、誤解(ごかい)を招(まね)いたようです。
／似乎由於說明的方式不佳而導致了誤解。

0444 □□□

ごがく
【語学】

㊔ 外語的學習，外語，外語課

例 10ヶ国語(じゅっかこくご)もできるなんて、語学(ごがく)が得意(とくい)なんだね。
／居然通曉十國語言，這麼說，在語言方面頗具長才喔。

0445 □□□

こきょう
【故郷】

㊔ 故鄉，家鄉，出生地

類 郷里（きょうり）

例 誰(だれ)だって、故郷(こきょう)が懐(なつ)かしいに決(き)まっている。
／不論是誰，都會覺得故鄉很令人懷念。

文法
に決(き)まっている［肯定是…］
▶ 說話者根據事物的規律，覺得一定是這樣，充滿自信的推測。

0446 □□□

こく
【国】

漢造 國；政府；國際，國有

例 日本(にほん)は民主主義国(みんしゅしゅぎこく)です。
／日本是施行民主主義的國家。

0447 □□□

こくご
【国語】

㊔ 一國的語言；本國語言；（學校的）國語（課），語文（課）

類 共通語（きょうつうご）

例 国語(こくご)のテスト、間違(まちが)いだらけだった。
／國語考卷上錯誤連連。

文法
だらけ［到處是…］
▶ 表示數量過多。

0448 □□□

こくさいてき【国際的】

(形動) 國際的

類 世界的

例 国際的な会議に参加したことがありますか。
／請問您有沒有參加過國際會議呢？

0449 □□□

こくせき【国籍】

(名) 國籍

例 日本では、二重国籍は認められていない。
／日本不承認雙重國籍。

0450 □□□

こくばん【黒板】

(名) 黑板

例 黒板、消しといてくれる。／可以幫忙擦黑板嗎？

0451 □□□

こし【腰】

(名·接尾) 腰；(衣服、裙子等的）腰身

例 引っ越しで腰が痛くなった。／搬個家，弄得腰都痛了。

0452 □□□

こしょう【胡椒】

(名) 胡椒

類 ペッパー

例 胡椒を振ったら、くしゃみが出た。／灑了胡椒後，打了個噴嚏。

0453 □□□

こじん【個人】

(名) 個人

補 的（てき）接在名詞後面會構成形容動詞的詞幹，或連體修飾表示。可接な形容詞。

例 個人的な問題で、人に迷惑をかけるわけにはいかない。
／這是私人的問題，不能因此而造成別人的困擾。

文法

わけにはいかない［不能…］

▶ 表示由於一般常識、社會道德或經驗等，那樣做是不可能的、不能做的。

0454 □□□

こぜに【小銭】

(名) 零錢；零用錢；少量資金

例 すみませんが、1,000円札を小銭に替えてください。
／不好意思，請將千元鈔兌換成硬幣。

こづつみ～こゆび

0455 □□□

こづつみ【小包】

㊔ 小包裹；包裹

例 海外(かいがい)に小包(こづつみ)を送(おく)るには、どの送(おく)り方(かた)が一番安(いちばんやす)いですか。

／請問要寄小包到國外，哪一種寄送方式最便宜呢？

0456 □□□

コットン【cotton】

㊔ 棉，棉花；木棉，棉織品

例 肌(はだ)が弱(よわ)いので、下着(したぎ)はコットンだけしか着(き)られません。

／由於皮膚很敏感，內衣只能穿純棉製品。

文法

だけしか [只；而已；僅僅]

▶ 下面接否定表現，表示除此之外就沒別的了。

0457 □□□

ごと【毎】

接尾 每

例 月(つき)ごとに家賃(やちん)を支払(しはら)う。／每個月付房租。

0458 □□□

ごと

接尾 (表示包含在內) 一共，連同

例 リンゴを皮(かわ)ごと食(た)べる。／蘋果帶皮一起吃。

0459 □□□

ことわる【断る】

他五 謝絕；預先通知，事前請示

例 借金(しゃっきん)は断(ことわ)ることにしている。

／拒絕借錢給別人是我的原則。

文法

ことにしている [向來…]

▶ 表示個人根據某種決心，而形成的某種習慣、方針或規矩。

0460 □□□

コピー【copy】

㊔ 抄本，謄本，副本；(廣告等的) 文稿

例 コピーを取(と)るときに原稿(げんこう)を忘(わす)れてきてしまった。

／影印時忘記把原稿一起拿回來了。

0461 □□□

こぼす【溢す】

他五 灑，漏，溢 (液體)，落 (粉末)；發牢騷，抱怨

類 漏らす (もらす)

例 あっ、またこぼして。ちゃんとお茶碗(ちゃわん)を持(も)って食(た)べなさい。

／啊，又打翻了！吃飯時把碗端好！

0462 □□□

こぼれる【零れる】

自下一 灑落，流出；溢出，漾出；（花）掉落

類 溢れる

例 悲しくて、涙がこぼれてしまった。／難過得眼淚掉了出來。

0463 □□□

コミュニケーション【communication】

名（語言、思想、精神上的）交流，溝通;通訊，報導，信息

例 職場では、コミュニケーションを大切にしよう。
／在職場上，要多注重溝通技巧

0464 □□□

こむ【込む・混む】

自五·接尾 擁擠，混雜；費事，精緻，複雜；表進入的意思；表深入或持續到極限

例 2時ごろは、電車はそれほど混まない。
／在兩點左右的時段搭電車，比較沒有那麼擁擠。

文法
ほど…ない［沒那麼…］
▶ 表示程度沒有那麼高。

0465 □□□

ゴム【(荷)gom】

名 樹膠，橡皮，橡膠

例 輪ゴムでビニール袋の口をしっかりしばった。
／用橡皮筋把袋口牢牢綁緊了。

0466 □□□

コメディー【comedy】

名 喜劇

反 悲劇（ひげき） 類 喜劇（きげき）

例 姉はコメディー映画が好きです。
／姊姊喜歡看喜劇電影。

0467 □□□

ごめんください

名·形動·副（道歉、叩門時）對不起，有人在嗎？

例 ごめんください。どなたかいらっしゃいますか。
／有人嗎？有人在家嗎？

0468 □□□

こゆび【小指】

名 小指頭

例 小指に怪我をしました。／我小指頭受了傷。

ころす～さいほう

0469 □□□

ころす【殺す】

他五 殺死，致死；抑制，忍住，消除；埋沒；浪費，犧牲，典當；殺，（棒球）使出局

反 生かす（いかす） 類 殺害（さつがい）

例 別れるくらいなら、殺してください。
／如果真要和我分手，不如殺了我吧！

文法
くらいなら［與其…不如…］
▶ 表示與其選前者，不如選後者，是一種對前者表示否定的說法。

0470 □□□

こんご【今後】

名 今後，以後，將來

類 以後

例 今後のことを考えると、不安になる一方だ。
／想到未來，心裡越來越不安。

文法
一方だ［不斷地…；越來越…］
▶ 某狀況一直朝一個方向不斷發展。多用於消極的、不利的傾向。

0471 □□□

こんざつ【混雑】

名·自サ 混亂，混雜，混染

類 混乱（こんらん）

例 町の人口が増えるに従って、道路が混雑するようになった。
／隨著城鎮人口的增加，交通愈來愈壅塞了。

0472 □□□

コンビニ（エンスストア）【convenience store】

名 便利商店

類 雑貨店（ざっかてん）

例 そのチケットって、コンビニで買えますか。
／請問可以在便利商店買到那張入場券嗎？

文法
って［是…；這個…］
▶ 前項為後項的名稱，或是接下來話題的主題內容，後面常接疑問、評價、解釋等。

讀書計劃：□□／□□

0473 □□□

Track 21

さい
【最】

漢造·接頭 最

例 学年で最優秀の成績を取った。
／得到了全學年第一名的成績。

0474 □□□

さい
【祭】

漢造 祭祀，祭禮；節日，節日的狂歡

例 市の文化祭に出て歌を歌う。
／參加本市舉辦的藝術節表演唱歌。

0475 □□□

ざいがく
【在学】

名·自サ 在校學習，上學

例 大学の前を通るたびに、在学中のことが懐かしく思い出される。
／每次經過大學門口時，就會想起就讀時的美好回憶。

文法
たびに［每當…就…］
▶ 表示前項的動作、行為都伴隨後項。

0476 □□□

さいこう
【最高】

名·形動（高度、位置、程度）最高，至高無上；頂，極，最

反 最低　類 ベスト

例 最高におもしろい映画だった。
／這電影有趣極了！

0477 □□□

さいてい
【最低】

名·形動 最低，最差，最壞
反 最高

類 最悪（さいあく）

例 あんな最低の男とは、さっさと別れるべきだった。
／那種差勁的男人，應該早早和他分手才對！

文法
べきだ［應當…］
▶ 表示那樣做是應該的、正確的。常用在勸告、禁止及命令的場合。

0478 □□□

さいほう
【裁縫】

名·自サ 裁縫，縫紉

例 ボタン付けくらいできれば、お裁縫なんてできなくてもいい。
／只要會縫釦子就好，根本不必會什麼縫紉。

さか～さげる

0479 □□□

さか【坂】

㊔ 斜面，坡道；（比喻人生或工作的關鍵時刻）大關，陡坡

類 坂道（さかみち）

例 坂（さか）を上（のぼ）ったところに、教会（きょうかい）があります。

／上坡之後的地方有座教堂。

0480 □□□

さがる【下がる】

自五 後退；下降

反 上がる　類 落ちる

例 危（あぶ）ないですから、後（うし）ろに下（さ）がっていただけますか。

／很危險，可以請您往後退嗎？

0481 □□□

さく【昨】

漢造 昨天；前一年，前一季；以前，過去

例 昨年（さくねん）の正月（しょうがつ）は雪（ゆき）が多（おお）かったが、今年（ことし）は暖（あたた）かい日（ひ）が続（つづ）いた。

／去年一月下了很多雪，但今年一連好幾天都很暖和。

0482 □□□

さくじつ【昨日】

㊔（「きのう」的鄭重說法）昨日，昨天

反 明日

類 前の日

例 昨日（さくじつ）から横浜（よこはま）で日本語教育（にほんごきょういく）についての国際会議（こくさいかいぎ）が始（はじ）まりました。

／從昨天開始，於橫濱展開了一場有關日語教育的國際會議。

0483 □□□

さくじょ【削除】

名・他サ 刪掉，刪除，勾消，抹掉

類 削り取る（けずりとる）

例 子（こ）どもに悪（わる）い影響（えいきょう）を与（あた）える言葉（ことば）は、削除（さくじょ）することになっている。

／按規定要刪除對孩子有不好影響的詞彙。

文法

ことになっている［按規定…］

▶ 表示約定或約束人們生活行為的各種規定、法律以及一些慣例。

0484 □□□

さくねん【昨年】

名・副 去年

反 来年　類 去年

例 昨年（さくねん）はいろいろお世話（せわ）になりました。

／去年承蒙您多方照顧。

0485 □□□

さくひん【作品】

名 製成品；（藝術）作品，（特指文藝方面）創作

類 作物（さくぶつ）

例 これは私にとって思い出の作品です。

／這對我而言，是件值得回憶的作品。

文法

にとって［對於…來說］

▶ 表示站在前面接的那個詞的立場，來進行後面的判斷或評價。

0486 □□□

さくら【桜】

名（植）櫻花，櫻花樹；淡紅色

例 今年は桜が咲くのが遅い。

／今年櫻花開得很遲。

0487 □□□

さけ【酒】

名 酒（的總稱），日本酒，清酒

例 酒に酔って、ばかなことをしてしまった。

／喝醉以後做了蠢事。

0488 □□□

さけぶ【叫ぶ】

自五 喊叫，呼叫，大聲叫；呼喊，呼籲

類 わめく

例 試験の最中に教室に鳥が入ってきて、思わず叫んでしまった。

／正在考試時有鳥飛進教室裡，忍不住尖叫了起來。

文法

最中に［正在…］

▶ 表示某一行為在進行中。常用在突發什麼事的場合。

0489 □□□

さける【避ける】

他下一 躲避，避開，逃避；避免，忌諱

類 免れる（まぬがれる）

例 なんだかこのごろ、彼氏が私を避けてるみたい。

／最近怎麼覺得男友好像在躲我。

0490 □□□

さげる【下げる】

他下一 向下；掛；收走

反 上げる

例 飲み終わったら、コップを台所に下げてください。

／喝完以後，請把杯子放到廚房。

ささる～サラリーマン

0491 □□□

さ|さ|る【刺さる】

(自五) 刺在…在，扎進，刺入

例 指(ゆび)にガラスの破片(はへん)が刺(さ)さってしまった。
／手指被玻璃碎片給刺傷了。

0492 □□□

さ|す【刺す】

(他五) 刺，穿，扎；螫，咬，釘；縫綴，衲；捉住，黏捕

類 突き刺す（つきさす）

例 蜂(はち)に刺(さ)されてしまった。／我被蜜蜂給螫到了。

0493 □□□

Track 22

さ|す【指す】

(他五) 指，指示；使，叫，令，命令做…

類 指示

例 甲(こう)と乙(おつ)というのは、契約者(けいやくしゃ)を指(さ)しています。
／所謂甲乙指的是簽約的雙方。

文法

というのは［所謂］

▶ 前面接名詞，後面就針對這個名詞來進行解釋、說明。

0494 □□□

さ|そう【誘う】

(他五) 約，邀請；勸誘，會同；誘惑，勾引；引誘，引起

類 促す（うながす）

例 友達(ともだち)を誘(さそ)って台湾(たいわん)に行(い)った。／揪朋友一起去了台灣。

0495 □□□

さ|っか【作家】

(名) 作家，作者，文藝工作者；藝術家，藝術工作者

類 ライター

例 さすが作家(さっか)だけあって、文章(ぶんしょう)がうまい。／不愧是作家，文章寫得真好。

0496 □□□

さ|っきょくか【作曲家】

(名) 作曲家

例 作曲家(さっきょくか)になるにはどうすればよいですか。
／請問該如何成為一個作曲家呢？

0497 □□□

さ|ま|ざま【様々】

(名·形動) 種種，各式各樣的，形形色色的

類 色々

例 今回(こんかい)の失敗(しっぱい)については、さまざまな原因(げんいん)が考(かんが)えられる。
／關於這次的失敗，可以歸納出種種原因。

0498 □□□

さます【冷ます】

(他五) 冷卻，弄涼；(使熱情、興趣) 降低，減低

(類) 冷やす（ひやす）

(例) 熱いので、冷ましてから食べてください。

／很燙的！請吹涼後再享用。

0499 □□□

さます【覚ます】

(他五) (從睡夢中) 弄醒，喚醒;(從迷惑、錯誤中) 清醒，醒酒；使清醒，使覺醒

(類) 覚める

(例) 赤ちゃんは、もう目を覚ましましたか。

／嬰兒已經醒了嗎？

0500 □□□

さめる【冷める】

(自下一) (熱的東西) 變冷，涼；(熱情、興趣等) 降低，減退

(類) 冷える

(例) スープが冷めてしまった。

／湯冷掉了。

0501 □□□

さめる【覚める】

(自下一) (從睡夢中) 醒，醒過來；(從迷惑、錯誤、沉醉中) 醒悟，清醒

(類) 目覚める

(例) 夜中に地震が来て、びっくりして目が覚めた。

／半夜來了一場地震，把我嚇醒了。

0502 □□□

さら【皿】

(名) 盤子；盤形物；(助數詞) 一碟等

(例) ちょっと、そこのお皿を取ってくれる。その四角いの。

／欸，可以幫忙把那邊的盤子拿過來嗎？那個方形的。

0503 □□□

サラリーマン【salariedman】

(名) 薪水階級，職員

(例) このごろは、大企業のサラリーマンでも失業する恐れがある。

／近來，即便是大企業的職員也有失業的風險。

0504 □□□

さわぎ【騒ぎ】

名 吵鬧，吵嚷；混亂，鬧事；轟動一時（的事件），激動，振奮

類 騒動（そうどう）

例 学校で、何か騒ぎが起こったらしい。

／看來學校裡，好像起了什麼騷動的樣子。

0505 □□□

さん【山】

接尾 山；寺院，寺院的山號

例 富士山をはじめ、日本の主な山はだいたい登った。

／從富士山，到日本的重要山脈大部分都攀爬過了。

文法 をはじめ［從…到］

▶ 表示由核心的人或物擴展到很廣的範圍。

0506 □□□

さん【産】

名・漢造 生產，分娩；（某地方）出生；財產

例 台湾産のマンゴーは、味がよいのに加えて値段も安い。

／台灣種植的芒果不但好吃，而且價格也便宜。

文法 に加えて［而且…］

▶ 表示在現有前項的事物上，再加上後項類似的別的事物。

0507 □□□

さんか【参加】

名・自サ 參加，加入

類 加入

例 半分仕事のパーティーだから、参加するよりほかない。

／那是一場具有工作性質的酒會，所以不能不參加。

文法 よりほかない［只有；只好］

▶ 後面伴隨著否定，表示這是唯一解決問題的辦法。

0508 □□□

さんかく【三角】

名 三角形

例 おにぎりを三角に握る。／把飯糰捏成三角形。

0509 □□□

ざんぎょう【残業】

名・自サ 加班

類 超勤（ちょうきん）

例 彼はデートだから、残業するわけがない。

／他要約會，所以不可能會加班的。

文法 わけがない［不可能…］

▶ 表示從道理上而言，強烈地主張不可能或沒有理由成立。

0510 □□□

さんすう【算数】 ㊔ 算數，初等數學；計算數量

類 計算

例 うちの子は、算数が得意な反面、国語は苦手です。

／我家小孩的算數很拿手，但另一方面卻拿國文沒輒。

文法 反面［另一方面…］

▶ 表示同一種事物，同時兼具兩種不同性格的兩個方面。

0511 □□□

さんせい【賛成】 名・自サ 贊成，同意

反 反対

類 同意

例 みなが賛成したとしても、私は反対です。

／就算大家都贊成，我還是反對。

文法 としても［就算…，也…］

▶ 表示假設前項是事實或成立，後項也不會起有效的作用。

0512 □□□

サンプル【sample】 名・他サ 樣品，樣本

例 街を歩いていて、新しいシャンプーのサンプルをもらった。

／走在路上的時候，拿到了新款洗髮精的樣品。

し

0513 □□□

し【紙】 漢造 報紙的簡稱；紙；文件，刊物

新聞紙で野菜を包んで、ビニール袋に入れた。

／用報紙包蔬菜，再放進了塑膠袋裡。

0514 □□□

し【詩】 名・漢造 詩，詩歌

類 漢詩（かんし）

例 私の趣味は、詩を書くことです。

／我的興趣是作詩。

0515 □□□

じ【寺】 漢造 寺

例 築地本願寺には、パイプオルガンがある。

／築地的本願寺裡有管風琴。

しあわせ～じご

0516 □□□

しあわせ【幸せ】 名·形動 運氣，機運；幸福，幸運

反 不幸せ（ふしあわせ）
類 幸福（こうふく）
例 結婚すれば幸せというものではないでしょう。
／結婚並不能說就會幸福的吧！

0517 □□□

シーズン【season】 名（盛行的）季節，時期

類 時期
例 8月は旅行シーズンだから、混んでるんじゃない。
／八月是旅遊旺季，那時候去玩不是人擠人嗎？

0518 □□□

CD ドライブ【CD drive】 名 光碟機

例 CDドライブが起動しません。／光碟機沒有辦法起動。

0519 □□□

ジーンズ【jeans】 名 牛仔褲

例 高級レストランだからジーンズで行くわけにはいかない。
／因為那一家是高級餐廳，總不能穿牛仔褲進去。

文法
わけにはいかない［不能…］
▶ 表示由於一般常識、社會道德或經驗等，那樣做是不可能的、不能做的。

0520 □□□

じえいぎょう【自営業】 名 獨立經營，獨資

例 自営業ですから、ボーナスはありません。
／因為我是獨立開業，所以沒有分紅獎金。

0521 □□□

ジェットき【jet 機】 名 噴氣式飛機，噴射機

例 ジェット機に関しては、彼が知らないことはない。
／有關噴射機的事，他無所不知。

文法
に関しては［關於…］
▶ 表示就前項有關的問題，做出「解決問題」性質的後項行為。

0522 □□□

しかく
【四角】

名 四角形，四方形，方形

例 四角(しかく)の面積(めんせき)を求(もと)める。／請算出方形的面積。

0523 □□□

しかく
【資格】

名 資格，身份；水準

類 身分（みぶん）

例 5年(ねん)かかってやっと弁護士(べんごし)の資格(しかく)を取得(しゅとく)した。
／經過五年的努力不懈，終於取得律師資格。

0524 □□□

じかんめ
【時間目】

接尾 第…小時

例 今日(きょう)の二時間目(にじかんめ)は、先生(せんせい)の都合(つごう)で四時間目(よじかんめ)と交換(こうかん)になった。
／由於老師有事，今天的第二節課和第四節課交換了。

0525

しげん
【資源】

名 資源

例 交(ま)ぜればゴミですが、分(わ)ければ資源(しげん)になります。
／混在一起是垃圾，但經過分類的話就變成資源了。

0526 □□□

じけん
【事件】

名 事件，案件

類 出来事

例 連続(れんぞく)して殺人事件(さつじんじけん)が起(お)きた。／殺人事件接二連三地發生了。

0527 □□□

しご
【死後】

名 死後；後事

反 生前　類 没後（ぼつご）

例 みなさんは死後(しご)の世界(せかい)があると思(おも)いますか。
／請問各位認為真的有冥界嗎？

0528 □□□

じご
【事後】

名 事後

反 事前

例 事後(じご)に評価報告書(ひょうかほうこくしょ)を提出(ていしゅつ)してください。
／請在結束以後提交評估報告書。

0529 □□□

ししゃごにゅう【四捨五入】 (名・他サ) 四捨五入

例 26 を 10 の位（くらい）で四捨五入（ししゃごにゅう）すると 30 です。
／將 26 四捨五入到十位數就變成 30。

0530 □□□

Track 24

ししゅつ【支出】 (名・他サ) 開支，支出

反 収入　類 支払い（しはらい）

例 支出（ししゅつ）が増（ふ）えたせいで、貯金（ちょきん）が減（へ）った。
／都是支出變多，儲蓄才變少了。

文法
せいで［由於］
▶ 發生壞事或會導致某種不利情況或責任的原因。

0531 □□□

しじん【詩人】 (名) 詩人

類 歌人（かじん）

例 彼（かれ）は詩人（しじん）ですが、ときどき小説（しょうせつ）も書（か）きます。
／他雖然是個詩人，有時候也會寫寫小說。

0532 □□□

じしん【自信】 (名) 自信，自信心

例 自信（じしん）を持（も）つことこそ、あなたに最（もっと）も必要（ひつよう）なことです。
／要對自己有自信，對你來講才是最需要的。

文法
こそ［才（是）…］
▶ 特別強調某事物。

0533 □□□

しぜん【自然】 (名・形動・副) 自然，天然；大自然，自然界；自然地

反 人工（じんこう）　類 天然

例 この国（くに）は、経済（けいざい）が遅（おく）れている反面（はんめん）、自然（しぜん）が豊（ゆた）かだ。
／這個國家經濟雖落後，但另一方面卻擁有豐富的自然資源。

文法
反面（はんめん）［另一方面…］
▶ 表示同一種事物，同時兼具兩種不同性格的兩個方面。

0534 □□□

じぜん【事前】 (名) 事前

反 事後

例 仕事（しごと）を休（やす）みたいときは、なるべく事前（じぜん）に言（い）ってください。／工作想請假時請盡量事先報告。

文法
たい［想要…］
▶ 表示說話者的內心想做、想要的。

讀書計劃：□□／□□

0535 □□□

しした【舌】

㊔ 舌頭；說話；舌狀物

類 べろ

例 熱(あつ)いものを食(た)べて、舌(した)をやけどした。

／我吃熱食時燙到舌頭了。

0536 □□□

したしい【親しい】

形 (血緣) 近；親近，親密；不稀奇

反 疎い（うとい）

類 懇ろ（ねんごろ）

例 学生時代(がくせいじだい)からの付(つ)き合(あ)いですから、村田(むらた)さんとは親(した)しいですよ。

／我和村田先生從學生時代就是朋友了，兩人的交情非常要好。

0537 □□□

しつ【質】

㊔ 質量；品質，素質；質地，實質；抵押品；真誠，樸實

類 性質（せいしつ）

例 この店(みせ)の商品(しょうひん)は、あの店(みせ)に比(くら)べて質(しつ)がいいです。

／這家店的商品，比那家店的品質好多了。

文法

に比(くら)べて [與…相比]

▶ 表示比較、對照。

0538 □□□

じつ【日】

漢造 太陽；日，一天，白天；每天

例 一部(いちぶ)の地域(ちいき)を除(のぞ)いて、翌日(よくじつ)に配達(はいたつ)いたします。

／除了部分區域以外，一概隔日送達。

0539 □□□

しつぎょう【失業】

名・自サ 失業

類 失職（しっしょく）

例 会社(かいしゃ)が倒産(とうさん)して失業(しつぎょう)する。

／公司倒閉而失業。

しっけ～しま

0540 □□□

しっけ【湿気】

名 濕氣

類 湿り気（しめりけ）

例 暑さに加えて、湿気もひどくなってきた。

／除了熱之外，濕氣也越來越嚴重。

文法

に加えて［而且…］

▶ 表示在現有前項的事物上，再加上後項類似的別的事物。

0541 □□□

じっこう【実行】

名·他サ 實行，落實，施行

類 実践

例 資金が足りなくて、計画を実行するどころじゃない。

／資金不足，哪能實行計畫呀！

0542 □□□

しつど【湿度】

名 濕度

例 湿度が高くなるに従って、かびが生えやすくなる。

／隨著濕度增加，容易長霉。

0543 □□□

じっと

副·自サ 保持穩定，一動不動；凝神，聚精會神；一聲不響地忍住；無所做為，呆住

類 つくづく

例 相手の顔をじっと見つめる。

／凝神注視對方的臉。

0544 □□□

じつは【実は】

副 說真的，老實說，事實是，說實在的

類 打ち明けて言うと

例「国産」と書いてあったが、実は輸入品だった。

／上面雖然寫著「國產」，實際上卻是進口商品。

0545 □□□

じつりょく【実力】

名 實力，實際能力

類 腕力（わんりょく）

例 彼女は、実力があるだけでなく、やる気もあります。

／她不只有實力，也很有幹勁。

0546 □□□

しつれいします【失礼します】

感（道歉）對不起；（先行離開）先走一步；（進門）不好意思打擾了；（職場用語 - 掛電話時）不好意思先掛了；（入座）謝謝

例 用がある時は、「失礼します」って言ってから入ってね。
／有事情要進去那裡之前，必須先說聲「報告」，才能夠進去喔。

0547 □□□

じどう【自動】

名 自動（不單獨使用）

例 入口は、自動ドアになっています。
／入口是自動門。

0548 □□□

しばらく

副 好久；暫時

Track 25

類 しばし

例 胃に穴が空いたから、しばらく会社を休むしかない。
／由於罹患了胃穿孔，不得不暫時向公司請假。

文法
しかない［只好…］
▶ 表示只有這唯一可行的，沒有別的選擇。

0549 □□□

じばん【地盤】

名 地基，地面；地盤，勢力範圍

例 家は地盤の固いところに建てたい。
／希望在地盤穩固的地方蓋房子。

文法
たい［想要…］
▶ 表示說話者的內心想做、想要的。

0550 □□□

しぼう【死亡】

名・他サ 死亡

反 生存

類 死去（しきょ）

例 けが人はいますが、死亡者はいません。
／雖然有人受傷，但沒有人死亡。

0551 □□□

しま【縞】

名 條紋，格紋，條紋布

例 アメリカの国旗は、赤と白がしまになっている。
／美國國旗是紅白相間的條紋。

しまがら～しゃしょう

0552 □□□

しまがら
【縞柄】

㊔ 條紋花樣

類 縞模様（しまもよう）

例 縞柄（しまがら）のネクタイをつけている人（ひと）が部長（ぶちょう）です。

／繫著條紋領帶的人是經理。

0553 □□□

しまもよう
【縞模様】

㊔ 條紋花樣

類 縞柄

例 縞模様（しまもよう）のシャツをたくさん持（も）っています。

／我有很多件條紋襯衫。

0554 □□□

じまん
【自慢】

名·他サ 自滿，自誇，自大，驕傲

類 誇る（ほこる）

例 あの人（ひと）の話（はなし）は息子（むすこ）の自慢（じまん）ばかりだ。

／那個人每次開口總是炫耀兒子。

0555 □□□

じみ
【地味】

形動 素氣，樸素，不華美；保守

反 派手

類 素朴（そぼく）

例 この服（ふく）、色（いろ）は地味（じみ）だけど、デザインが洗練（せんれん）されてますね。

／這件衣服的顏色雖然樸素，但是設計非常講究。

0556 □□□

しめい
【氏名】

㊔ 姓與名，姓名

例 ここに、氏名（しめい）、住所（じゅうしょ）と、電話番号（でんわばんごう）を書（か）いてください。

／請在這裡寫上姓名、住址和電話號碼。

0557 □□□

しめきり
【締め切り】

㊔（時間、期限等）截止，屆滿；封死，封閉；截斷，斷流

類 期限

例 締（し）め切（き）りまでには、何（なん）とかします。

／在截止之前會想想辦法。

文法

までには［在…之前］

▶ 表示某個截止日、某個動作完成的期限。

0558 □□□

しゃ
【車】

名·接尾·漢造 車；（助數詞）車，輛，車廂

例 毎日電車（まいにちでんしゃ）で通勤（つうきん）しています。

／每天都搭電車通勤。

0559 □□□

しゃ
【者】

漢造 者，人；（特定的）事物，場所

例 失業者（しつぎょうしゃ）にとっては、あんなレストランはぜいたくです。

／對失業者而言，上那種等級的餐廳太奢侈了。

文法
にとっては［對於…來說］
▸ 表示站在前面接的那個詞的立場，來進行後面的判斷或評價。

0560 □□□

しゃ
【社】

名·漢造 公司，報社（的簡稱）；社會團體；組織；寺院

例 父（ちち）の友人（ゆうじん）のおかげで、新聞社（しんぶんしゃ）に就職（しゅうしょく）できた。

／承蒙父親朋友大力鼎助，得以在報社上班了。

文法
おかげで［多虧…］
▸ 由於受到某種恩惠，導致後面好的結果。常帶有感謝的語氣。

0561 □□□

しやくしょ
【市役所】

名 市政府，市政廳

例 市役所（しやくしょ）へ婚姻届（こんいんとどけ）を出（だ）しに行（い）きます。

／我們要去市公所辦理結婚登記。

0562 □□□

ジャケット
【jacket】

名 外套，短上衣；唱片封面

類 上着
反 下着

例 暑（あつ）いですから、ジャケットはいりません。

／外面氣溫很高，不必穿外套。

0563 □□□

しゃしょう
【車掌】

名 車掌，列車員

類 乗務員（じょうむいん）

例 車掌（しゃしょう）が来（き）たので、切符（きっぷ）を見（み）せなければならない。

／車掌來了，得讓他看票根才行。

ジャズ～ジュース

0564 □□□

ジャズ
【jazz】

名·自サ（樂）爵士音樂

例 叔父（おじ）はジャズのレコードを収集（しゅうしゅう）している。
／家叔的嗜好是收集爵士唱片。

0565 □□□

しゃっくり

名·自サ 打嗝

例 しゃっくりが出（で）て、止（と）まらない。
／開始打嗝，停不下來。

0566 □□□

しゃもじ
【杓文字】

名 杓子，飯杓

例 しゃもじにご飯粒（はんつぶ）がたくさんついています。
／飯匙上沾滿了飯粒。

0567 □□□

Track 26

しゅ
【手】

漢造 手；親手；專家；有技藝或資格的人

例 タクシーの運転手（うんてんしゅ）になる。／成為計程車司機。

0568 □□□

しゅ
【酒】

漢造 酒

例 ぶどう酒（しゅ）とチーズは合（あ）う。／葡萄酒和起士的味道很合。

0569 □□□

しゅう
【週】

名·漢造 星期；一圈

例 週（しゅう）に1回（かい）は運動（うんどう）することにしている。
／固定每星期運動一次。

文法
ことにしている［向來…］
▶ 表示個人根據某種決心，而形成的某種習慣、方針或規矩。

0570 □□□

しゅう
【州】

名 大陸，州

例 アメリカでは、州（しゅう）によって法律（ほうりつ）が違（ちが）うそうです。
／據說在美國，法律會因州而益。

文法
によって［因…；根據…］
▶ 表示根據其中的各種情況。
▶ 近 に基（もと）づいて［按照…］

讀書計劃：□□／□□

0571 □□□

しゅう
【集】

名·漢造 （詩歌等的）集；聚集

例 作品を全集にまとめる。
／把作品編輯成全集。

0572 □□□

じゅう
【重】

名·漢造 （文）重大；穩重；重要

例 重要なことなので、よく聞いてください。
／這是很重要的事，請仔細聆聽。

0573 □□□

しゅうきょう
【宗教】

名 宗教

例 この国の人々は、どんな宗教を信仰していますか。
／這個國家的人，信仰的是什麼宗教？

0574 □□□

じゅうきょひ
【住居費】

名 住宅費，居住費

例 住居費はだいたい給料の 3 分の 1 ぐらいです。
／住宿費用通常佔薪資的三分之一左右。

0575 □□□

しゅうしょく
【就職】

名·自サ 就職，就業，找到工作

類 勤め

例 就職したからには、一生懸命働きたい。
／既然找到了工作，我就想要努力去做。

文法

からには［既然…，就…］

▶ 表示既然到了這種情況，後面就要「貫徹到底」的說法

たい［想要…］

▶ 表示說話者的內心想做、想要的。

0576 □□□

ジュース
【juice】

名 果汁，汁液，糖汁，肉汁

例 未成年なので、ジュースを飲みます。
／由於還未成年，因此喝果汁。

じゅうたい～しゅっしん

0577 □□□

じゅうたい【渋滞】

名・自サ 停滯不前，遲滯，阻塞

反 はかどる
類 遅れる
例 道が渋滞しているので、電車で行くしかありません。
／因為路上塞車，所以只好搭電車去。

0578 □□□

じゅうたん【絨毯】

名 地毯

類 カーペット
例 居間にじゅうたんを敷こうと思います。
／我打算在客廳鋪塊地毯。

0579 □□□

しゅうまつ【週末】

名 週末

例 週末には１時間ほど運動しています。
／每週末大約運動一個小時左右。

0580 □□□

じゅうよう【重要】

名・形動 重要，要緊

類 大事
例 彼は若いのに、なかなか重要な仕事を任せられている。
／儘管他年紀輕，但已經接下相當重要的工作了。

0581 □□□

しゅうり【修理】

名・他サ 修理，修繕

類 修繕
例 この家は修理が必要だ。
／這個房子需要進行修繕。

0582 □□□

しゅうりだい【修理代】

名 修理費

例 車の修理代に３万円かかりました。
／花了三萬圓修理汽車。

0583 □□□

じゅぎょうりょう【授業料】 ㊔ 學費

類 学費

例 家庭教師(かていきょうし)は授業料(じゅぎょうりょう)が高(たか)い。／家教老師的授課費用很高。

0584 □□□

しゅじゅつ【手術】 (名·他サ) 手術

類 オペ

例 手術(しゅじゅつ)といっても、入院(にゅういん)する必要(ひつよう)はありません。
／雖說要動手術，但不必住院。

文法
といっても[雖說…，但…]
▶表示承認前項的說法，但同時在後項做部分的修正。

0585 □□□

しゅじん【主人】 ㊔ 家長，一家之主；丈夫，外子；主人；東家，老闆，店主

類 あるじ

例 主人(しゅじん)は出張(しゅっちょう)しております。／外子出差了。

0586 □□□

しゅだん【手段】 ㊔ 手段，方法，辦法

類 方法

例 目的(もくてき)のためなら、手段(しゅだん)を選(えら)ばない。／只要能達到目的，不擇手段。

0587 □□□

Track 27

しゅつじょう【出場】 (名·自サ) (參加比賽) 上場，入場；出站，走出場

類 欠場（けつじょう）

例 歌(うた)がうまくさえあれば、コンクールに出場(しゅつじょう)できる。
／只要歌唱得好，就可以參加比賽。

文法
さえ…ば[只要…(就)…]
▶強調只需要達到最低或唯一條件，後項就可成立。

0588 □□□

しゅっしん【出身】 ㊔ 出生（地），籍貫；出身；畢業於…

類 国籍

例 東京出身(とうきょうしゅっしん)といっても、育(そだ)ったのは大阪(おおさか)です。
／雖然我出生於東京，但卻是生長於大阪。

文法
といっても[雖說…，但…]
▶表示承認前項的說法，但同時在後項做部分的修正。

しゅるい～じょう

0589 □□□

しゅるい【種類】

㊔ 種類

類 ジャンル

例 酒にはいろいろな種類がある。

／酒分成很多種類。

0590 □□□

じゅんさ【巡査】

㊔ 巡警

例 巡査が電車で痴漢して逮捕されたって。

／聽說巡警在電車上因性騷擾而被逮補。

文法

って［聽說…］

▶ 引用自己從別人那裡聽說了某信息。

0591 □□□

じゅんばん【順番】

㊔ 輪班（的次序），輪流，依次交替

類 順序

例 順番にお呼びしますので、おかけになってお待ちください。

／會按照順序叫號，請坐著等候。

0592 □□□

しょ【初】

漢造 初，始；首次，最初

例 まだ4月なのに、今日は初夏の陽気だ。

／現在才四月，但今天已經和初夏一樣熱了。

0593 □□□

しょ【所】

漢造 處所，地點；特定地

例 市役所に勤めています。／在市公所工作。

0594 □□□

しょ【諸】

漢造 諸

例 東南アジア諸国を旅行する。／前往幾個東南亞國家旅行。

0595 □□□

じょ【女】

名·漢造（文）女兒；女人，婦女

例 少女のころは白馬の王子様を夢見ていた。

／在少女時代夢想著能遇見白馬王子。

0596 □□□

じょ【助】

漢造 幫助；協助

例 プロの作家になるまで、両親が生活を援助してくれた。
／在成為專業作家之前，一直由父母支援生活費。

0597 □□□

しょう【省】

名·漢造 省掉；（日本內閣的）省，部

例 2001年の中央省庁再編で、省庁の数は12になった。
／經過二〇〇一年施行中央政府組織改造之後，省廳的數目變成了十二個。

0598 □□□

しょう【商】

名·漢造 商，商業；商人；（數）商；商量

例 美術商なのか。道理で絵に詳しいわけだ。
／原來是美術商哦？難怪對繪畫方面懂得那麼多。

文法
わけだ［怪不得…］
▶ 表示按事物的發展，事實、狀況合乎邏輯地必然導致這樣的結果。

0599 □□□

しょう【勝】

漢造 勝利；名勝

例 1勝1敗、明日の試合で勝負が決まる。
／目前戰績是一勝一負，明天的比賽將會決定由誰獲勝。

0600 □□□

じょう【状】

名·漢造 （文）書面，信件；情形，狀況

例 先生の推薦状のおかげで、就職が決まった。
／承蒙老師的推薦信，找到工作了。

文法
おかげで［多虧…］
▶ 由於受到某種恩惠，導致後面好的結果。常帶有感謝的語氣。

0601 □□□

じょう【場】

名·漢造 場，場所；場面

例 土地がないから、運動場は屋上に作るほかない。
／由於找不到土地，只好把運動場蓋在屋頂上。

文法
ほかない［只好…］
▶ 表示雖然心裡不願意，但又沒有其他方法，只有這唯一的選擇，別無它法。

じょう～しょうすう

0602 □□□

じょう【畳】

接尾・漢造 （計算草蓆、席墊）塊，疊；重疊

例 6畳一間のアパートに住んでいます。

／目前住在公寓裡一個六鋪席大的房間。

0603 □□□

しょうがくせい【小学生】

名 小學生

例 下の子もこの春小学生になります。

／老么也將在今年春天上小學了。

0604 □□□

じょうぎ【定規】

名 （木工使用）尺，規尺；標準

例 定規で点と点を結んで線を引きます。

／用直尺在兩點之間畫線。

0605 □□□

しょうきょくてき【消極的】

形動 消極的

例 恋愛に消極的な、いわゆる草食系男子が増えています。

／現在一些對愛情提不起興趣，也就是所謂的草食系男子，有愈來愈多的趨勢。

0606 □□□

Track 28

しょうきん【賞金】

名 賞金；獎金

例 ツチノコには1億円の賞金がかかっている。

／目前提供一億圓的懸賞金給找到鍾子蛇的人。

0607 □□□

じょうけん【条件】

名 條件；條文，條款

類 制約（せいやく）

例 相談の上で、条件を決めましょう。

／協商之後，再來決定條件吧。

0608 □□□

しょうご【正午】

名 正午

類 昼

例 うちの辺りは、毎日正午にサイレンが鳴る。

／我家那一帶每天中午十二點都會響起警報聲。

0609 □□□

じょうし
【上司】

名 上司，上級

反 部下
類 長官
例 新しい上司に代わってから、仕事がきつく感じる。
／自從新上司就任後，工作變得比以前更加繁重。

0610 □□□

しょうじき
【正直】

名·形動·副 正直，老實

例 彼は正直なので損をしがちだ。
／他個性正直，容易吃虧。

文法
がちだ [往往會…]
▸ 表示即使是無意的，容易出現某種傾向。一般多用在負面評價的動作。

0611 □□□

じょうじゅん
【上旬】

名 上旬

反 下旬
類 初旬
例 来月上旬に、日本へ行きます。
／下個月的上旬，我要去日本。

0612 □□□

しょうじょ
【少女】

名 少女，小姑娘

類 乙女（おとめ）
例 少女は走りかけて、ちょっと立ち止まりました。
／少女跑到一半，就停了一下。

0613 □□□

しょうじょう
【症状】

名 症狀

例 どんな症状か医者に説明する。
／告訴醫師有哪些症狀。

0614 □□□

しょうすう
【小数】

名（數）小數

例 円周率は無限に続く小数です。
／圓周率是無限小數。

0615 □□□

しょうすう【少数】

㊔ 少數

例 賛成者は少数だった。
／少數贊成者。

0616 □□□

しょうすうてん【小数点】

㊔ 小數點

例 小数点以下は、四捨五入します。
／小數點以下，要四捨五入。

0617 □□□

しょうせつ【小説】

㊔ 小說

類 物語（ものがたり）

例 先生がお書きになった小説を読みたいです。
／我想看老師所寫的小說。

> 文法
> **たい［想要…］**
> ▶ 表示說話者的內心想做、想要的。

0618 □□□

じょうたい【状態】

㊔ 狀態，情況

類 状況

例 その部屋は、誰でも出入りできる状態にありました。
／那個房間誰都可以自由進出。

0619 □□□

じょうだん【冗談】

㊔ 戲言，笑話，詼諧，玩笑

類 ジョーク

例 その冗談は彼女に通じなかった。
／她沒聽懂那個玩笑。

0620 □□□

しょうとつ【衝突】

㊔·自サ 撞，衝撞，碰上；矛盾，不一致；衝突

類 ぶつける

例 車は、走り出したとたんに壁に衝突しました。
／車子才剛發動，就撞上了牆壁。

> 文法
> **とたんに［剛…就…］**
> ▶ 表示前項動作和變化完成的一瞬間，發生了後項的動作和變化。

0621 □□□

しょうねん【少年】

㊔ 少年

反 少女
類 青年

例 もう一度少年の頃に戻りたい。
／我想再次回到年少時期。

文法
たい［想要…］
▶ 表示說話者的內心想做、想要的。

0622 □□□

しょうばい【商売】

名・自サ 經商，買賣，生意；職業，行業

類 商い（あきない）

例 商売がうまくいかないのは、景気が悪いせいだ。
／生意沒有起色是因為景氣不好。

文法
せいだ［因為…的緣故］
▶ 表示發生壞事或會導致某種不利的情況的原因與責任的所在。

0623 □□□

しょうひ【消費】

名・他サ 消費，耗費

反 貯金（ちょきん）
類 消耗（しょうもう）

例 ガソリンの消費量が、増加ぎみです。
／汽油的消耗量，有增加的趨勢。

文法
気味［趨勢］
▶ 表示身心、情況等有這種傾向，用在主觀的判斷。多用於消極。

0624 □□□

しょうひん【商品】

㊔ 商品，貨品

例 あのお店は商品が豊富に揃っています。
／那家店商品的品項十分齊備。

0625 □□□

じょうほう【情報】

㊔ 情報，信息

類 インフォメーション

例 IT 業界について、何か新しい情報はありますか。
／關於 IT 產業，你有什麼新的情報？

0626 □□□

Track 29

しょうぼうしょ【消防署】

㊔ 消防局，消防署

例 火事を見つけて、消防署に 119 番した。
／發現火災，打了 119 通報消防局。

しょうめい～しょくりょう

0627 □□□

しょうめい【証明】 名・他サ 證明

類 証（あかし）

例 事件当時どこにいたか、証明のしようがない。
／根本無法提供案件發生時的不在場證明。

文法
ようがない［沒辦法］
▶表示不管用什麼方法都不可能，已經沒有其他方法了。

0628 □□□

しょうめん【正面】 名 正面；對面；直接，面對面

反 背面（はいめん）
類 前方

例 ビルの正面玄関に立っている人は誰ですか。
／站在大樓正門前的是那位是誰？

0629 □□□

しょうりゃく【省略】 名・副・他サ 省略，從略

類 省く（はぶく）

例 携帯電話のことは、省略して「ケイタイ」という人が多い。
／很多人都把行動電話簡稱為「手機」。

0630 □□□

しようりょう【使用料】 名 使用費

例 ホテルで結婚式をすると、会場使用料はいくらぐらいですか。
／請問若是在大飯店裡舉行婚宴，場地租用費大約是多少錢呢？

0631 □□□

しょく【色】 漢造 顏色；臉色，容貌；色情；景象

補 助数詞：一色：いっしょく（ひといろ）、二色：にしょく、三色：さんしょく（さんしき）、四色：よんしょく、五色：ごしょく（ごしき）、六色：ろくしょく、七色：なないろ、八色：はっしょく、九色：きゅうしょく、十色：じゅっしょく（といろ）

例 あの人の髪は、金髪というより明るい褐色ですね。
／那個人的髮色與其說是金色，比較像是亮褐色吧。

文法
というより［與其說…，還不如說…］
▶表示在相比較的情況下，後項的說法比前項更恰當。

0632 □□□

しょくご【食後】

㊔ 飯後，食後

例 お飲み物は食後でよろしいですか。
／飲料可以在餐後上嗎？

0633 □□□

しょくじだい【食事代】

㊔ 餐費，飯錢

類 食費

例 今夜の食事代は会社の経費です。／今天晚上的餐費由公司的經費支應。

0634 □□□

しょくぜん【食前】

㊔ 飯前

例 粉薬は食前に飲んでください。
／請在飯前服用藥粉。

0635 □□□

しょくにん【職人】

㊔ 工匠

類 匠（たくみ）

例 祖父は、たたみを作る職人でした。
／爺爺曾是製作榻榻米的工匠。

0636 □□□

しょくひ【食費】

㊔ 伙食費，飯錢

類 食事代

例 日本は食費や家賃が高くて、生活が大変です。
／日本的飲食費用和房租開銷大，居住生活很吃力。

0637 □□□

しょくりょう【食料】

㊔ 食品，食物

例 地震で家を失った人たちに、水と食料を配った。
／分送了水和食物給在地震中失去了房子的人們。

0638 □□□

しょくりょう【食糧】

㊔ 食糧，糧食

例 食品を干すのは、食糧を蓄えるための昔の人の知恵です。
／把食物曬乾是古時候的人想出來保存糧食的好方法。

0639 □□□

しょっきだな
【食器棚】

名 餐具櫃，碗廚

例 引越ししたばかりで、食器棚は空っぽです。
／由於才剛剛搬來，餐具櫃裡什麼都還沒擺。

0640 □□□

ショック
【shock】

名 震動，刺激，打擊；（手術或注射後的）休克

類 打撃

例 彼女はショックのあまり、言葉を失った。
／她因為太過震驚而說不出話來。

0641 □□□

しょもつ
【書物】

名（文）書，書籍，圖書

例 夜は一人で書物を読むのが好きだ。／我喜歡在晚上獨自看書。

0642 □□□

じょゆう
【女優】

名 女演員

反 男優

例 その女優は、監督の指示どおりに演技した。
／那個女演員依導演的指示演戲。

文法
どおりに［按照］
▶ 表示按照前項的方式或要求，進行後項的行為。

0643 □□□

しょるい
【書類】

名 文書，公文，文件

類 文書

例 書類はできたが、まだ部長のサインをもらっていない。
／雖然文件都準備好了，但還沒得到部長的簽名。

0644 □□□

Track 30

しらせ
【知らせ】

名 通知；預兆，前兆

例 第一志望の会社から、採用の知らせが来た。
／第一志願的公司通知錄取了。

0645 □□□

しり
【尻】

名 屁股，臀部；（移動物體的）後方，後面；末尾，最後；（長物的）末端

類 臀部（でんぶ）

例 ずっと座っていたら、おしりが痛くなった。
／一直坐著，屁股就痛了起來。

0646 □□□

しりあい【知り合い】

㊔ 熟人，朋友

類 知人

例 鈴木(すずき)さんは、佐藤(さとう)さんと知(し)り合(あ)いだということです。

／據說鈴木先生和佐藤先生似乎是熟人。

0647 □□□

シルク【silk】

㊔ 絲，絲綢；生絲

類 織物

例 シルクのドレスを買(か)いたいです。

／我想要買一件絲綢的洋裝。

文法

たい［想要…］

▶ 表示說話者的內心願望。

0648 □□□

しるし【印】

㊔ 記號，符號；象徵（物），標記；徽章；（心意的）表示；紀念（品）；商標

類 目印（めじるし）

例 間違(まちが)えないように、印(しるし)をつけた。

／為了避免搞錯而貼上了標籤。

文法

ように［為了…而…］

▶ 表示為了實現前項，而做後項。

0649 □□□

しろ【白】

㊔ 白，皎白，白色；清白

例 雪(ゆき)が降(ふ)って、辺(あた)りは白一色(しろいっしょく)になりました。

／下雪後，眼前成了一片白色的天地。

0650 □□□

しん【新】

（名·漢造） 新；剛收穫的；新曆

例 夏休(なつやす)みが終(お)わって、新学期(しんがっき)が始(はじ)まった。

／暑假結束，新學期開始了。

0651 □□□

しんがく【進学】

（名·自サ） 升學；進修學問

類 進む

例 勉強(べんきょう)が苦手(にがて)で、高校進学(こうこうしんがく)でさえ難(むずか)しかった。

／我以前很不喜歡讀書，就連考高中都覺得困難。

文法

さえ［連；甚至］

▶ 用在理所當然的是都不能了，其他的是就更不用說了。

しんがくりつ～すいとう

0652 □□□

しんがくりつ【進学率】

㊔ 升學率

例 あの高校(こうこう)は進学率(しんがくりつ)が高(たか)い。

／那所高中升學率很高。

0653 □□□

しんかんせん【新幹線】

㊔ 日本鐵道新幹線

例 新幹線(しんかんせん)に乗(の)るには、運賃(うんちん)のほかに特急料金(とっきゅうりょうきん)がかかります。

／要搭乘新幹線列車，除了一般運費還要加付快車費用。

0654 □□□

しんごう【信号】

名・自サ 信號，燈號；（鐵路、道路等的）號誌；暗號

例 信号(しんごう)が赤(あか)から青(あお)に変(か)わる。

／號誌從紅燈變成綠燈。

0655 □□□

しんしつ【寝室】

㊔ 寢室

例 この家(いえ)は居間(いま)と寝室(しんしつ)と食堂(しょくどう)がある。／這個住家有客廳、臥房以及餐廳。

0656 □□□

しんじる・しんずる【信じる・信ずる】

他上一 信，相信；確信，深信；信賴，可靠；信仰

反 不信　類 信用する

例 そんな話(はなし)、誰(だれ)が信(しん)じるもんか。

／那種鬼話誰都不信！

文法

もんか［決不…］

▸ 表示強烈的否定情緒。「…もんか」是「…ものか」比較隨便的說法。

0657 □□□

しんせい【申請】

名・他サ 申請，聲請

類 申し出る（もうしでる）

例 証明書(しょうめいしょ)はこの紙(かみ)を書(か)いて申請(しんせい)してください。

／要申請證明文件，麻煩填寫完這張紙之後提送。

0658 □□□

しんせん【新鮮】

名・形動（食物）新鮮；清新乾淨；新穎，全新

類 フレッシュ

例 今朝(けさ)釣ってきたばかりの魚(さかな)だから、新鮮(しんせん)ですよ。

／這是今天早上才剛釣到的魚，所以很新鮮喔！

0659 □□□
しんちょう【身長】
名 身高

例 あなたの身長は、バスケットボール向きですね。
／你的身高還真是適合打籃球呀！

0660 □□□
しんぽ【進歩】
名·自サ 進步

反 退歩（たいほ）
類 向上
例 科学の進歩のおかげで、生活が便利になった。
／因為科學進步的關係，生活變方便多了。

文法
おかげで［多虧…］
▶ 由於受到某種恩惠，導致後面好的結果。常帶有感謝的語氣。

0661 □□□
しんや【深夜】
名 深夜

類 夜更け（よふけ）
例 深夜どころか、翌朝まで仕事をしました。
／豈止到深夜，我是工作到隔天早上。

す

0662 □□□
Track 31
す【酢】
名 醋

例 ちょっと酢を入れ過ぎたみたいだ。すっぱい。
／好像加太多醋了，好酸！

文法
みたいだ　［好像…］
▶ 表示不是很確定的推測或判斷。

0663 □□□
すいてき【水滴】
名 水滴；（注水研墨用的）硯水壺

例 エアコンから水滴が落ちてきた。
／從冷氣機滴了水下來。

0664 □□□
すいとう【水筒】
名（旅行用）水筒，水壺

例 明日は、お弁当と、おやつと、水筒を持っていかなくちゃ。
／明天一定要帶便當、零食和水壺才行。

文法
なくちゃ［不…不行］
▶ 表示受限於某個條件、規定，必須要做某件事情。

すいどうだい～すこしも

0665 □□□

すいどうだい【水道代】 ㊔ 自來水費

類 水道料金

例 水道代(すいどうだい)は一月(ひとつき) 2,000 円(えん)ぐらいです。／水費每個月大約兩千圓左右。

0666 □□□

すいどうりょうきん【水道料金】 ㊔ 自來水費

類 水道代

例 水道料金(すいどうりょうきん)を支払(しはら)いたいのですが。
／不好意思，我想要付自來水費……。

文法

たい［想要…］

▶ 表示說話者的內心想做、想要的。

0667 □□□

すいはんき【炊飯器】 ㊔ 電子鍋

例 この炊飯器(すいはんき)はもう 10 年(ねん)も使(つか)っています。／這個電鍋已經用了十年。

0668 □□□

ずいひつ【随筆】 ㊔ 隨筆，小品文，散文，雜文

例『枕草子(まくらのそうし)』は、清少納言(せいしょうなごん)によって書(か)かれた随筆(ずいひつ)です。
／《枕草子》是由清少納言著寫的散文。

文法

によって［由…；根據…］

▶ 表示動作的主體或原因、根據。

0669 □□□

すうじ【数字】 ㊔ 數字；各個數字

例 暗証番号(あんしょうばんごう)は、全部同(ぜんぶおな)じ数字(すうじ)にするのはやめた方(ほう)がいいです。
／密碼最好不要設定成重複的同一個數字。

0670 □□□

スープ【soup】 ㊔ 湯（多指西餐的湯）

例 西洋料理(せいようりょうり)では、最初(さいしょ)にスープを飲(の)みます。／西餐的用餐順序是先喝湯。

0671 □□□

スカーフ【scarf】 ㊔ 圍巾，披肩；領結

類 襟巻き（えりまき）

例 寒(さむ)いので、スカーフをしていきましょう。
／因為天寒，所以圍上圍巾後再出去吧！

讀書計劃：□□／□□

0672 □□□

スキー
【ski】

㊔ 滑雪；滑雪橇，滑雪板

例 北海道の人も、全員スキーができるわけではないそうだ。
／聽說北海道人也不是每一個都會滑雪。

文法
わけではない[並不是…]
▶ 表示不能簡單地對現在的狀況下某種結論，也有其它情況。

0673 □□□

すぎる
【過ぎる】

自上一 超過；過於；經過

類 経過する

例 5時を過ぎたので、もううちに帰ります。
／已經五點多了，我要回家了。

0674 □□□

すくなくとも
【少なくとも】

副 至少，對低，最低限度

類 せめて

例 休暇を取るとしたら、少なくとも三日前に言わなければなりません。
／如果要請假，至少要在三天前說才行。

文法
としたら[如果…的話]
▶ 在認清現況或得來的信息的前提條件下，據此條件進行判斷。
▶ 近 ようなら[要是…]

0675 □□□

すごい
【凄い】

形 非常（好）；厲害；好的令人吃驚；可怕，嚇人

類 甚だしい（はなはだしい）

補 すっごく：非常（強調語氣，多用在口語）

例 すごい嵐になってしまいました。
／它轉變成猛烈的暴風雨了。

0676 □□□

すこしも
【少しも】

副（下接否定）一點也不，絲毫也不

類 ちっとも

例 お金なんか、少しも興味ないです。
／金錢這東西，我一點都不感興趣。

文法
なんか[之類的]
▶ 用輕視的語氣，談論主題。口語用法。

すごす～ストッキング

0677 □□□

すごす【過ごす】

他五·接尾 度（日子、時間），過生活；過渡過量；放過，不管

類 暮らす（くらす）

例 たとえ外国に住んでいても、お正月は日本で過ごしたいです。

／就算是住在外國，新年還是想在日本過。

文法

たとえ…ても［即使…也…］

▶ 表示讓步關係，即使是在前項極端的條件下，後項結果仍然成立。

たい［想要…］

▶ 表示說話者的內心想做、想要的。

0678 □□□

すすむ【進む】

自五·接尾 進，前進；進步，先進；進展；升級，進級；升入，進入，到達；繼續下去

類 前進する

例 行列はゆっくりと寺へ向かって進んだ。

／隊伍緩慢地往寺廟前進。

0679 □□□

すすめる【進める】

他下一 使向前推進，使前進；推進，發展，開展；進行，舉行；提升，晉級；增進，使旺盛

類 前進させる

例 企業向けの宣伝を進めています。

／我在推廣以企業為對象的宣傳。

文法

向けの［以…為對象；適合於…］

▶ 表示以前項為對象，而做後項的事物。

0680 □□□

すすめる【勧める】

他下一 勸告，勸誘；勸，進（煙茶酒等）

類 促す（うながす）

例 これは医者が勧める健康法の一つです。

／這是醫師建議的保健法之一。

0681 □□□

Track 32

すすめる【薦める】

他下一 勸告，勸告，勸誘；勸，敬（煙、酒、茶、座等）

類 推薦する

例 彼はA大学の出身だから、A大学を薦めるわけだ。

／他是從A大學畢業的，難怪會推薦A大學。

文法

わけだ［怪不得…］

▶ 表示按事物的發展，事實、狀況合乎邏輯地必然導致這樣的結果。

讀書計劃：□□／□□

0682 □□□

すそ【裾】

㊔ 下擺，下襟；山腳；（靠近頸部的）頭髮

例 ジーンズの裾（すそ）を5センチほど短（みじか）く直（なお）してください。

／請將牛仔褲的褲腳改短五公分左右。

0683 □□□

スター【star】

㊔（影劇）明星，主角；星狀物，星

例 いつかきっとスーパースターになってみせる。

／總有一天會變成超級巨星給大家看！

文法

てみせる［做給…看］

▶ 表示說話者強烈的意志跟決心，含有顯示自己能力的語氣。

0684 □□□

ずっと

㊖ 更；一直

類 終始

例 ずっとほしかったギターをもらった。

／收到夢寐以求的吉他。

0685 □□□

すっぱい【酸っぱい】

㊒ 酸，酸的

例 梅干（うめぼ）しはすっぱいに決（き）まっている。

／梅乾當然是酸的。

文法

に決（き）まっている［肯定是…］

▶ 說話者根據事物的規律，覺得一定是這樣，充滿自信的推測。

0686 □□□

ストーリー【story】

㊔ 故事，小說；（小說、劇本等的）劇情，結構

類 物語

例 日本（にほん）のアニメはストーリーがおもしろいと思（おも）います。

／我覺得日本卡通的故事情節很有趣。

0687 □□□

ストッキング【stocking】

㊔ 褲襪；長筒襪

類 靴下

例 ストッキングをはいて出（で）かけた。

／我穿上褲襪便出門去了。

ストライプ～すみません

0688 □□□

ストライプ【strip】　㊔ 條紋；條紋布

類 縞模様

例 私の学校の制服は、ストライプ模様です。

／我那所學校的制服是條紋圖案。

0689 □□□

ストレス【stress】　㊔（語）重音；（理）壓力；（精神）緊張狀態

類 圧力；プレッシャー

例 ストレスと疲れから倒れた。

／由於壓力和疲勞而病倒了。

0690 □□□

すなわち【即ち】　接續 即，換言之；即是，正是；則，彼時；乃，於是

類 つまり

例 私の父は、1945年8月15日、すなわち終戦の日に生まれました。

／家父是在一九四五年八月十五日，也就是二戰結束的那一天出生的。

0691 □□□

スニーカー【sneakers】　㊔ 球鞋，運動鞋

類 運動靴（うんどうぐつ）

例 運動会の前に、新しいスニーカーを買ってあげましょう。

／在運動會之前，買雙新的運動鞋給你吧。

0692 □□□

スピード【speed】　㊔ 快速，迅速；速度

類 速さ

例 あまりスピードを出すと危ない。

／速度太快了很危險。

0693 □□□

ずひょう【図表】　㊔ 圖表

例 実験の結果を図表にしました。

／將實驗結果以圖表呈現了。

讀書計劃：□□／□□

0694 □□□
スポーツせんしゅ【sports 選手】 ㊔ 運動選手

類 アスリート

例 好きなスポーツ選手はいますか。
／你有沒有喜歡的運動選手呢？

0695 □□□
スポーツちゅうけい【スポーツ中継】 ㊔ 體育（競賽）直播，轉播

例 父と兄はスポーツ中継が大好きです。
／爸爸和哥哥最喜歡看現場直播的運動比賽了。

0696 □□□
すます【済ます】 他五・接尾 弄完，辦完;償還，還清;對付，將就，湊合;（接在其他動詞連用形下面）表示完全成為……

例 犬の散歩のついでに、郵便局に寄って用事を済ました。
／遛狗時順道去郵局辦了事。

文法
ついでに［順便…］
▶ 表示做某一主要的事情的同時，再追加順便做其他件事情。

0697 □□□
すませる【済ませる】 他五・接尾 弄完，辦完；償還，還清；將就，湊合

類 終える

例 もう手続きを済ませたから、ほっとしているわけだ。
／因為手續都辦完了，怪不得這麼輕鬆。

文法
わけだ［怪不得…］
▶ 表示按事物的發展，事實、狀況合乎邏輯地必然導致這樣的結果。

0698 □□□
すまない 連語 對不起，抱歉；（做寒暄語）對不起

例 すまないと思うなら、手伝ってください。
／要是覺得不好意思，那就來幫忙吧。

0699 □□□
すみません【済みません】 連語 抱歉，不好意思

例 お待たせしてすみません。
／讓您久等，真是抱歉。

すれちがう～せいじか

0700 □□□

すれちがう
【擦れ違う】

自五 交錯，錯過去；不一致，不吻合，互相分歧；錯車

例 街ですれ違った美女には必ず声をかける。
／每當在街上和美女擦身而過，一定會出聲搭訕。

せ

0701 □□□

Track 33

せい
【性】

名·漢造 性別；性慾；本性

例 性によって差別されることのない社会を目指す。
／希望能打造一個不因性別而受到歧視的社會。

文法
によって［因…；由於…；根據…］
▶ 表示動作的主體或原因、根據。

0702 □□□

せいかく
【性格】

名（人的）性格，性情；（事物的）性質，特性

類 人柄（ひとがら）
例 兄弟といっても、弟と僕は全然性格が違う。
／雖說是兄弟，但弟弟和我的性格截然不同。

文法
といっても［雖說…，但…］
▶ 表示承認前項的說法，但同時在後項做部分的修正。

0703 □□□

せいかく
【正確】

名·形動 正確，準確

類 正しい
例 事実を正確に記録する。／事實正確記錄下來。

0704 □□□

せいかつひ
【生活費】

名 生活費

例 毎月の生活費に 20 万円かかります。
／每個月的生活費需花二十萬圓。

0705 □□□

せいき
【世紀】

名 世紀，百代；時代，年代；百年一現，絕世

類 時代
例 20 世紀初頭の日本について研究しています。
／我正針對 20 世紀初的日本進行研究。

0706
□□□

ぜいきん【税金】

㊔ 税金，稅款

類 所得税（しょとくぜい）

例 家賃（やちん）や光熱費（こうねつひ）に加（くわ）えて税金（ぜいきん）も払（はら）わなければならない。

／不單是房租和水電費，還加上所得稅也不能不繳交。

文法
に加（くわ）えて［而且…］
▶ 表示在現有前項的事物上，再加上後項類似的別的事物。

0707
□□□

せいけつ【清潔】

名・形動 乾淨的，清潔的；廉潔；純潔

反 不潔

例 ホテルの部屋（へや）はとても清潔（せいけつ）だった。／飯店的房間，非常的乾淨。

0708
□□□

せいこう【成功】

名・自サ 成功，成就，勝利；功成名就，成功立業

反 失敗 類 達成（たっせい）

例 ダイエットに成功（せいこう）したとたん、恋人（こいびと）ができた。

／減重一成功，就立刻交到女朋友／男朋友了。

文法
とたん［剛一…，立刻…］
▶ 表示前項動作和變化完成的一瞬間，發生了後項的動作和變化。

0709
□□□

せいさん【生産】

名・他サ 生產，製造；創作（藝術品等）；生業，生計

反 消費 類 産出

例 当社（とうしゃ）は、家具（かぐ）の生産（せいさん）に加（くわ）えて販売（はんばい）も行（おこな）っています。

／本公司不單製造家具，同時也從事販售。

文法
に加（くわ）えて［而且…］
▶ 表示在現有前項的事物上，再加上後項類似的別的事物。

0710
□□□

せいさん【清算】

名・他サ 結算，清算；清理財產；結束，了結

例 10年（ねん）かけてようやく借金（しゃっきん）を清算（せいさん）した。

／花費了十年的時間，終於把債務給還清了。

0711
□□□

せいじか【政治家】

㊔ 政治家（多半指議員）

例 あなたはどの政治家（せいじか）を支持（しじ）していますか。

／請問您支持哪位政治家呢？

せいしつ～せいぶつ

0712 □□□

せいしつ【性質】

㊔ 性格，性情；(事物) 性質，特性

類 たち

例 磁石(じしゃく)は北(きた)を向(む)く性質(せいしつ)があります。

／指南針具有指向北方的特性。

0713 □□□

せいじん【成人】

名・自サ 成年人；成長，(長大) 成人

類 大人（おとな）

例 成人(せいじん)するまで、たばこを吸(す)ってはいけません。

／到長大成人之前，不可以抽煙。

0714 □□□

せいすう【整数】

㊔ (數) 整數

例 18 割(わ)る 6 は割(わ)り切(き)れて、答(こた)えは整数(せいすう)になる。

／十八除以六的答案是整數。

0715 □□□

せいぜん【生前】

㊔ 生前

反 死後

類 死ぬ前

例 祖父(そふ)は生前(せいぜん)よく釣(つ)りをしていました。

／祖父在世時經常去釣魚。

0716 □□□

せいちょう【成長】

名・自サ (經濟、生產) 成長，增長，發展；(人、動物) 生長，發育

類 生い立ち（おいたち）

例 子(こ)どもの成長(せいちょう)が、楽(たの)しみでなりません。

／孩子們的成長，真叫人期待。

0717 □□□

せいねん【青年】

㊔ 青年，年輕人

類 若者

例 彼(かれ)は、なかなか感(かん)じのよい青年(せいねん)だ。

／他是個令人覺得相當年輕有為的青年。

讀書計劃：□□／□□

0718 □□□

せいねんがっぴ【生年月日】

㊔ 出生年月日，生日

類 誕生日

例 書類には、生年月日を書くことになっていた。

／文件上規定要填上出生年月日。

0719 □□□

せいのう【性能】

㊔ 性能，機能，效能

例 高ければ高いほど性能がよいわけではない。

／並不是愈昂貴，性能就愈好。

文法

ば…ほど［越…越…］

▸ 表示隨著前項事物的變化，後項也隨之相應地發生變化。

わけではない［並不是…］

▸ 表示不能簡單地對現在的狀況下某種結論，也有其它情況。

0720 □□□

せいひん【製品】

㊔ 製品，產品

類 商品

例 この材料では、製品の品質は保証できません。

／如果是這種材料的話，恕難以保證產品的品質。

0721 □□□

せいふく【制服】

㊔ 制服

類 ユニホーム

例 うちの学校、制服がもっとかわいかったらいいのになあ。

／要是我們學校的制服更可愛一點就好了。

文法

たらいいのになあ［就好了］

▸ 前項是難以實現或是與事實相反的情況，表現說話者遺憾、不滿、感嘆的心情。

0722 □□□

せいぶつ【生物】

㊔ 生物

類 生き物

例 湖の中には、どんな生物がいますか。

／湖裡有什麼生物？

せいり～せん

0723 □□□

せいり【整理】

(名・他サ) 整理，收拾，整頓；清理，處理；捨棄，淘汰，裁減

類 整頓（せいとん）

例 今（いま）、整理（せいり）をしかけたところなので、まだ片付（かたづ）いていません。

／現在才整理到一半，還沒完全整理好。

文法

たところ［…，結果…］

▶ 順接用法。因某種目的去作某一動作，偶然下得到後項的結果。

0724 □□□

せき【席】

(名・漢造) 席，坐墊；席位，坐位

Track 34

例 お年寄（としよ）りや体（からだ）の不自由（ふじゆう）な方（かた）に席（せき）を譲（ゆず）りましょう。

／請將座位禮讓給長者和行動不方便的人士。

0725 □□□

せきにん【責任】

(名) 責任，職責

類 責務

例 責任（せきにん）を取（と）らないで、逃（に）げるつもりですか。

／打算逃避問題，不負責任嗎？

0726 □□□

せけん【世間】

(名) 世上，社會上；世人；社會輿論；(交際活動的）範圍

類 世の中

例 何（なに）もしていないのに、世間（せけん）では私（わたし）が犯人（はんにん）だとうわさしている。

／我分明什麼壞事都沒做，但社會上卻謠傳我就是犯人。

0727 □□□

せっきょくてき【積極的】

(形動) 積極的

反 消極的

類 前向き（まえむき）

例 とにかく積極的（せっきょくてき）に仕事（しごと）をすることですね。

／總而言之，就是要積極地工作是吧。

0728 □□□

ぜったい【絶対】

(名・副) 絕對，無與倫比；堅絕，斷然，一定

反 相対　類 絶対的

例 この本（ほん）、読（よ）んでごらん。絶対（ぜったい）おもしろいよ。

／建議你看這本書，一定很有趣喔。

0729 □□□

セット
【set】

㊔名·他サ 一組，一套；舞台裝置，布景；（網球等）盤，局；組裝，裝配；梳整頭髮

類 揃い（そろい）

例 食器（しょっき）を５客（きゃく）セットで買（か）う。／買下五套餐具。

0730 □□□

せつやく
【節約】

名·他サ 節約，節省

反 浪費

類 倹約（けんやく）

例 節約（せつやく）しているのに、お金（かね）がなくなる一方（いっぽう）だ。
／我已經很省了，但是錢卻越來越少。

文法
一方（いっぽう）だ［不斷地…；越來越…］
▶ 某狀況一直朝一個方向不斷發展。多用於消極的、不利的傾向。

0731 □□□

せともの
【瀬戸物】

名 陶瓷品

補 字源：愛知縣瀨戶市所產燒陶

例 あそこの店（みせ）には、手（て）ごろな値段（ねだん）の瀬戸物（せともの）がたくさんある。
／那家店有很多物美價廉的陶瓷器。

0732 □□□

ぜひ
【是非】

名·副 務必；好與壞

類 どうしても

例 あなたの作品（さくひん）をぜひ読（よ）ませてください。
／請務必讓我拜讀您的作品。

文法
せてください［能否允許…］
▶ 用在想做某件事情前，先請求對方的許可。
▶ 近 せてもらえますか［可以讓…嗎？］

0733 □□□

せわ
【世話】

名·他サ 援助，幫助；介紹，推薦；照顧，照料；俗語，常言

類 面倒見（めんどうみ）

例 母（はは）に子供（こども）たちの世話（せわ）をしてくれるように頼（たの）んだ。
／拜託了我媽媽來幫忙照顧孩子們。

0734 □□□

せん
【戦】

漢造 戰爭；決勝負，體育比賽；發抖

例 決勝戦（けっしょうせん）は、あさって行（おこな）われる。／決賽將在後天舉行。

ぜん～せんめんじょ

0735 □□□

ぜん【全】　漢造 全部，完全；整個；完整無缺

例 問題解決(もんだいかいけつ)のために、全世界(ぜんせかい)が協力(きょうりょく)し合(あ)うべきだ。
／為了解決問題，世界各國應該同心合作。

文法
べきだ［應當…］
▸ 表示那樣做是應該的、正確的。常用在勸告、禁止及命令的場合。

0736 □□□

ぜん【前】　漢造 前方，前面；（時間）早；預先；從前

例 前首相(ぜんしゅしょう)の講演会(こうえんかい)に行(い)く。
／去參加前首相的演講會。

0737 □□□

せんきょ【選挙】　名・他サ 選舉，推選

例 選挙(せんきょ)の際(さい)には、応援(おうえん)をよろしくお願(ねが)いします。
／選舉的時候，就請拜託您的支持了。

文法
際(さい)には［在…時］
▸ 表示動作、行為進行的時候。

0738 □□□

せんざい【洗剤】　名 洗滌劑，洗衣粉（精）

類 洗浄剤（せんじょうざい）

例 洗剤(せんざい)なんか使(つか)わなくても、きれいに落(お)ちます。
／就算不用什麼洗衣精，也能將污垢去除得乾乾淨淨。

文法
なんか［之類的；…等等］
▸ 用輕視的語氣，談論主題，為口語用法。或表示從各種事物中例舉其一。

0739 □□□

せんじつ【先日】　名 前天；前些日子

類 この間

例 先日(せんじつ)、駅(えき)で偶然(ぐうぜん)田中(たなか)さんに会(あ)った。
／前些日子，偶然在車站遇到了田中小姐。

0740 □□□

ぜんじつ【前日】　名 前一天

例 入学式(にゅうがくしき)の前日(ぜんじつ)、緊張(きんちょう)して眠(ねむ)れませんでした。
／在參加入學典禮的前一天，我緊張得睡不著覺。

讀書計劃：□□／□□

0741 □□□

せんたくき
【洗濯機】

㊔ 洗衣機

補 せんたっき（口語）

例 このセーターは洗濯機（せんたくき）で洗（あら）えますか。
／這件毛線衣可以用洗衣機洗嗎？

0742 □□□

センチ
【centimeter】

㊔ 厘米，公分

例 1センチ右（みぎ）にずれる。
／往右偏離了一公分。

0743 □□□

せんでん
【宣伝】

名・自他サ 宣傳，廣告；吹噓，鼓吹，誇大其詞

類 広告（こうこく）

例 あなたの会社（かいしゃ）を宣伝（せんでん）するかわりに、うちの商品（しょうひん）を買（か）ってください。
／我幫貴公司宣傳，相對地，請購買我們的商品。

文法
かわりに［代替…］
▶ 表示由另外的人或物來代替。

0744 □□□

ぜんはん
【前半】

㊔ 前半，前半部

例 私（わたし）のチームは前半（ぜんはん）に5点（てん）も得点（とくてん）しました。
／我們這隊在上半場已經奪得高達五分了。

0745 □□□

せんぷうき
【扇風機】

㊔ 風扇，電扇

例 暑（あつ）いですね。扇風機（せんぷうき）をつけたらどうでしょう。
／好熱喔。要不要開個電風扇呀？

文法
たらどうでしょう［如何？］
▶ 用來委婉地提出建議、邀請，或是對他人進行勸說。

0746 □□□

せんめんじょ
【洗面所】

㊔ 化妝室，廁所

類 手洗い

例 彼女（かのじょ）の家（うち）は洗面所（せんめんじょ）にもお花（はな）が飾（かざ）ってあります。
／她家的廁所也裝飾著鮮花。

0747 □□□
せんもんがっこう【専門学校】
名 專科學校

例 高校卒業後、専門学校に行く人が多くなった。
／在高中畢業後，進入專科學校就讀的人越來越多了。

そ

0748 □□□
そう【総】
漢造 總括；總覽；總，全體；全部

Track 35

例 衆議院が解散し、総選挙が行われることになった。
／最後決定解散眾議院，進行了大選。

0749 □□□
そうじき【掃除機】
名 除塵機，吸塵器

例 毎日、掃除機をかけますか。／每天都用吸塵器清掃嗎？

0750 □□□
そうぞう【想像】
名・他サ 想像

類 イマジネーション
例 そんなひどい状況は、想像もできない。
／完全無法想像那種嚴重的狀況。

0751 □□□
そうちょう【早朝】
名 早晨，清晨

例 早朝に勉強するのが好きです。／我喜歡在早晨讀書。

0752 □□□
ぞうり【草履】
名 草履，草鞋

例 浴衣のときは、草履ではなく下駄を履きます。
／穿浴衣的時候，腳上的不是草履，而是木屐。

0753 □□□
そうりょう【送料】
名 郵費，運費

類 送り賃（おくりちん）
例 送料が 1,000 円以下になるように、工夫してください。
／請設法將運費壓到 1000 日圓以下。

文法
ように［請…］
▶ 表示願望、希望、勸告或輕微的命令等。

0754 □□□

ソース
【sauce】

㊔（西餐用）調味醬

例 我が家にいながら、プロが作ったソースが楽しめる。
／就算待在自己的家裡，也能享用到行家調製的醬料。

0755 □□□

そく
【足】

接尾・漢造（助數詞）雙；足；足夠；添

例 この棚の靴下は3足で1,080円です。
／這個貨架上的襪子是三雙一千零八十圓。

0756 □□□

そくたつ
【速達】

名・自他サ 快速信件

例 速達で出せば、間に合わないこともないだろう。
／寄快遞的話，就不會趕不上吧！

文法
ないこともない［並不是不…］
▶ 表示雖然不是全面肯定，但也有那樣的可能性。

0757 □□□

そくど
【速度】

㊔ 速度

類 スピード

例 速度を上げて、トラックを追い越した。
／加速超過了卡車。

0758 □□□

そこ
【底】

㊔ 底，底子；最低處，限度；底層，深處；邊際，極限

例 海の底までもぐったら、きれいな魚がいた。
／我潛到海底，看見了美麗的魚兒。

0759 □□□

そこで

接續 因此，所以；（轉換話題時）那麼，下面，於是

類 それで

例 そこで、私は思い切って意見を言いました。
／於是，我就直接了當地說出了我的看法。

そだつ～それとも

0760 □□□
そだつ【育つ】
(自五) 成長，長大，發育
類 成長する
例 子どもたちは、元気に育っています。／孩子們健康地成長著。

0761 □□□
ソックス【socks】
(名) 短襪
例 外で遊んだら、ソックスまで砂だらけになった。
／外面玩瘋了，連襪上也全都沾滿泥沙。

文法
だらけ［到處是…］
▶ 表示數量過多，到處都是的樣子。常伴有「骯髒」、「不好」等貶意。

0762 □□□
そっくり
(形動·副) 一模一樣，極其相似；全部，完全，原封不動
類 似る（にる）
例 彼ら親子は、似ているというより、もうそっくりなんですよ。
／他們母子，與其說是像，倒不如說是長得一模一樣了。

文法
というより［與其說…，還不如說…］
▶ 表示在相比較的情況下，後項的說法比前項更恰當。

0763 □□□
そっと
(副) 悄悄地，安靜的；輕輕的；偷偷地；照原樣不動的
類 静かに
例 しばらくそっとしておくことにしました。／暫時讓他一個人靜一靜了。

0764 □□□
そで【袖】
(名) 衣袖；（桌子）兩側抽屜，（大門）兩側的廳房，舞台的兩側，飛機（兩翼）
例 半袖と長袖と、どちらがいいですか。／要長袖還是短袖？

0765 □□□
そのうえ【その上】
(接續) 又，而且，加之，兼之
例 質がいい。その上、値段も安い。／不只品質佳，而且價錢便宜。

0766 □□□
そのうち【その内】
(副·連語) 最近，過幾天，不久；其中
例 心配しなくても、そのうち帰ってくるよ。
／不必擔心，再過不久就會回來了嘛。

0767 □□□

そば【蕎麦】

㊔ 蕎麥；蕎麥麵

㊊ お昼ご飯はそばをゆでて食べよう。
／午餐來煮蕎麥麵吃吧。

0768 □□□

ソファー【sofa】

㊔ 沙發（亦可唸作「ソファ」）

㊊ ソファーに座ってテレビを見る。
／坐在沙發上看電視。

0769 □□□

そぼく【素朴】

名·形動 樸素，純樸，質樸；（思想）純樸

㊊ 素朴な疑問なんですが、どうして台湾は台湾っていうんですか。
／我只是好奇想問一下，為什麼台灣叫做台灣呢？

文法
って［叫…的…］
▶ 用來表示說話人不知道的事物。

0770 □□□

それぞれ

㊖ 每個（人），分別，各自

類 おのおの

㊊ LINE と Facebook、それぞれの長所と短所は何ですか。
／LINE 和臉書的優缺點各是什麼？

0771 □□□

それで

㊢ 因此；後來

類 それゆえ

㊊ それで、いつまでに終わりますか。／那麼，什麼時候結束呢？

0772 □□□

それとも

接續 或著，還是

類 もしくは

㊊ 女か、それとも男か。
／是女的還是男的。

0773 □□□

そろう
【揃う】

自五 （成套的東西）備齊；成套；一致，（全部）一樣，整齊；（人）到齊，齊聚

類 整う（ととのう）

例 全員揃ったから、試合を始めよう。
／等所有人到齊以後就開始比賽吧。

0774 □□□

そろえる
【揃える】

他下一 使…備齊；使…一致；湊齊，弄齊，使成對

類 整える（ととのえる）

例 必要なものを揃えてからでなければ、出発できません。
／如果沒有準備齊必需品，就沒有辦法出發。

文法
てからでなければ［不…就不能…］
▶ 表示如果不先做前項，就不能做後項。

0775 □□□

そんけい
【尊敬】

名・他サ 尊敬

例 あなたが尊敬する人は誰ですか。
／你尊敬的人是誰？

0776 □□□

Track 36

たい【対】

名·漢造 對比，對方；同等，對等；相對，相向；（比賽）比；面對

例 1対1で引き分けです。／一比一平手。

0777 □□□

だい【代】

名·漢造 代，輩；一生，一世；代價

例 100年続いたこの店を、私の代で終わらせるわけにはいかない。
／絕不能在我手上關了這家已經傳承百年的老店。

文法
わけにはいかない［不能…］
▶ 表示由於一般常識、社會道德或經驗等，那樣做是不可能的、不能做的。

0778 □□□

だい【第】

漢造·接頭 順序；考試及格，錄取

例 ベートーベンの交響曲第6番は、「田園」として知られている。
／貝多芬的第六號交響曲是名聞遐邇的《田園》。

0779 □□□

だい【題】

名·自サ·漢造 題目，標題；問題；題辭

例 作品に題をつけられなくて、「無題」とした。
／想不到名稱，於是把作品取名為〈無題〉。

0780 □□□

たいがく【退学】

名·自サ 退學

例 息子は、高校を退学してから毎日ぶらぶらしている。
／我兒子自從高中退學以後，每天都無所事事。

0781 □□□

だいがくいん【大学院】

名（大學的）研究所

例 来年、大学院に行くつもりです。／我計畫明年進研究所唸書。

0782 □□□

だいく【大工】

名 木匠，木工

類 匠（たくみ）

例 大工が家を建てている。
／木工在蓋房子。

たいくつ～ダイヤモンド

0783 □□□

たいくつ【退屈】

名·自サ·形動 無聊，鬱悶，寂，厭倦

類 つまらない

例 やることがなくて、どんなに退屈（たいくつ）したことか。
／無事可做，是多麼的無聊啊！

文法
ことか［多麼…啊］
▶ 表示該事物的程度如此之大，大到沒辦法特定。

0784 □□□

たいじゅう【体重】

名 體重

例 そんなにたくさん食（た）べていたら、体重（たいじゅう）が減（へ）るわけがありません。
／吃那麼多東西，體重怎麼可能減得下來呢！

0785 □□□

たいしょく【退職】

名·自サ 退職

例 退職（たいしょく）してから、ボランティア活動（かつどう）を始（はじ）めた。
／離職以後，就開始去當義工了。

0786 □□□

だいたい【大体】

副 大部分；大致；大概

類 おおよそ

例 練習（れんしゅう）して、この曲（きょく）はだいたい弾（ひ）けるようになった。
／練習以後，大致會彈這首曲子了。

0787 □□□

たいど【態度】

名 態度，表現；舉止，神情，作風

類 素振り（そぶり）

例 君（きみ）の態度（たいど）には、先生でさえ怒（おこ）っていたよ。
／對於你的態度，就算是老師也感到很生氣喔。

文法
でさえ［連、甚至］
▶ 用在理所當然的是都不能了，其他的是就更不用說了。

0788 □□□

タイトル【title】

名（文章的）題目，（著述的）標題；稱號，職稱

類 題名（だいめい）

例 全文（ぜんぶん）を読（よ）まなくても、タイトルを見（み）れば内容（ないよう）はだいたい分（わ）かる。
／不需讀完全文，只要看標題即可瞭解大致內容。

0789 □□□
ダイニング
【dining】
名 餐廳（「ダイニングルーム」之略稱）；吃飯，用餐；西式餐館

例 広（ひろ）いダイニングですので、10人（にん）ぐらい来（き）ても大丈夫（だいじょうぶ）ですよ。
／家裡的餐廳很大，就算來了十位左右的客人也沒有問題。

0790 □□□
だいひょう
【代表】
名·他サ 代表

例 斉藤君（さいとうくん）の結婚式（けっこんしき）で、友人（ゆうじん）を代表（だいひょう）してお祝（いわ）いを述（の）べた。
／在齊藤的婚禮上，以朋友代表的身分獻上了賀詞。

0791 □□□
タイプ
【type】
名·他サ 型，形式，類型；典型，榜樣，樣本，標本；（印）鉛字，活字；打字（機）

類 型式（かたしき）；タイプライター

例 私（わたし）はこのタイプのパソコンにします。／我要這種款式的電腦。

0792 □□□
だいぶ
【大分】
名·形動 很，頗，相當，相當地，非常

類 ずいぶん

例 だいぶ元気（げんき）になりましたから、もう薬（くすり）を飲（の）まなくてもいいです。
／已經好很多了，所以不吃藥也沒關係的。

0793 □□□
だいめい
【題名】
名（圖書、詩文、戲劇、電影等的）標題，題名

類 題（だい）

例 その歌（うた）の題名（だいめい）を知（し）っていますか。／你知道那首歌的歌名嗎？

0794 □□□
ダイヤ
【diamond・diagram 之略】
名 鑽石（「ダイヤモンド」之略稱）；列車時刻表；圖表，圖解（「ダイヤグラム」之略稱）

例 ダイヤの指輪（ゆびわ）を買（か）って、彼女（かのじょ）に結婚（けっこん）を申（もう）し込（こ）んだ。
／買下鑽石戒指向女友求婚。

0795 □□□
ダイヤモンド
【diamond】
名 鑽石

例 ダイヤモンドを買（か）う。／買鑽石。

たいよう～だく

0796 □□□

たいよう【太陽】 ㊔ 太陽

反 太陰（たいいん）
類 お日さま
例 太陽が高くなるにつれて、暑くなった。
／隨著太陽升起，天氣變得更熱了。

文法
につれて［隨著…］
▶ 表示隨著前項的進展，同時後項也隨之發生相應的進展。

0797 □□□

たいりょく【体力】 ㊔ 體力

例 年を取るに従って、体力が落ちてきた。
／隨著年紀增加，體力愈來愈差。

0798 □□□

ダウン【down】 名・自他サ 下，倒下，向下，落下；下降，減退；(棒)出局；(拳擊)擊倒

反 アップ　類 下げる
例 駅が近づくと、電車はスピードダウンし始めた。
／電車在進站時開始減速了。

0799 □□□

たえず【絶えず】 副 不斷地，經常地，不停地，連續

類 いつも
例 絶えず勉強しないことには、新しい技術に追いついていけない。
／如不持續學習，就沒有辦法趕上最新技術。

0800 □□□

たおす【倒す】 他五 倒，放倒，推倒，翻倒；推翻，打倒；毀壞，拆毀；打敗，擊敗；殺死，擊斃；賴帳，不還債

類 打倒する（だとうする）；転ばす（ころばす）
例 山の木を倒して団地を造る。
／砍掉山上的樹木造鎮。

0801 □□□

タオル【towel】 ㊔ 毛巾；毛巾布

例 このタオル、厚みがあるけれど夜までには乾くだろう。
／這條毛巾雖然厚，但在入夜之前應該會乾吧。

文法
までには［在…之前］
▶ 表示某個截止日、某個動作完成的期限。

讀書計劃：□□／□□

0802 □□□

たがい【互い】

名·形動 互相，彼此；雙方；彼此相同

類 双方（そうほう）

例 けんかばかりしているが、互(たが)いに嫌(きら)っているわけではない。

／雖然老是吵架，但也並不代表彼此互相討厭。

文法

わけではない[並不是…]

▶ 表示不能簡單地對現在的狀況下某種結論，也有其它情況。

0803 □□□

たかまる【高まる】

自五 高漲，提高，增長；興奮

反 低まる（ひくまる）

類 高くなる

例 地球温暖化問題(ちきゅうおんだんかもんだい)への関心(かんしん)が高(たか)まっている。

／人們愈來愈關心地球暖化問題。

0804 □□□

たかめる【高める】

他下一 提高，抬高，加高

反 低める

類 高くする

例 発電所(はつでんしょ)の安全性(あんぜんせい)を高(たか)めるべきだ。

／有必要加強發電廠的安全性。

文法

べきだ[應當…]

▶ 表示那樣做是應該的、正確的。常用在勸告、禁止及命令的場合。

0805 □□□

たく【炊く】

他五 點火，燒著；燃燒；煮飯，燒菜

類 炊事（すいじ）

例 ご飯(はん)は炊(た)いてあったっけ。

／煮飯了嗎？

文法

っけ[是不是…呢]

▶ 用在想確認自己記不清，或已經忘掉的事物時。

0806 □□□

だく【抱く】

他五 抱；孵卵；心懷，懷抱

類 抱える（かかえる）

例 赤(あか)ちゃんを抱(だ)いている人(ひと)は誰(だれ)ですか。

／那位抱著小嬰兒的是誰？

タクシーだい～たたく

0807 □□□

タクシーだい【taxi 代】 ㊔ 計程車費

類 タクシー料金

例 来月からタクシー代が上がります。

／從下個月起，計程車的車資要漲價。

0808 □□□

タクシーりょうきん【taxi 料金】 ㊔ 計程車費

類 タクシー代

例 来月からタクシー料金が値上げになるそうです。

／據說從下個月開始，搭乘計程車的費用要漲價了。

0809 □□□

たくはいびん【宅配便】 ㊔ 宅急便

比 宅配便（たくはいびん）：除黑貓宅急便之外的公司所能使用之詞彙。
宅急便（たっきゅうびん）：日本黑貓宅急便登錄商標用語，只有此公司能使用此詞彙。

例 明日の朝、宅配便が届くはずです。

／明天早上應該會收到宅配包裹。

0810 □□□

たける【炊ける】 自下一 燒成飯，做成飯

例 ご飯が炊けたので、夕食にしましょう。

／飯已經煮熟了，我們來吃晚餐吧。

0811 □□□

たしか【確か】 副（過去的事不太記得）大概，也許

例 このセーターは確か 1,000 円でした。

／這件毛衣大概是花一千日圓吧。

0812 □□□

たしかめる【確かめる】 他下一 查明，確認，弄清

類 確認する（かくにんする）

例 彼に聞いて、事実を確かめることができました。

／與他確認實情後，真相才大白。

讀書計劃：□□／□□

0813 □□□

たしざん【足し算】

㊔ 加法，加算

反 引き算（ひきざん）
類 加法（かほう）

例 ここは引き算ではなくて、足し算ですよ。
／這時候不能用減法，要用加法喔。

0814 □□□

たすかる【助かる】

自五 得救，脫險；有幫助，輕鬆；節省（時間、費用、麻煩等）

例 乗客は全員助かりました。
／乘客全都得救了。

0815 □□□

たすける【助ける】

他下一 幫助，援助；救，救助；輔佐；救濟，資助

類 救助する（きゅうじょする）；手伝う（てつだう）

例 おぼれかかった人を助ける。
／救起了差點溺水的人。

0816 □□□

ただ

名・副 免費，不要錢；普通，平凡；只有，只是（促音化為「たった」）

類 僅か（わずか）

例 会員カードがあれば、ただで入れます。
／如果持有會員卡，就能夠免費入場。

0817 □□□

ただいま

名・副 現在；馬上；剛才；（招呼語）我回來了

類 現在；すぐ

例 ただいまお茶をお出しいたします。
／我馬上就端茶過來。

0818 □□□

たたく【叩く】

他五 敲，叩；打；詢問，徵求；拍，鼓掌；攻擊，駁斥；花完，用光

類 打つ（うつ）

例 向こうから太鼓をドンドンたたく音が聞こえてくる。
／可以聽到那邊有人敲擊太鼓的咚咚聲響。

たたむ～だます

0819 □□□

たたむ【畳む】

他五 疊，折；關，闔上；關閉，結束；藏在心裡

類 折る（おる）

例 布団（ふとん）を畳（たた）んで、押入（おしい）れに上（あ）げる。

／疊起被子收進壁櫥裡。

0820 □□□

たつ【経つ】

自五 經，過；（炭火等）燒盡

類 過ぎる

例 あと 20 年（ねん）たったら、一般（いっぱん）の人（ひと）でも月（つき）に行（い）けるかもしれない。

／再過二十年，說不定一般民眾也能登上月球。

0821 □□□

たつ【建つ】

自五 蓋，建

類 建設する（けんせつする）

例 駅（えき）の隣（となり）に大（おお）きなビルが建（た）った。

／在車站旁邊蓋了一棟大樓。

0822 □□□

たつ【発つ】

自五 立，站；冒，升；離開；出發；奮起；飛，飛走

類 出発する

例 夜（よる）8時半（じはん）の夜行（やこう）バスで青森（あおもり）を発（た）つ。

／搭乘晚上八點半從青森發車的巴士。

0823 □□□

たてなが【縦長】

名 矩形，長形

反 横長（よこなが）

例 日本（にほん）や台湾（たいわん）では、縦長（たてなが）の封筒（ふうとう）が多（おお）く使（つか）われている。

／在日本和台灣通常使用直式信封。

0824 □□□

たてる【立てる】

他下一 立起；訂立

例 夏休（なつやす）みの計画（けいかく）を立（た）てる。

／規劃暑假計畫。

讀書計劃：□□／□□

0825 □□□

たてる【建てる】

(他下一) 建造，蓋

類 建築する（けんちくする）

例 こんな家を建てたいと思います。

／我想蓋這樣的房子。

文法

たい［想要…］

▶ 表示說話者的內心想做、想要的。

0826 □□□

たな【棚】

(名)（放置東西的）隔板，架子，棚

例 お荷物は上の棚に置くか、前の座席の下にお入れください。

／請將隨身行李放到上方的置物櫃內，或前方旅客座椅的下方。

0827 □□□

たのしみ【楽しみ】

(名) 期待，快樂

反 苦しみ

類 趣味

例 みんなに会えるのを楽しみにしています。

／我很期待與大家見面！

0828 □□□

たのみ【頼み】

(名) 懇求，請求，拜託；信賴，依靠

類 願い

例 父は、とうとう私の頼みを聞いてくれなかった。

／父親終究沒有答應我的請求。

0829 □□□

たま【球】

(名) 球

例 山本君の投げる球はとても速くて、僕には打てない。

／山本投擲的球速非常快，我實在打不到。

0830 □□□

だます【騙す】

(副) 騙，欺騙，誆騙，矇騙；哄

類 欺く（あざむく）

例 彼の甘い言葉に騙されて、200 万円も取られてしまった。

／被他的甜言蜜語欺騙，訛詐了高達兩百萬圓。

0831 □□□

たまる【溜まる】　自五 事情積壓；積存，囤積，停滯

類 集まる

例 最近、ストレスが溜まっている。

／最近累積了不少壓力。

0832 □□□

だまる【黙る】　自五 沈默，不說話；不理，不聞不問

反 喋る

類 沈黙する（ちんもくする）

例 それを言われたら、私は黙るほかない。

／被你這麼一說，我只能無言以對。

文法

ほかない［只能…］

▶ 表示別無它法。

0833 □□□

ためる【溜める】　他下一 積，存，蓄；積壓，停滯

類 蓄える（たくわえる）

例 お金をためてからでないと、結婚なんてできない。

／不先存些錢怎麼能結婚。

文法

てからでないと［不…就不能…］

▶ 表示如果不先做前項，就不能做後項。

0834 □□□

たん【短】　名・漢造 短；不足，缺點

例 私は飽きっぽいのが短所です。

／凡事容易三分鐘熱度是我的缺點。

文法

っぽい［感覺像…］

▶ 表示有這種感覺或有這種傾向。

0835 □□□

だん【団】　漢造 團，圓團；團體

例 記者団は大臣に対して説明を求めた。

／記者群要求了部長做解釋。

文法

に対して［向…；對…］

▶ 表示動作、感情施予的對象。

0836 □□□

だん【弾】

漢造 砲彈

例 彼は弾丸のような速さで部屋を飛び出していった。
／他快得像顆子彈似地衝出了房間。

文法
ような［像…樣的］
▶ 為了說明後項的名詞，而在前項具體的舉出例子。

0837 □□□

たんきだいがく【短期大学】

名（兩年或三年制的）短期大學

補 略稱：短大（たんだい）

例 姉は短期大学で勉強しています。
／姊姊在短期大學裡就讀。

0838 □□□

ダンサー【dancer】

名 舞者；舞女；舞蹈家

類 踊り子

例 由香ちゃんはダンサーを目指しているそうです。
／小由香似乎想要成為一位舞者。

0839 □□□

たんじょう【誕生】

名・自サ 誕生，出生；成立，創立，創辦

類 出生

例 地球は46億年前に誕生した。
／地球誕生於四十六億年前。

0840 □□□

たんす

名 衣櫥，衣櫃，五斗櫃

類 押入れ

例 服を畳んで、たんすにしまった。
／折完衣服後收入衣櫃裡。

0841 □□□

だんたい【団体】

名 團體，集體

類 集団

例 レストランに団体で予約を入れた。
／我用團體的名義預約了餐廳。

ち チーズ～チケットだい

0842 □□□

Track 38

チーズ【cheese】

名 起司，乳酪

例 このチーズはきっと高（たか）いに違（ちが）いない。
／這種起士一定非常貴。

文法
に違（ちが）いない［一定是］
▶ 說話者根據經驗或直覺，做出非常肯定的判斷。

0843 □□□

チーム【team】

名 組，團隊；(體育) 隊

類 組（くみ）

例 私（わたし）たちのチームへようこそ。まず、自己紹介（じこしょうかい）をしてください。
／歡迎來到我們這支隊伍，首先請自我介紹。

0844 □□□

チェック【check】

名·他サ 確認，檢查；核對，打勾；格子花紋；支票；號碼牌

類 見比べる

例 メールをチェックします。／檢查郵件。

0845 □□□

ちか【地下】

名 地下；陰間；(政府或組織) 地下，秘密 (組織)

反 地上　類 地中

例 ワインは、地下（ちか）に貯蔵（ちょぞう）してあります。／葡萄酒儲藏在地下室。

0846 □□□

ちがい【違い】

名 不同，差別，區別；差錯，錯誤

反 同じ　類 歪み（ひずみ）

例 値段（ねだん）の違（ちが）いは輸入（ゆにゅう）した時期（じき）によるもので、同（おな）じ商品（しょうひん）です。
／價格的差異只是由於進口的時期不同，事實上是相同的商品。

0847 □□□

ちかづく【近づく】

自五 臨近，靠近；接近，交往；幾乎，近似

類 近寄る

例 夏休（なつやす）みも終（お）わりが近（ちか）づいてから、やっと宿題（しゅくだい）をやり始（はじ）めた。
／直到暑假快要結束才終於開始寫作業了。

0848 □□□

ちかづける【近付ける】

㊀他五 使…接近，使…靠近

類 寄せる

例 この薬品は、火を近づけると燃えるので、注意してください。

／這藥只要接近火就會燃燒，所以要小心。

0849 □□□

ちかみち【近道】

名 捷徑，近路

類 抜け道（ぬけみち）

反 回り道

例 近道を知っていたら教えてほしい。

／如果知道近路請告訴我。

文法

てほしい［希望…］

▶ 表示對他人的某種要求或希望。

0850 □□□

ちきゅう【地球】

名 地球

類 世界

例 地球環境を守るために、資源はリサイクルしましょう。

／為了保護地球環境，讓我們一起做資源回收吧。

0851 □□□

ちく【地区】

名 地區

例 この地区は、建物の高さが制限されています。

／這個地區的建築物有高度限制。

0852 □□□

チケット【ticket】

名 票，券；車票；入場券；機票

類 切符

例 パリ行きのチケットを予約しました。

／我已經預約了前往巴黎的機票。

0853 □□□

チケットだい【ticket 代】

名 票錢

類 切符代

例 事前に予約しておくと、チケット代が 10 ％ 引きになります。

／如果採用預約的方式，票券就可以打九折。

ちこく～ちゅうじゅん

0854 □□□

ちこく【遅刻】

(名・自サ) 遲到，晚到

類 遅れる

例 電話(でんわ)がかかってきたせいで、会社(かいしゃ)に遅刻(ちこく)した。

／都是因為有人打電話來，所以上班遲到了。

文法

せいで［由於］

▶ 發生壞事或會導致某種不利情況或責任的原因。

0855 □□□

ちしき【知識】

(名) 知識

類 学識

例 経済(けいざい)については、多少(たしょう)の知識(ちしき)がある。

／我對經濟方面略有所知。

0856 □□□

ちぢめる【縮める】

(他下一) 縮小，縮短，縮減；縮回，捲縮，起皺紋

類 圧縮（あっしゅく）

例 この亀(かめ)はいきなり首(くび)を縮(ちぢ)めます。

／這隻烏龜突然縮回脖子。

0857 □□□

チップ【chip】

(名)（削木所留下的）片削；洋芋片

例 ポテトチップを食(た)べる。

／吃洋芋片。

0858 □□□

ちほう【地方】

(名) 地方，地區;（相對首都與大城市而言的）地方，外地

反 都会　類 田舎

例 私(わたし)は東北地方(とうほくちほう)の出身(しゅっしん)です。

／我的籍貫是東北地區。

0859 □□□

ちゃ【茶】

(名・漢造) 茶；茶樹；茶葉；茶水

例 お茶(ちゃ)をいれて、一休(ひとやす)みした。

／沏個茶，休息了一下。

0860 □□□

チャイム
【chime】

㊔ 組鐘；門鈴

例 チャイムが鳴ったので玄関に行ったが、誰もいなかった。
／聽到門鈴響後，前往玄關察看，門口卻沒有任何人。

0861 □□□

ちゃいろい
【茶色い】

㊌ 茶色

例 どうして何を食べてもうんちは茶色いの。
／為什麼不管吃什麼東西，糞便都是褐色的？

0862 □□□

ちゃく
【着】

名・接尾・漢造 到達，抵達；(計算衣服的單位）套；(記數順序或到達順序）著，名；穿衣；黏貼；沉著；著手

類 着陸

例 2着で銀メダルだった。／第二名是獲得銀牌。

0863 □□□

ちゅうがく
【中学】

㊔ 中學，初中

類 高校

例 中学になってから塾に通い始めた。／上了國中就開始到補習班補習。

0864 □□□

ちゅうかなべ
【中華なべ】

㊔ 中華鍋（炒菜用的中式淺底鍋）

類 なべ

例 中華なべはフライパンより重いです。
／傳統的炒菜鍋比平底鍋還要重。

0865 □□□

ちゅうこうねん
【中高年】

㊔ 中年和老年，中老年

例 あの女優は中高年に人気だそうです。
／那位女演員似乎頗受中高年齡層觀眾的喜愛。

0866 □□□

ちゅうじゅん
【中旬】

㊔（一個月中的）中旬

類 中頃

例 彼は、来月の中旬に帰ってくる。／他下個月中旬會回來。

0867 □□□ Track 39

ちゅうしん【中心】

名 中心，當中；中心，重點，焦點；中心地，中心人物

反 隅　類 真ん中

例 点Aを中心とする半径5センチの円を描きなさい。

／請以A點為圓心，畫一個半徑五公分的圓形。

文法
を中心として
[以…為中心]
▶ 表示前項是後項行為、狀態的中心。

0868 □□□

ちゅうねん【中年】

名 中年

類 壮年

例 もう中年だから、あまり無理はできない。

／已經是中年人了，不能太過勉強。

0869 □□□

ちゅうもく【注目】

名·他サ·自サ 注目，注視

類 注意

例 とても才能のある人なので、注目している。

／他是個很有才華的人，現在備受矚目。

0870 □□□

ちゅうもん【注文】

名·他サ 點餐，訂貨，訂購；希望，要求，願望

類 頼む

例 さんざん迷ったあげく、カレーライスを注文しました。

／再三地猶豫之後，最後竟點了個咖哩飯。

0871 □□□

ちょう【庁】

漢造 官署；行政機關的外局

例 父は県庁に勤めています。

／家父在縣政府工作。

0872 □□□

ちょう【兆】

名·漢造 徵兆；(數)兆

例 1光年は約9兆4600億キロである。

／一光年大約是九兆四千六百億公里。

0873 □□□

ちょう【町】

(名·漢造)（市街區劃單位）街，巷；鎮，街

例 永田町(ながたちょう)と言(い)ったら、日本(にほん)の政治(せいじ)の中心地(ちゅうしんち)だ。

／提到永田町，那裡可是日本的政治中樞。

0874 □□□

ちょう【長】

(名·漢造) 長，首領；長輩；長處

例 学級会(がっきゅうかい)の議長(ぎちょう)を務(つと)める。

／擔任班會的主席。

0875 □□□

ちょう【帳】

(漢造) 帳幕；帳本

例 銀行(ぎんこう)の預金通帳(よきんつうちょう)が盗(ぬす)まれた。

／銀行存摺被偷了。

0876 □□□

ちょうかん【朝刊】

(名) 早報

反 夕刊（ゆうかん）

例 毎朝(まいあさ)、電車(でんしゃ)の中(なか)で、スマホで朝刊(ちょうかん)を読(よ)んでいる。

／每天早上在電車裡用智慧型手機看早報。

0877 □□□

ちょうさ【調査】

(名·他サ) 調查

類 調べる

例 年代別(ねんだいべつ)の人口(じんこう)を調査(ちょうさ)する。

／調查不同年齡層的人口。

0878 □□□

ちょうし【調子】

(名)（音樂）調子，音調；語調，聲調，口氣；格調，風格；情況，狀況

類 具合

例 年(とし)のせいか、体(からだ)の調子(ちょうし)が悪(わる)い。

／不知道是不是上了年紀的關係，身體健康亮起紅燈了。

文法

せいか［可能是(因為)…］

▸ 表示發生壞事或不利的原因，但這一原因也不很明確。

ちょうじょ～ちりょうだい

0879 □□□
ちょうじょ【長女】
㊔ 長女，大女兒

例 長女（ちょうじょ）が生（う）まれて以来（いらい）、寝（ね）る暇（ひま）もない。
／自從大女兒出生以後，忙得連睡覺的時間都沒有。

文法
て以来（いらい）［自從…以來，就一直…］
▶ 表示自從過去發生某事以後，直到現在為止的整個階段。

0880 □□□
ちょうせん【挑戦】
名・自サ 挑戰

類 挑む
例 その試験（しけん）は、私（わたし）にとっては大（おお）きな挑戦（ちょうせん）です。
／對我而言，參加那種考試是項艱鉅的挑戰。

文法
にとっては［對於…來說］
▶ 表示站在前面接的那個詞的立場，來進行後面的判斷或評價。

0881 □□□
ちょうなん【長男】
㊔ 長子，大兒子

例 来年（らいねん）、長男（ちょうなん）が小学校（しょうがっこう）に上（あ）がる。
／明年大兒子要上小學了。

0882 □□□
ちょうりし【調理師】
㊔ 烹調師，廚師

例 彼（かれ）は調理師（ちょうりし）の免許（めんきょ）を持（も）っています。
／他具有廚師執照。

0883 □□□
チョーク【chalk】
㊔ 粉筆

例 チョークで黒板（こくばん）に書（か）く。
／用粉筆在黑板上寫字。

0884 □□□
ちょきん【貯金】
名・自他サ 存款，儲蓄

類 蓄える
例 毎月（まいつき）決（き）まった額（がく）を貯金（ちょきん）する。
／每個月都定額存錢。

0885 □□□

ちょくご【直後】

(名·副)（時間，距離）緊接著，剛…之後，…之後不久

反 直前

例 運動なんて無理無理。退院した直後だもの。

／現在怎麼能去運動！才剛剛出院而已。

0886 □□□

ちょくせつ【直接】

(名·副·自サ) 直接

反 間接

類 直に

例 関係者が直接話し合って、問題はやっと解決した。

／和相關人士直接交涉後，終於解決了問題。

0887 □□□

ちょくぜん【直前】

(名) 即將…之前，眼看就要…的時候；(時間，距離）之前，跟前，眼前

反 直後　類 寸前（すんぜん）

例 テストの直前にしても、全然休まないのは体に悪いと思います。

／就算是考試前夕，我還是認為完全不休息對身體是不好的。

文法

にしても［就算…，也…］

▶ 表示退一步承認前項條件，並在後項中敘述跟前項矛盾的內容。

0888 □□□

ちらす【散らす】

(他五·接尾) 把…分散開，驅散；吹散，灑散；散佈，傳播；消腫

例 ご飯の上に、ごまやのりが散らしてあります。

／白米飯上，灑著芝麻和海苔。

0889 □□□

ちりょう【治療】

(名·他サ) 治療，醫療，醫治

例 検査の結果が出てから、今後の治療方針を決めます。

／等檢查結果出來以後，再決定往後的治療方針。

0890 □□□

ちりょうだい【治療代】

(名) 治療費，診察費

類 医療費

例 歯の治療代は非常に高いです。

／治療牙齒的費用非常昂貴。

ちる～つきあう

0891 □□□

ちる【散る】

自五 凋謝，散漫，落；離散，分散；遍佈；消腫；渙散

反 集まる 類 分散

例 桜の花びらがひらひらと散る。／櫻花落英繽紛。

つ

0892 □□□ Track 40

つい

副（表時間與距離）相隔不遠，就在眼前；不知不覺，無意中；不由得，不禁

類 うっかり

例 ついうっかりして傘を間違えてしまった。／不小心拿錯了傘。

0893 □□□

ついに【遂に】

副 終於；竟然；直到最後

類 とうとう

例 橋はついに完成した。／造橋終於完成了。

0894 □□□

つう【通】

名·形動·接尾·漢造 精通，內行，專家；通曉人情世故，通情達理；暢通；(助數詞）封，件，紙；穿過；往返；告知；貫徹始終

類 物知り

例 彼ばかりでなく彼の奥さんも日本通だ。
／不單是他，連他太太也非常通曉日本的事物。

文法

ばかりでなく[不僅…而且…]

▸ 表示除前項的情況之外，還有後項程度更甚的情況。

0895 □□□

つうきん【通勤】

名·自サ 通勤，上下班

類 通う

例 会社まで、バスと電車で通勤するほかない。
／上班只能搭公車和電車。

文法

ほかない [除了…之外沒有…]

▸ 表示這是唯一的辦法。

0896 □□□

つうじる・つうずる【通じる・通ずる】

自上一·他上一 通；通到，通往；通曉，精通；明白，理解；使…通；在整個期間內

類 通用する

例 日本では、英語が通じますか。
／在日本英語能通嗎？

文法

▸ 近 を通じて [透過…]

0897 □□□

つうやく
【通訳】

(名・他サ) 口頭翻譯，口譯；翻譯者，譯員

例 あの人(ひと)はしゃべるのが速(はや)いので、通訳(つうやく)しきれなかった。
／因為那個人講很快，所以沒辦法全部翻譯出來。

0898 □□□

つかまる
【捕まる】

(自五) 抓住，被捉住，逮捕；抓緊，揪住

類 捕（とら）えられる

例 犯人(はんにん)、早(はや)く警察(けいさつ)に捕(つか)まるといいのになあ。
／真希望警察可以早日把犯人緝捕歸案呀。

文法
といいのになあ[就好了]
▶ 前項是難以實現或是與事實相反的情況，表現說話者遺憾、不滿、感嘆的心情。

0899 □□□

つかむ
【掴む】

(他五) 抓，抓住，揪住，握住；掌握到，瞭解到

類 握る（にぎる）

例 誰(だれ)にも頼(たよ)らないで、自分(じぶん)で成功(せいこう)をつかむほかない。
／不依賴任何人，只能靠自己去掌握成功。

文法
ほかない[除了…之外沒有…]
▶ 表示這是唯一解決問題的辦法。

0900 □□□

つかれ
【疲れ】

(名) 疲勞，疲乏，疲倦

類 疲労（ひろう）

例 マッサージをすると、疲(つか)れが取(と)れます。
／按摩就能解除疲勞。

0901 □□□

つき
【付き】

(接尾)（前接某些名詞）様子；附屬

例 こちらの定食(ていしょく)はデザート付(つ)きでたったの 700 円(えん)です。
／這套餐還附甜點，只要七百圓而已。

0902 □□□

つきあう
【付き合う】

(自五) 交際，往來；陪伴，奉陪，應酬

類 交際する（こうさいする）

例 隣近所(となりきんじょ)と親(した)しく付(つ)き合(あ)う。
／敦親睦鄰。

つきあたり～つながる

0903 □□□

つきあたり【突き当たり】

㊔（道路的）盡頭

例 うちはこの道(みち)の突(つ)き当(あ)たりです。
／我家就在這條路的盡頭。

0904 □□□

つぎつぎ・つぎつぎに・つぎつぎと【次々・次々に・次々と】

副 一個接一個，接二連三地，絡繹不絕的，紛紛；按著順序，依次

類 次から次へと

例 そんなに次々(つぎつぎ)問題(もんだい)が起(お)こるわけはない。
／不可能會這麼接二連三地發生問題的。

文法
わけはない［不可能…］
▶ 表示從道理上而言，強烈地主張不可能或沒有理由成立。

0905 □□□

つく【付く】

自五 附著，沾上；長，添增；跟隨；隨從，聽隨；偏坦；設有；連接著

類 接着する（せっちゃくする）；くっつく

例 ご飯粒(はんつぶ)が顔(かお)に付(つ)いてるよ。
／臉上黏了飯粒喔。

0906 □□□

つける【点ける】

他下一 點燃；打開（家電類）

類 スイッチを入れる；点す（ともす）

例 クーラーをつけるより、窓(まど)を開(あ)けるほうがいいでしょう。
／與其開冷氣，不如打開窗戶來得好吧！

文法
ほうがいい［最好…］
▶ 用在向對方提出建議，或忠告。
▶ 近（の）ではないかと思う［我想…吧］

0907 □□□

つける【付ける・附ける・着ける】

他下一・接尾 掛上，裝上；穿上，配戴；評定，決定；寫上，記上；定（價），出（價）；養成；分配，派；安裝；注意；抹上，塗上

例 生(う)まれた子供(こども)に名前(なまえ)をつける。
／為生下來的孩子取名字。

0908 □□□

つたえる【伝える】

他下一 傳達，轉告；傳導

類 知らせる

例 私が忙しいということを、彼に伝えてください。
／請轉告他我很忙。

0909 □□□

つづき【続き】

名 接續，繼續；接續部分，下文；接連不斷

例 読めば読むほど、続きが読みたくなります。
／越看下去，就越想繼續看下面的發展。

文法
ば…ほど［越…越…］
▶ 表示隨著前項事物的變化，後項也隨之相應地發生變化。

0910 □□□

つづく【続く】

自五 續續，延續，連續；接連發生，接連不斷；隨後發生，接著；連著，通到，與…接連；接得上，夠用；後繼，跟上；次於，居次位

反 絶える（たえる）

例 このところ晴天が続いている。／最近一連好幾天都是晴朗的好天氣。

0911 □□□

つづける【続ける】

接尾（接在動詞連用形後，複合語用法）繼續…，不斷地…

例 上手になるには、練習し続けるほかはない。
／技巧要好，就只能不斷地練習。

文法
ほかはない［只好…］
▶ 表示雖然心裡不願意，但又沒有其他方法，只有這唯一的選擇，別無它法。

0912 □□□

つつむ【包む】

他五 包裹，打包，包上；蒙蔽，遮蔽，籠罩；藏在心中，隱瞞；包圍

類 覆う（おおう）

例 プレゼント用に包んでください。／請包裝成送禮用的。

0913 □□□

つながる【繋がる】

自五 相連，連接，聯繫；(人）排隊，排列；有（血緣、親屬）關係，牽連

類 結び付く（むすびつく）

例 電話がようやく繋がった。 ／電話終於通了。

0914 □□□

つなぐ【繋ぐ】

他五 拴結，繫；連起，接上；延續，維繫（生命等）

類 接続（せつぞく）；結び付ける（むすびつける）

例 テレビとビデオを繋いで録画した。／我將電視和錄影機接上來錄影。

0915 □□□

つなげる【繋げる】

他五 連接，維繫

類 繋ぐ（つなぐ）

例 インターネットは、世界の人々を繋げる。
／網路將這世上的人接繫了起來。

0916 □□□

つぶす【潰す】

他五 毀壞，弄碎；熔毀，熔化；消磨，消耗；宰殺；堵死，填滿

類 壊す（こわす）

例 会社を潰さないように、一生懸命がんばっている。
／為了不讓公司倒閉而拼命努力。

文法
ように［為了…而…］
▶ 表示為了實現前項，而做後項。

0917 □□□

つまさき【爪先】

名 腳指甲尖端

反 かかと

類 指先（ゆびさき）

例 つま先で立つことができますか。
／你能夠只以腳尖站立嗎？

0918 □□□

つまり

名・副 阻塞，困窘；到頭，盡頭；總之，說到底；也就是說，即…

類 すなわち；要するに（ようするに）

例 彼は私の父の兄の息子、つまりいとこに当たります。
／他是我爸爸的哥哥的兒子，也就是我的堂哥。

0919 □□□

つまる【詰まる】

自五 擠滿，塞滿；堵塞，不通；窘困，窘迫；縮短，緊小；停頓，擱淺

類 通じなくなる（つうじなくなる）；縮まる（ちぢまる）

例 食べ物がのどに詰まって、せきが出た。
／因食物卡在喉嚨裡而咳嗽。

0920 □□□

つむ【積む】

自五·他五 累積，堆積；裝載；積蓄，積累

反 崩す（くずす） 類 重ねる（かさねる）；載せる（のせる）

例 荷物をトラックに積んだ。 ／我將貨物裝到卡車上。

0921 □□□

つめ【爪】

名（人的）指甲，腳指甲；（動物的）爪；指尖；（用具的）鉤子

例 爪をきれいに見せたいなら、これを使ってください。
／想讓指甲好看，就用這個吧。

文法
たい［想要…；想讓］
▶ 表示說話者的內心想做、想要的。

0922 □□□

つめる【詰める】

他下一·自下一 守候，值勤；不停的工作，緊張；塞進，裝入；緊挨著，緊靠著

類 押し込む（おしこむ）

例 スーツケースに服や本を詰めた。 ／我將衣服和書塞進行李箱。

0923 □□□

つもる【積もる】

自五·他五 積，堆積；累積；估計；計算；推測

類 重なる（かさなる）

例 この辺りは、雪が積もったとしてもせいぜい3センチくらいだ。
／這一帶就算積雪，深度也頂多只有三公分左右。

文法
としても［就算…，也…］
▶ 表示假設前項是事實或成立，後項也不會起有效的作用。

0924 □□□

つゆ【梅雨】

名 梅雨；梅雨季

類 梅雨（ばいう）

例 7月中旬になって、やっと梅雨が明けました。
／直到七月中旬，這才總算擺脫了梅雨季。

0925 □□□

つよまる【強まる】

自五 強起來，加強，增強

類 強くなる

例 台風が近づくにつれ、徐々に雨が強まってきた。
／隨著颱風的暴風範圍逼近，雨勢亦逐漸增強。

文法
につれ［隨著…］
▶ 表示隨著前項的進展，同時後項也隨之發生相應的進展。

つよめる～ディスプレイ

0926 □□□

つよめる【強める】

他下一 加強，增強

類 強くする

例 天ぷらを揚げるときは、最後に少し火を強めるといい。

／在炸天婦羅時，起鍋前把火力調大一點比較好。

て

0927 □□□ Track 41

で

接續 那麼；（表示原因）所以

例 ふーん。で、それからどうしたの。

／是哦……，那，後來怎麼樣了？

0928 □□□

であう【出会う】

自五 遇見，碰見，偶遇；約會，幽會；（顏色等）協調，相稱

類 行き会う（いきあう）；出くわす（でくわす）

例 二人は、最初どこで出会ったのですか。

／兩人最初是在哪裡相遇的？

0929 □□□

てい【低】

名・漢造（位置）低；（價格等）低；變低

例 焼き芋は低温でじっくり焼くと甘くなります。

／用低溫慢慢烤蕃薯會很香甜。

0930 □□□

ていあん【提案】

名・他サ 提案，建議

類 発案（はつあん）

例 この計画を、会議で提案しよう。

／就在會議中提出這企畫吧！

0931 □□□

ティーシャツ【T-shirt】

名 圓領衫，T 恤

例 休みの日はだいたいＴシャツを着ています。

／我在假日多半穿著Ｔ恤。

讀書計劃：□□／□□

0932 □□□

DVD デッキ
【DVD tape deck】

㊔ DVD 播放機

類 ビデオデッキ

例 DVD デッキが壊（こわ）れてしまいました。

／DVD 播映機已經壞了。

0933 □□□

DVD ドライブ
【DVD drive】

㊔（電腦用的）DVD 機

例 この DVD ドライブは取（と）り外（はず）すことができます。

／這台 DVD 磁碟機可以拆下來。

0934 □□□

ていき
【定期】

㊔ 定期，一定的期限

例 再来月（さらいげつ）、うちのオーケストラの定期（ていき）演奏会（えんそうかい）がある。

／下下個月，我們管弦樂團將會舉行定期演奏會。

例 エレベーターは定期的（ていきてき）に調（しら）べて安全（あんぜん）を確認（かくにん）しています。

／電梯會定期維修以確保安全。

0935 □□□

ていきけん
【定期券】

㊔ 定期車票；月票

類 定期乗車券（ていきじょうしゃけん）
補 略稱：定期（ていき）

例 電車（でんしゃ）の定期券（ていきけん）を買（か）いました。

／我買了電車的月票。

0936 □□□

ディスプレイ
【display】

㊔ 陳列，展覽，顯示；（電腦的）顯示器

類 陳列（ちんれつ）

例 使（つか）わなくなったディスプレイはリサイクルに出（だ）します。

／不再使用的顯示器要送去回收。

ていでん～てくび

0937 □□□

ていでん【停電】

名・自サ 停電，停止供電

例 停電のたびに、懐中電灯を買っておけばよかったと思う。

／每次停電時，我總是心想早知道就買一把手電筒就好了。

文法

たびに［每當…就…］

▶ 表示前項的動作、行為都伴隨後項。

ばよかった［就好了］

▶ 表示說話者對於過去事物的惋惜、感慨。

0938 □□□

ていりゅうじょ【停留所】

名 公車站；電車站

例 停留所でバスを1時間も待った。

／在站牌等了足足一個鐘頭的巴士。

0939 □□□

データ【data】

名 論據，論證的事實；材料，資料；數據

類 資料（しりょう）；情報（じょうほう）

例 データを分析すると、景気は明らかに回復してきている。

／分析數據後發現景氣有明顯的復甦。

0940 □□□

デート【date】

名・自サ 日期，年月日；約會，幽會

例 明日はデートだから、思いっきりおしゃれしないと。

／明天要約會，得好好打扮一番才行。

文法

きり［全心全意地…］

▶ 表示全力做這一件事。

0941 □□□

テープ【tape】

名 窄帶，線帶，布帶；卷尺；錄音帶

例 インタビューをテープに録音させてもらった。

／請對方把採訪錄製成錄音帶。

0942 □□□

テーマ【theme】

名（作品的）中心思想，主題；（論文，演說的）題目，課題

類 主題（しゅだい）

例 論文のテーマについて、説明してください。

／請說明一下這篇論文的主題。

讀書計劃：□□／□□

0943 □□□

てき【的】

(接尾・形動)（前接名詞）關於，對於；表示狀態或性質

例 お盆休みって、一般的には何日から何日までですか。
／中元節的連續假期，通常都是從幾號到幾號呢？

0944 □□□

できごと【出来事】

(名)（偶發的）事件，變故

類 事故（じこ）；事件（じけん）

例 今日の出来事って、なんか特にあったっけ。
／今天有發生什麼特別的事嗎？

文法

なんか［有…什麼…］
▶ 不明確的斷定，語氣婉轉。從多數事物中特舉一例類推其它。

っけ［是不是…呢］
▶ 用在想確認自己記不清，或已經忘掉的事物時。

0945 □□□

てきとう【適当】

(名・形動・自サ) 適當；適度；隨便

類 相応（そうおう）；いい加減（いいかげん）

例 適当にやっておくから、大丈夫。
／我會妥當處理的，沒關係！

0946 □□□

できる

(自上一) 完成；能夠

類 でき上がる（できあがる）

例 1週間でできるはずだ。
／一星期應該就可以完成的。

0947 □□□

てくび【手首】

(名) 手腕

例 手首をけがした以上、試合には出られません。
／既然我的手腕受傷，就沒辦法出場比賽。

デザート～てのひら

0948 □□□

デザート【dessert】

㊔ 餐後點心，甜點（大多泛指較西式的甜點）

例 おなかいっぱいでも、デザートはいただきます。

／就算肚子已經很撐了，我還是要吃甜點喔！

0949 □□□

デザイナー【designer】

㊔（服裝、建築等）設計師，圖案家

例 デザイナーになるために専門学校に行く。

／為了成為設計師而進入專校就讀。

0950 □□□

Track 42

デザイン【design】

名・自他サ 設計（圖）；（製作）圖案

類 設計（せっけい）

例 今週中に新製品のデザインを決めることになっている。

／規定將於本星期內把新產品的設計定案。

文法

ことになっている［規定著］

▶ 表示安排、約定或約束人們生活行為的各種規定、法律以及一些慣例。

0951 □□□

デジカメ【digital camera 之略】

㊔ 數位相機（「デジタルカメラ」之略稱）

例 小型のデジカメを買いたいです。

／我想要買一台小型數位相機。

文法

たい［想要…］

▶ 表示説話者的內心想做、想要的。

0952 □□□

デジタル【digital】

㊔ 數位的，數字的，計量的

反 アナログ

例 最新のデジタル製品にはついていけません。

／我實在不會使用最新的數位電子製品。

0953 □□□

てすうりょう【手数料】

㊔ 手續費；回扣

類 コミッション

例 外国でクレジットカードを使うと、手数料がかかります。

／在國外刷信用卡需要支付手續費。

讀書計劃：□□／□□

0954 □□□

てちょう【手帳】

㊔ 筆記本，雜記本

類 ノート

例 手帳で予定を確認する。

／翻看隨身記事本確認行程。

0955 □□□

てっこう【鉄鋼】

㊔ 鋼鐵

例 ここは近くに鉱山があるので、鉄鋼業が盛んだ。

／由於這附近有一座礦場，因此鋼鐵業十分興盛。

0956 □□□

てってい【徹底】

名・自サ 徹底；傳遍，普遍，落實

例 徹底した調査の結果、故障の原因はほこりでした。

／經過了徹底的調查，確定故障的原因是灰塵。

0957 □□□

てつや【徹夜】

名・自サ 通宵，熬夜

類 夜通し（よどおし）

例 仕事を引き受けた以上、徹夜をしても完成させます。

／既然接下了工作，就算熬夜也要將它完成。

0958 □□□

てのこう【手の甲】

㊔ 手背

反 掌（てのひら）

例 蚊に手の甲を刺されました。

／手背被蚊子叮了。

0959 □□□

てのひら【手の平・掌】

㊔ 手掌

反 手の甲（てのこう）

例 赤ちゃんの手の平はもみじのように小さくてかわいい。

／小嬰兒的手掌如同楓葉般小巧可愛。

文法

ように［如同…般］

▶ 説話者以其他具體的人事物為例來陳述某件事物的性質。

テレビばんぐみ～でんち

0960 □□□

テレビばんぐみ【television 番組】 ㊔ 電視節目

例 兄(あに)はテレビ番組(ばんぐみ)を制作(せいさく)する会社(かいしゃ)に勤(つと)めています。
／家兄在電視節目製作公司上班。

0961 □□□

てん【点】 ㊔ 點；方面；（得）分

類 ポイント

例 その点(てん)について、説明(せつめい)してあげよう。
／關於那一點，我來為你說明吧！

0962 □□□

でんきスタンド【電気 stand】 ㊔ 檯燈

例 本(ほん)を読(よ)むときは電気(でんき)スタンドをつけなさい。
／你在看書時要把檯燈打開。

0963 □□□

でんきだい【電気代】 ㊔ 電費

類 電気料金（でんきりょうきん）

例 冷房(れいぼう)をつけると、電気代(でんきだい)が高(たか)くなります。
／開了冷氣，電費就會增加。

0964 □□□

でんきゅう【電球】 ㊔ 電燈泡

例 電球(でんきゅう)が切(き)れてしまった。／電燈泡壞了。

0965 □□□

でんきりょうきん【電気料金】 ㊔ 電費

類 電気代（でんきだい）

例 電気料金(でんきりょうきん)は年々(ねんねん)値上(ねあ)がりしています。／電費年年上漲。

0966 □□□

でんごん【伝言】 名·自他サ 傳話，口信；帶口信

類 お知らせ（おしらせ）

例 何(なに)か部長(ぶちょう)へ伝言(でんごん)はありますか。
／有沒有什麼話要向經理轉達的？

讀書計劃：□□／□□

0967 □□□

でんしゃだい
【電車代】

名（坐）電車費用

類 電車賃（でんしゃちん）

例 通勤にかかる電車代は会社が払ってくれます。
／上下班的電車費是由公司支付的。

0968 □□□

でんしゃちん
【電車賃】

名（坐）電車費用

類 電車代（でんしゃだい）

例 ここから東京駅までの電車賃は 250 円です。
／從這裡搭到東京車站的電車費是二百五十日圓。

0969 □□□

てんじょう
【天井】

名 天花板

例 天井の高いホールだなあ。／這座禮堂的頂高好高啊！

0970 □□□

でんしレンジ
【電子 range】

名 電子微波爐

例 これは電子レンジで温めて食べたほうがいいですよ。
／這個最好先用微波爐熱過以後再吃喔。

0971 □□□

てんすう
【点数】

名（評分的）分數

例 読解の点数はまあまあだったが、聴解の点数は悪かった。
／閱讀和理解項目的分數還算可以，但是聽力項目的分數就很差了。

0972 □□□

でんたく
【電卓】

名 電子計算機（「電子式卓上計算機（でんししきたくじょうけいさんき）」之略稱）

例 電卓で計算する。／用計算機計算。

0973 □□□

でんち
【電池】

名（理）電池

類 バッテリー

例 太陽電池時計は、電池交換は必要ですか。
／使用太陽能電池的時鐘，需要更換電池嗎？

テント～とうよう

0974 □□□

テント【tent】

㊔ 帳篷

例 夏休み、友達とキャンプ場にテントを張って泊まった。

／暑假和朋友到露營地搭了帳棚住宿。

0975 □□□

でんわだい【電話代】

㊔ 電話費

例 国際電話をかけたので、今月の電話代はいつもの倍でした。

／由於我打了國際電話，這個月的電話費變成了往常的兩倍。

0976 □□□

Track 43

ど【度】

名・漢造 尺度；程度；溫度；次數，回數；規則，規定；氣量，氣度

類 程度（ていど）；回数（かいすう）

例 明日の気温は、今日より5度ぐらい高いでしょう。

／明天的天氣大概會比今天高個五度。

0977 □□□

とう【等】

接尾 等等；（助數詞用法，計算階級或順位的單位）等（級）

類 など

例 イギリス、フランス、ドイツ等の EU 諸国はここです。

／英、法、德等歐盟各國的位置在這裡。

0978 □□□

とう【頭】

接尾（牛、馬等）頭

例 日本では、過去に計36頭の狂牛病の牛が発見されました。

／在日本，總共發現了三十六頭牛隻染上狂牛病。

0979 □□□

どう【同】

㊔ 同樣，同等；（和上面的）相同

例 同社の発表によれば、既に問い合わせが来ているそうです。

／根據該公司的公告，已經有人前去洽詢了。

文法

によれば［據…說］

▶ 表示消息、信息的來源，或推測的依據。

▶ 近 をもとに［以…為根據］

讀書計劃：□□／□□

0980 □□□

とうさん【倒産】

名·自サ 破產，倒閉

類 破産（はさん）；潰れる（つぶれる）

例 台湾新幹線は倒産するかもしれないということだ。

／據說台灣高鐵公司或許會破產。

文法

というこだ［據說…］

▸ 表示傳聞。從某特定的人或外界獲取的傳聞。

0981 □□□

どうしても

副（後接否定）怎麼也，無論怎樣也；務必，一定，無論如何也要

類 絶対に（ぜったいに）；ぜひとも

例 どうしても東京大学に入りたいです。

／無論如何都想進入東京大學就讀。

文法

たい［想要…］

▸ 表示說話者的內心想做、想要的。

0982 □□□

どうじに【同時に】

副 同時，一次；馬上，立刻

類 一度に（いちどに）

例 ドアを開けると同時に、電話が鳴りました。

／就在我開門的同一時刻，電話響了。

0983 □□□

とうぜん【当然】

形動·副 當然，理所當然

例 妹をいじめたら、お父さんとお母さんが怒るのも当然だ。

／欺負妹妹以後，受到爸爸和媽媽的責罵也是天經地義的。

0984 □□□

どうちょう【道庁】

名 北海道的地方政府（「北海道庁」之略稱）

類 北海道庁（ほっかいどうちょう）

例 道庁は札幌市にあります。

／北海道道廳（地方政府）位於札幌市。

0985 □□□

とうよう【東洋】

名（地）亞洲；東洋，東方（亞洲東部和東南部的總稱）

反 西洋（せいよう）

例 東洋文化には、西洋文化とは違う良さがある。

／東洋文化有著和西洋文化不一樣的優點。

どうろ～とく

0986 □□□

どうろ【道路】

㊔ 道路

類 道（みち）

例 お盆や年末年始は、高速道路が混んで当たり前になっています。
／盂蘭盆節（相當於中元節）和年末年初時，高速公路壅塞是家常便飯的事。

0987 □□□

とおす【通す】

他五・接尾 穿通，貫穿；滲透，透過；連續，貫徹；(把客人）讓到裡邊；一直，連續，…到底

類 突き抜けさせる（つきぬけさせる）；導く（みちびく）

例 彼は、自分の意見を最後まで通す人だ。
／他是個貫徹自己的主張的人。

0988 □□□

トースター【toaster】

㊔ 烤麵包機

補 トースト：土司

例 トースターで焼き芋を温めました。／以烤箱加熱了烤蕃薯。

0989 □□□

とおり【通り】

接尾 種類；套，組

例 行き方は、JR、地下鉄、バスの３通りある。
／交通方式有搭乘國鐵、地鐵和巴士三種。

0990 □□□

とおり【通り】

㊔ 大街，馬路；通行，流通

例 ここをまっすぐ行くと、広い通りに出ます。
／從這裡往前直走，就會走到一條大馬路。

0991 □□□

とおりこす【通り越す】

自五 通過，越過

例 ぼんやり歩いていて、バス停を通り越してしまった。
／心不在焉地走著，都過了巴士站牌還繼續往前走。

0992 □□□

とおる【通る】

自五 經過；穿過；合格

類 通行（つうこう）

例 ときどき、あなたの家の前を通ることがあります。
／我有時會經過你家前面。

0993 □□□

とかす
【溶かす】

他五 溶解，化開，溶入

例 お湯(ゆ)に溶(と)かすだけで、おいしいコーヒーができます。
／只要加熱水沖泡，就可以做出一杯美味的咖啡。

0994 □□□

どきどき

副·自サ（心臟）撲通撲通地跳，七上八下

例 告白(こくはく)するなんて、考(かんが)えただけでも心臓(しんぞう)がどきどきする。
／說什麼告白，光是在腦中想像，心臟就怦怦跳個不停。

文法
だけで［光…就…］
▶ 表示沒有實際體驗，就可以感受到。

0995 □□□

ドキュメンタリー
【documentary】

名 紀錄，紀實；紀錄片

例 この監督(かんとく)はドキュメンタリー映画(えいが)を何本(なんぼん)も制作(せいさく)しています。
／這位導演已經製作了非常多部紀錄片。

0996 □□□

とく
【特】

漢造 特，特別，與眾不同

例「ななつ星(ぼし)」は、日本(にほん)ではじめての特別(とくべつ)な列車(れっしゃ)だ。
／「七星號列車」是日本首度推出的特別火車。

0997 □□□

とく
【得】

名·形動 利益；便宜

例 まとめて買(か)うと得(とく)だ。
／一次買更划算。

0998 □□□

とく
【溶く】

他五 溶解，化開，溶入

類 溶かす（とかす）

例 この薬(くすり)は、お湯(ゆ)に溶(と)いて飲(の)んでください。
／這服藥請用熱開水沖泡開後再服用。

0999 □□□

とく【解く】

(他五) 解開；拆開（衣服）；消除，解除（禁令、條約等）；解答

反 結ぶ（むすぶ） 類 解く（ほどく）

例 もっと時間があったとしても、あんな問題は解けなかった。

／就算有更多的時間，也沒有辦法解出那麼困難的問題。

文法

としても［就算…，也…］

▶ 表示假設前項是事實或成立，後項也不會起有效的作用。

1000 □□□

とくい【得意】

(名·形動)（店家的）主顧；得意，滿意；自滿，得意洋洋；拿手

反 失意（しつい） 類 有頂天（うちょうてん）

例 人付き合いが得意です。

／我善於跟人交際。

1001 □□□

どくしょ【読書】

(名·自サ) 讀書

類 閲読（えつどく）

例 読書が好きと言った割には、漢字が読めないね。

／說是喜歡閱讀，沒想到讀不出漢字呢。

1002 □□□

どくしん【独身】

(名) 單身

例 当分は独身の自由な生活を楽しみたい。

／暫時想享受一下單身生活的自由自在。

文法

み［…感］

▶ 表示該種程度上感覺到這種狀態。

1003 □□□

とくちょう【特徴】

(名) 特徵，特點

類 特色（とくしょく）

例 彼女は、特徴のある髪型をしている。／她留著一個很有特色的髮型。

1004 □□□

とくべつきゅうこう【特別急行】

Track 44

(名) 特別快車，特快車

類 特急（とっきゅう）

例 まもなく、網走行き特別急行オホーツク1号が発車します。

／開往網走的鄂霍次克一號特快車即將發車。

讀書計劃：□□／□□

1005 □□□

とける【溶ける】

自下一 溶解，融化

類 溶解（ようかい）

例 この物質は、水に溶けません。／這個物質不溶於水。

1006 □□□

とける【解ける】

自下一 解開，鬆開（綁著的東西）；消，解消（怒氣等）；解除（職責、契約等）；解開（疑問等）

類 解ける（ほどける）

例 あと 10 分あったら、最後の問題解けたのに。
／如果再多給十分鐘，就可以解出最後一題了呀。

文法
たら［如果…］
▶ 前項是不可能實現，或是與事實、現況相反的事物，後面接上說話者的情感表現。

1007 □□□

どこか

連語 哪裡是，豈止，非但

例 どこか暖かい国へ行きたい。
／想去暖活的國家。

文法
たい［想要…］
▶ 表示說話者的內心想做、想要的。

1008 □□□

ところどころ【所々】

名 處處，各處，到處都是

類 あちこち

例 所々に間違いがあるにしても、だいたいよく書けています。
／雖說有些地方錯了，但是整體上寫得不錯。

文法
にしても［就算…，也…］
▶ 表示退一步承認前項條件，並在後項中敘述跟前項矛盾的內容。

1009 □□□

とし【都市】

名 都市，城市

反 田舎（いなか） 類 都会（とかい）

例 今後の都市計画について説明いたします。／請容我說明往後的都市計畫。

1010 □□□

としうえ【年上】

名 年長，年歲大（的人）

反 年下（としした） 類 目上（めうえ）

例 落ち着いているので、年上かと思いました。
／由於他的個性穩重，還以為年紀比我大。

としょ～どの

1011

としょ【図書】

㊔ 圖書

例 読みたい図書が貸し出し中のときは、予約ができます。
／想看的書被其他人借走時，可以預約。

文法
たい［想要…］
▶ 表示說話者的內心想做、想要的。

1012

とじょう【途上】

㊔（文）路上；中途

例 この国は経済的発展の途上にある。
／這個國家屬於開發中國家。

1013

としより【年寄り】

㊔ 老人；（史）重臣，家老；（史）村長；（史）女管家；（相撲）退休的力士，顧問

反 若者（わかもの） 類 老人（ろうじん）

例 電車でお年寄りに席を譲った。
／在電車上讓座給長輩了。

1014

とじる【閉じる】

自上一 閉，關閉；結束

類 閉める（しめる）

比 閉じる：還原回原本的狀態。例如：五官、貝殼或書。
閉める：將空間或縫隙等關閉。例如：門、蓋子、窗。
也有兩者皆可使用的情況。
例：目を閉める（×）目を閉じる（○）

例 目を閉じて、子どものころを思い出してごらん。
／請試著閉上眼睛，回想兒時的記憶。

文法
てごらん［試著…］
▶ 是「てみなさい」較客氣說法。用來請對方試著做某件事情。

1015

とちょう【都庁】

㊔ 東京都政府（「東京都庁」之略稱）

例 都庁は何階建てですか。／請問東京都政府是幾層樓建築呢？

1016

とっきゅう【特急】

㊔ 火速；特急列車（「特別急行」之略稱）

類 大急ぎ（おおいそぎ）

例 特急で行こうと思う。／我想搭特急列車前往。

1017 □□□

とつぜん【突然】

㊖ 突然

㊜ 会議の最中に、突然誰かの電話が鳴った。
／在開會時，突然有某個人的電話響了。

文法
最中に［正在…時］
▶ 表示某一行為在進行中。常用在突發什麼事的場合。

1018 □□□

トップ【top】

㊔ 尖端；（接力賽）第一棒；領頭，率先；第一位，首位，首席

㊫ 一番（いちばん）

㊜ 成績はクラスでトップな反面、体育は苦手だ。
／成績雖是全班第一名，但體育卻很不拿手。

文法
反面［另一方面…］
▶ 表示同一種事物，同時兼具兩種不同性格的兩個方面。

1019 □□□

とどく【届く】

自五 及，達到；（送東西）到達；周到；達到（希望）

㊫ 着く（つく）

㊜ 昨日、いなかの母から手紙が届きました。
／昨天，收到了住在鄉下的母親寫來的信。

1020 □□□

とどける【届ける】

他下一 送達；送交；報告

㊜ あれ、財布が落ちてる。交番に届けなくちゃ。
／咦，有人掉了錢包？得送去派出所才行。

文法
なくちゃ［不…不行］
▶ 表示受限於某個條件、規定，必須要做某件事情。

1021 □□□

どの【殿】

接尾 （前接姓名等）表示尊重（書信用，多用於公文）

㊟ 平常較常使用「様」

㊜ 山田太郎殿、お問い合わせの資料をお送りします。ご査収ください。
／山田太郎先生，茲檢附您所查詢的資料，敬請查收。

1022 □□□

とばす【飛ばす】

他五·接尾 使…飛，使飛起；（風等）吹起，吹跑；飛濺，濺起

類 飛散させる

例 友達(ともだち)に向(む)けて紙飛行機(かみひこうき)を飛(と)ばしたら、先生(せんせい)にぶつかっちゃった。

／把紙飛機射向同學，結果射中了老師。

1023 □□□

とぶ【跳ぶ】

自五 跳，跳起；跳過（順序、號碼等）

例 お母(かあ)さん、今日(きょう)ね、はじめて跳(と)び箱(ばこ)8段(だん)跳(と)べたよ。

／媽媽，我今天練習跳箱，第一次成功跳過八層喔！

1024 □□□

ドライブ【drive】

名·自サ 開車遊玩；兜風

例 気分転換(きぶんてんかん)にドライブに出(で)かけた。

／開車去兜了風以轉換心情。

1025 □□□

ドライヤー【dryer・drier】

名 乾燥機，吹風機

例 すみません、ドライヤーを貸(か)してください。

／不好意思，麻煩借用吹風機。

1026 □□□

トラック【track】

名（操場、運動場、賽馬場的）跑道

例 競技用(きょうぎよう)トラック。

／比賽用的跑道。

1027 □□□

ドラマ【drama】

名 劇；連戲劇；戲劇；劇本；戲劇文學；（轉）戲劇性的事件

類 芝居（しばい）

例 このドラマは、役者(やくしゃ)に加(くわ)えてストーリーもいい。

／這部影集演員好，而且故事情節也精彩。

文法

に加(くわ)えて［而且…］

▶ 表示在現有前項的事物上，再加上後項類似的別的事物。

1028 □□□

トランプ【trump】

名 撲克牌

例 トランプを切(き)って配(くば)る。

／撲克牌洗牌後發牌。

1029 □□□

どりょく【努力】

名·自サ 努力

類 頑張る（がんばる）

例 努力（どりょく）が実（みの）って、N３に合格（ごうかく）した。
／努力有了成果，通過了N３級的測驗。

1030 □□□

トレーニング【training】

名·他サ 訓練，練習

類 練習（れんしゅう）

例 もっと前（まえ）からトレーニングしていればよかった。
／早知道就提早訓練了。

文法

ばよかった［就好了］

▶ 表示説話者對於過去事物的惋惜、感慨。

▶ 近 よかった［如果…的話就好了］

1031 □□□

ドレッシング【dressing】

名 調味料，醬汁；服裝，裝飾

類 ソース；調味料（ちょうみりょう）

例 さっぱりしたドレッシングを探（さが）しています。
／我正在找口感清爽的調味醬汁。

1032 □□□

トン【ton】

名（重量單位）噸，公噸，一千公斤

例 一万（いちまん）トンもある船（ふね）だから、そんなに揺（ゆ）れないよ。
／這可是重達一萬噸的船，不會那麼晃啦。

1033 □□□

どんなに

副 怎樣，多麼，如何；無論如何…也

類 どれほど

例 どんなにがんばっても、うまくいかない。
／不管怎麼努力，事情還是無法順利發展。

1034 □□□

どんぶり【丼】

名 大碗公；大碗蓋飯

類 茶碗（ちゃわん）

例 どんぶりにご飯（はん）を盛（も）った。
／我盛飯到大碗公裡。

な ない～なぐる

1035 □□□

Track 45

ない【内】

漢造 內，裡頭；家裡；內部

例 お降りの際は、車内にお忘れ物のないようご注意ください。

／下車時，請別忘了您隨身攜帶的物品。

文法
際は［在…時］
▶ 表示動作、行為進行的時候。

1036 □□□

ないよう【内容】

名 內容

類 中身（なかみ）

例 この本の内容は、子どもっぽすぎる。

／這本書的內容，感覺實在是太幼稚了。

1037 □□□

なおす【直す】

接尾（前接動詞連用形）重做…

例 私は英語をやり直したい。

／我想從頭學英語。

文法
たい［想要…］
▶ 表示說話者的內心想做、想要的。

1038 □□□

なおす【直す】

他五 修理；改正；治療

類 改める（あらためる）

例 自転車を直してやるから、持ってきなさい。

／我幫你修理腳踏車，去把它騎過來。

1039 □□□

なおす【治す】

他五 醫治，治療

類 治療（ちりょう）

例 早く病気を治して働きたい。

／我真希望早日把病治好，快點去工作。

文法
たい［想要…］
▶ 表示說話者的內心想做、想要的。

1040 □□□

なか【仲】

名 交情；（人和人之間的）聯繫

例 あの二人、仲がいいですね。

／他們兩人感情可真好啊！

1041 □□□

ながす【流す】

(他五) 使流動，沖走；使漂走；流（出）；放逐；使流產；傳播；洗掉（汙垢）；不放在心上

類 流出（りゅうしゅつ）；流れるようにする

例 トイレットペーパー以外（いがい）は流（なが）さないでください。

／請勿將廁紙以外的物品丟入馬桶內沖掉。

1042 □□□

なかみ【中身】

(名) 裝在容器裡的內容物，內容；刀身

類 内容（ないよう）

例 そのおにぎり、中身（なかみ）なに。

／那種飯糰裡面包的是什麼餡料？

1043 □□□

なかゆび【中指】

(名) 中指

例 中指（なかゆび）にけがをしてしまった。

／我的中指受了傷。

1044 □□□

ながれる【流れる】

(自下一) 流動；漂流；飄動；傳布；流逝；流浪；（壞的）傾向；流產；作罷；偏離目標；瀰漫；降落

類 流動する（りゅうどうする）

例 日本（にほん）で一番長（いちばんなが）い信濃川（しなのがわ）は、長野県（ながのけん）から新潟県（にいがたけん）へと流（なが）れている。

／日本最長的河流信濃川，是從長野縣流到新潟縣的。

1045 □□□

なくなる【亡くなる】

(自五) 去世，死亡

類 死ぬ（しぬ）

例 おじいちゃんが亡（な）くなって、みんな悲（かな）しんでいる。

／爺爺過世了，大家都很哀傷。

1046 □□□

なぐる【殴る】

(他五) 毆打，揍；草草了事

類 打つ（うつ）

例 彼（かれ）が人（ひと）を殴（なぐ）るわけがない。

／他不可能會打人。

文法

わけがない［不可能…］

▶ 表示從道理上而言，強烈地主張不可能或沒有理由成立。

1047 □□□

なぜなら（ば）【何故なら（ば）】

接續 因為，原因是

例 どんなに危険でも私は行く。なぜなら、そこには助けを求めている人がいるからだ。
／不管有多麼危險我都非去不可，因為那裡有人正在求救。

1048 □□□

なっとく【納得】

名・他サ 理解，領會；同意，信服

類 理解（りかい）

例 なんで怒られたんだか、全然納得がいかない。
／完全不懂自己為何挨罵了。

1049 □□□

ななめ【斜め】

名・形動 斜，傾斜；不一般，不同往常

類 傾斜（けいしゃ）

例 絵が斜めになっていたので直した。
／因為畫歪了，所以將它調正。

1050 □□□

なにか【何か】

連語・副 什麼；總覺得

例 内容をご確認の上、何か問題があればご連絡ください。
／內容確認後，如有問題請跟我聯絡。

1051 □□□

なべ【鍋】

名 鍋子；火鍋

例 お鍋に肉じゃがを作っておいたから、あっためて食べてね。
／鍋子裡已經煮好馬鈴薯燉肉了，熱一熱再吃喔。

1052 □□□

なま【生】

名・形動 （食物沒有煮過、烤過）生的；直接的，不加修飾的；不熟練，不到火候

類 未熟（みじゅく）

例 この肉、生っぽいから、もう一度焼いて。
／這塊肉看起來還有點生，幫我再煎一次吧。

文法
っぽい［看起來好像…］
▶ 表示有這種感覺或有這種傾向。語氣帶有否定的意味。

讀書計劃：□□／□□

1053 □□□

なみだ【涙】

㊔ 涙，眼淚；哭泣；同情

例 指(ゆび)をドアに挟(はさ)んでしまって、あんまり痛(いた)くて涙(なみだ)が出(で)てきた。

／手指被門夾住了，痛得眼淚都掉下來了。

1054 □□□

なやむ【悩む】

自五 煩惱，苦惱，憂愁；感到痛苦

類 苦悩（くのう）；困る（こまる）

例 あんなひどい女(おんな)のことで、悩(なや)むことはないですよ。

／用不著為了那種壞女人煩惱啊！

文法

ことはない［用不著…］

▸ 表示鼓勵或勸告別人，沒有做某一行為的必要。

1055 □□□

ならす【鳴らす】

他五 鳴，啼，叫；（使）出名；嘮叨；放響屁

例 日本(にほん)では、大晦日(おおみそか)には除夜(じょや)の鐘(かね)を 108 回(かい)鳴(な)らす。

／在日本，除夕夜要敲鐘一百零八回。

1056 □□□

なる【鳴る】

自五 響，叫；聞名

類 音が出る（おとがでる）

例 ベルが鳴(な)ったら、書(か)くのをやめてください。

／鈴聲一響起，就請停筆。

1057 □□□

ナンバー【number】

㊔ 數字，號碼；（汽車等的）牌照

例 犯人(はんにん)の車(くるま)は、ナンバーを隠(かく)していました。

／嫌犯作案的車輛把車號遮起來了。

に

1058 □□□

Track 46

にあう【似合う】

自五 合適，相稱，調和

類 相応しい（そうおうしい）；釣り合う（つりあう）

例 福井(ふくい)さん、黄色(きいろ)が似合(にあ)いますね。

／福井小姐真適合穿黃色的衣服呀！

にえる～ぬける

1059 □□□

にえる【煮える】

自下一 煮熟，煮爛；水燒開；固體融化（成泥狀）；發怒，非常氣憤

類 沸騰する（ふっとうする）

例 もう芋（いも）は煮（に）えましたか。
／芋頭已經煮熟了嗎？

1060 □□□

にがて【苦手】

名・形動 棘手的人或事；不擅長的事物

類 不得意（ふとくい）

例 あいつはどうも苦手（にがて）だ。
／我對那傢伙實在是很感冒。

1061 □□□

にぎる【握る】

他五 握，抓；握飯團或壽司；掌握，抓住；（圍棋中決定誰先下）抓棋子

類 掴む（つかむ）

例 運転中（うんてんちゅう）は、車（くるま）のハンドルを両手（りょうて）でしっかり握（にぎ）ってください。
／開車時請雙手緊握方向盤。

1062 □□□

にくらしい【憎らしい】

形 可憎的，討厭的，令人憎恨的

反 可愛らしい（かわいらしい）

例 うちの子（こ）、反抗期（はんこうき）で、憎（にく）らしいことばっかり言（い）う。
／我家孩子正值反抗期，老是說些惹人討厭的話。

1063 □□□

にせ【偽】

名 假，假冒；贗品

類 偽物（にせもの）

例 レジから偽（にせ）の１万円札（まんえんさつ）が５枚見（まいみ）つかりました。
／收銀機裡發現了五張萬圓偽鈔。

1064 □□□

にせる【似せる】

他下一 模仿，仿效；偽造

類 まねる

例 本物（ほんもの）に似（に）せて作（つく）ってありますが、色（いろ）が少（すこ）し違（ちが）います。
／雖然做得與真物非常相似，但是顏色有些微不同。

1065 □□□

にゅうこくかんりきょく【入国管理局】 ㊔ 入國管理局

例 入国管理局に行って、在留カードを申請した。
／到入境管理局申請了居留證。

1066 □□□

にゅうじょうりょう【入場料】 ㊔ 入場費，進場費

例 動物園の入場料はそんなに高くないですよ。
／動物園的門票並沒有很貴呀。

1067 □□□

にる【煮る】 自五 煮，燉，熬

例 醤油を入れて、もう少し煮ましょう。
／加醬油再煮一下吧！

1068 □□□

にんき【人気】 ㊔ 人緣，人望

例 あのタレントは人気がある。／那位藝人很受歡迎。

ぬ

1069 □□□

Track 47

ぬう【縫う】 他五 縫，縫補；刺繡；穿過，穿行；(醫)縫合(傷口)

類 裁縫（さいほう）

例 母親は、子どものために思いをこめて服を縫った。／母親滿懷愛心地為孩子縫衣服。

文法
をこめて［傾注…］
▶ 表示對某事傾注思念或愛等的感情。

1070 □□□

ぬく【抜く】 自他五‧接尾 抽出，拔去；選出，摘引；消除，排除；省去，減少；超越

例 この虫歯は、もう抜くしかありません。／這顆蛀牙已經非拔不可了。

1071 □□□

ぬける【抜ける】 自下一 脫落，掉落；遺漏；脫；離，離開，消失，散掉；溜走，逃脫

類 落ちる（おちる）

例 自転車のタイヤの空気が抜けたので、空気入れで入れた。
／腳踏車的輪胎已經扁了，用打氣筒灌了空氣。

ぬらす～ねんまつねんし

1072 □□□

ぬらす
【濡らす】

(他五) 浸濕，淋濕，沾濕

(反) 乾かす（かわかす）
(類) 濡れる

(例) この機械(きかい)は、濡(ぬ)らすと壊(こわ)れるおそれがある。
／這機器一碰水，就有可能故障。

文法
恐(おそ)れがある［恐怕會…］
▶ 表示有發生某種消極事件的可能性。只限於用在不利的事件。

1073 □□□

ぬるい
【温い】

(形) 微溫，不冷不熱，不夠熱

(類) 温かい（あたたかい）

(例) 電話(でんわ)がかかってきたせいで、お茶(ちゃ)がぬるくなってしまった。
／由於接了通電話，結果茶都涼了。

文法
せいで［由於］
▶ 發生壞事或會導致某種不利情況或責任的原因。

ね

1074 □□□

ねあがり
【値上がり】

(名·自サ) 價格上漲，漲價

(反) 値下がり（ねさがり）
(類) 高くなる

(例) 近頃(ちかごろ)、土地(とち)の値上(ねあ)がりが激(はげ)しい。
／最近地價猛漲。

1075 □□□

ねあげ
【値上げ】

(名·他サ) 提高價格，漲價

(反) 値下げ（ねさげ）

(例) たばこ、来月(らいげつ)から値上(ねあ)げになるんだって。
／聽說香菸下個月起要漲價。

文法
んだって［聽說…呢］
▶ 表示說話者聽說了某件事，並轉述給聽話者。

1076 □□□

ネックレス
【necklace】

(名) 項鍊

(例) ネックレスをすると肩(かた)がこる。
／每次戴上項鍊，肩膀就酸痛。

讀書計劃：□□／□□

1077 □□□

ねっちゅう【熱中】　名·自サ 熱中，專心；酷愛，著迷於

類 夢中になる（むちゅうになる）

例 子どもは、ゲームに熱中しがちです。
／小孩子容易沈迷於電玩。

1078 □□□

ねむる【眠る】　自五 睡覺；埋藏

反 目覚める（めざめる）
類 睡眠（すいみん）

例 薬を使って、眠らせた。
／用藥讓他入睡。

1079 □□□

ねらい【狙い】　名 目標，目的；瞄準，對準

類 目当て（めあて）

例 家庭での勉強の習慣をつけるのが、宿題を出すねらいです。
／讓學童在家裡養成用功的習慣是老師出作業的目的。

1080 □□□

ねんし【年始】　名 年初；賀年，拜年

反 年末（ねんまつ）
類 年初（ねんしょ）

例 お世話になっている人に、年始の挨拶をする。
／向承蒙關照的人拜年。

1081 □□□

ねんせい【年生】　接尾 …年級生

例 出席日数が足りなくて、3年生に上がれなかった。
／由於到校日數不足，以致於無法升上三年級。

1082 □□□

ねんまつねんし【年末年始】　名 年底與新年

例 年末年始は、ハワイに行く予定だ。
／預定去夏威夷跨年。

の のうか～のばす

1083 □□□

のうか【農家】

名 農民，農戶；農民的家

Track 49

例 農林水産省（のうりんすいさんしょう）によると、日本（にほん）の農家（のうか）は年々（ねんねん）減（へ）っている。

／根據農林水產部的統計，日本的農戶正逐年遞減。

文法

によると［據…說］

▶表示消息、信息的來源，或推測的依據。

1084 □□□

のうぎょう【農業】

名 農耕；農業

例 10年前（ねんまえ）に比（くら）べて、農業（のうぎょう）の機械化（きかいか）はずいぶん進（すす）んだ。

／和十年前相較，農業機械化有長足的進步。

文法

に比（くら）べて［與…相比］

▶表示比較、對照。

1085 □□□

のうど【濃度】

名 濃度

例 空気中（くうきちゅう）の酸素（さんそ）の濃度（のうど）を測定（そくてい）する。

／測量空氣中的氧氣濃度。

1086 □□□

のうりょく【能力】

名 能力；（法）行為能力

類 腕前（うでまえ）

例 能力（のうりょく）とは、試験（しけん）で測（はか）れるものだけではない。

／能力這東西，並不是只有透過考試才能被檢驗出來。

文法

だけ［只有］

▶表示除此之外，別無其他。

1087 □□□

のこぎり【鋸】

名 鋸子

例 のこぎりで板（いた）を切（き）る。

／用鋸子鋸木板。

1088 □□□

のこす【残す】

他五 留下，剩下；存留；遺留；（相撲頂住對方的進攻）開腳站穩

類 余す（あます）

例 好（す）き嫌（きら）いはいけません。残（のこ）さずに全部（ぜんぶ）食（た）べなさい。

／不可以偏食，要把飯菜全部吃完。

1089 □□□

のせる【乗せる】

他下一 放在高處，放到…；裝載；使搭乘；使參加；騙人，誘拐；記載，刊登；合著音樂的拍子或節奏

例 子どもを電車に乗せる。
／送孩子上電車。

1090 □□□

のせる【載せる】

他下一 放在…上，放在高處；裝載，裝運；納入，使參加；欺騙；刊登，刊載

類 積む（つむ）；上に置く

例 新聞に広告を載せたところ、注文がたくさん来た。
／在報上刊登廣告以後，結果訂單就如雪片般飛來了。

文法
たところ［結果…］
▶ 表示因某種目的去作某一動作，在契機下得到後項的結果。

1091 □□□

のぞむ【望む】

他五 遠望，眺望；指望，希望；仰慕，景仰

類 求める（もとめる）

例 あなたが望む結婚相手の条件は何ですか。
／你希望的結婚對象，條件為何？

1092 □□□

のち【後】

名 後，之後；今後，未來；死後，身後

例 今日は晴れのち曇りだって。
／聽說今天的天氣是晴時多雲。

文法
って［聽說…］
▶ 引用自己從別人那裡聽說了某信息。

1093 □□□

ノック【knock】

名・他サ 敲打；（來訪者）敲門；打球

例 ノックの音が聞こえたが、出てみると誰もいなかった。
／雖然聽到了敲門聲，但是開門一看，外面根本沒人。

1094 □□□

のばす【伸ばす】

他五 伸展，擴展，放長；延緩（日期），推遲；發展，發揮；擴大，增加；稀釋；打倒

類 伸長（しんちょう）

例 手を伸ばしてみたところ、木の枝に手が届きました。
／我一伸手，結果就碰到了樹枝。

文法
たところ［結果…］
▶ 表示因某種目的去作某一動作，在契機下得到後項的結果。

のびる～ばい

1095

のびる【伸びる】

自上一（長度等）變長，伸長；（皺摺等）伸展；擴展，到達；（勢力、才能等）擴大，增加，發展

例 中学生（ちゅうがくせい）になって、急（きゅう）に背（せ）が伸（の）びた。／上了中學以後突然長高不少。

1096

のぼり【上り】

名（「のぼる」的名詞形）登上，攀登；上坡（路）；上行列車（從地方往首都方向的列車）；進京

反 下り（くだり）

例 まもなく、上（のぼ）りの急行電車（きゅうこうでんしゃ）が通過（つうか）いたします。／上行快車即將通過月台。

1097

のぼる【上る】

自五 進京；晉級，高昇；（數量）達到，高達

類 上がる（あがる） 反 下る（くだる）

比 有意圖的往上升、移動。

例 足（あし）が悪（わる）くなって階段（かいだん）を上（のぼ）るのが大変（たいへん）です。／腳不好爬樓梯很辛苦。

1098

のぼる【昇る】

自五 上升

比 自然性的往上方移動。

例 太陽（たいよう）が昇（のぼ）るにつれて、気温（きおん）も上（あ）がってきた。

／隨著日出，氣溫也跟著上升了。

文法

につれて［隨著…］

▶ 表示隨著前項的進展，同時後項也隨之發生相應的進展。

1099

のりかえ【乗り換え】

名 換乘，改乘，改搭

例 電車（でんしゃ）の乗（の）り換（か）えで意外（いがい）と迷（まよ）った。

／電車轉乘時居然一時不知道該搭哪一條路線。

1100

のりこし【乗り越し】

名・自サ（車）坐過站

例 乗（の）り越（こ）しの方（かた）は精算（せいさん）してください。／請坐過站的乘客補票。

1101

のんびり

副・自サ 舒適，逍遙，悠然自得

反 くよくよ

類 ゆったり；呑気（のんき）

例 平日（へいじつ）はともかく、週末（しゅうまつ）はのんびりしたい。

／先不說平日是如何，我週末想悠哉地休息一下。

文法

たい［想要…］

▶ 表示說話者的內心想做、想要的。

1102 □□□

バーゲンセール
【bargain sale】

㊔ 廉價出售，大拍賣

Track 50

類 安売り（やすうり）；特売（とくばい）
補 略稱：バーゲン

例 デパートでバーゲンセールが始(はじ)まったよ。
／百貨公司已經開始進入大拍賣囉。

1103 □□□

パーセント
【percent】

㊔ 百分率

例 手数料(てすうりょう)が３パーセントかかる。／手續費要三個百分比。

1104 □□□

パート
【part time 之略】

㊔（按時計酬）打零工

例 母(はは)はスーパーでレジのパートをしている。
／家母在超市兼差當結帳人員。

1105 □□□

ハードディスク
【hard disk】

㊔（電腦）硬碟

例 ハードディスクはパソコンコーナーのそばに置(お)いてあります。
／硬碟就放在電腦展示區的旁邊。

1106 □□□

パートナー
【partner】

㊔ 伙伴，合作者，合夥人；舞伴

類 相棒（あいぼう）

例 彼(かれ)はいいパートナーでした。
／他是一個很好的工作伙伴。

1107 □□□

はい
【灰】

㊔ 灰

例 前(まえ)を歩(ある)いている人(ひと)のたばこの灰(はい)が飛(と)んできた。
／走在前方那個人抽菸的菸灰飄過來了。

1108 □□□

ばい
【倍】

(名·漢造·接尾) 倍，加倍；（數助詞的用法）倍

例 今年(ことし)から、倍(ばい)の給料(きゅうりょう)をもらえるようになりました。
／今年起可以領到雙倍的薪資了。

はいいろ～はくぶつかん

1109 □□□

はいいろ【灰色】 ㊔ 灰色

例 空（そら）が灰色（はいいろ）だ。雨（あめ）になるかもしれない。
／天空是灰色的，說不定會下雨。

1110 □□□

バイオリン【violin】 ㊔（樂）小提琴

例 彼（かれ）は、ピアノをはじめとして、バイオリン、ギターも弾（ひ）ける。
／不單是彈鋼琴，他還會拉小提琴和彈吉他。

文法
をはじめ [以及…]
▶ 表示由核心的人或物擴展到很廣的範圍。

1111 □□□

ハイキング【hiking】 ㊔ 健行，遠足

例 鎌倉（かまくら）へハイキングに行（い）く。
／到鎌倉去健行。

1112 □□□

バイク【bike】 ㊔ 腳踏車；摩托車（「モーターバイク」之略稱）

例 バイクで日本（にほん）のいろいろなところを旅行（りょこう）したい。
／我想要騎機車到日本各地旅行。

文法
たい [想要…]
▶ 表示說話者的內心想做、想要的。

1113 □□□

ばいてん【売店】 ㊔（車站等）小賣店

例 駅（えき）の売店（ばいてん）で新聞（しんぶん）を買（か）う。
／在車站的販賣部買報紙。

1114 □□□

バイバイ【bye-bye】 寒暄 再見，拜拜

例 バイバイ、またね。
／掰掰，再見。

1115 □□□

ハイヒール【high heel】 ㊔ 高跟鞋

例 会社（かいしゃ）に入（はい）ってから、ハイヒールをはくようになりました。
／進到公司以後，才開始穿上了高跟鞋。

讀書計劃：□□／□□

1116 □□□

はいゆう【俳優】

名（男）演員

例 俳優といっても、まだせりふのある役をやったことがない。

／雖說是演員，但還不曾演過有台詞的角色。

文法

といっても［雖說…，但…］

▶表示承認前項的說法，但同時在後項做部分的修正。

1117 □□□

パイロット【pilot】

名 領航員；飛行駕駛員；實驗性的（或唸：パイロット）

類 運転手（うんてんしゅ）

例 飛行機のパイロットを目指して、訓練を続けている。

／以飛機的飛行員為目標，持續地接受訓練。

1118 □□□

はえる【生える】

自下一（草，木）等生長

例 雑草が生えてきたので、全部抜いてもらえますか。

／雜草長出來了，可以幫我全部拔掉嗎？

1119 □□□

ばか【馬鹿】

名・接頭 愚蠢，糊塗

例 ばかなまねはするな。／別做傻事。

1120 □□□

はく・ぱく【泊】

接尾 宿，過夜；停泊

例 ３泊４日の旅行で、京都に１泊、大阪に２泊する。

／這趟四天三夜的旅行將在京都住一晚、大阪住兩晚。

1121 □□□

はくしゅ【拍手】

名・自サ 拍手，鼓掌

類 喝采（かっさい）

例 演奏が終わってから、しばらく拍手が鳴り止まなかった。

／演奏一結束，鼓掌聲持續了好一段時間。

1122 □□□

はくぶつかん【博物館】

名 博物館，博物院

例 上野には大きな博物館がたくさんある。

／很多大型博物館都座落於上野。

はぐるま～バスりょうきん

1123 □□□

はぐるま
【歯車】

㊔ 歯輪

例 機械の調子が悪いので、歯車に油を差した。
／機器的狀況不太好，因此往齒輪裡注了油。

1124 □□□

はげしい
【激しい】

㊆ 激烈，劇烈；（程度上）很高，厲害；熱烈

類 甚だしい（はなはだしい）；ひどい
例 その会社は、激しい価格競争に負けて倒産した。
／那家公司在激烈的價格戰裡落敗而倒閉了。

1125 □□□

はさみ
【鋏】

㊔ 剪刀；剪票鉗

例 体育の授業の間に、制服をはさみでずたずたに切られた。
／在上體育課的時間，制服被人用剪刀剪成了破破爛爛的。

1126 □□□

はし
【端】

㊔ 開端，開始；邊緣；零頭，片段；開始，盡頭

反 中
類 縁（ふち）
例 道の端を歩いてください。
／請走路的兩旁。

1127 □□□

はじまり
【始まり】

㊔ 開始，開端；起源

例 宇宙の始まりは約 137 億年前と考えられています。
／一般認為，宇宙大約起源於一百三十七億年前。

1128 □□□

はじめ
【始め】

名·接尾 開始，開頭；起因，起源；以…為首

反 終わり
類 起こり
例 こんな厚い本、始めから終わりまで全部読まなきゃなんないの。
／這麼厚的書，真的非得從頭到尾全部讀完才行嗎？

讀書計劃：□□／□□

1129 □□□

はしら【柱】

(名·接尾)（建）柱子；支柱；（轉）靠山

例 この柱は、地震が来たら倒れるおそれがある。
／萬一遇到了地震，這根柱子有可能會倒塌。

文法
恐れがある［恐怕會…］
▶ 表示有發生某種消極事件的可能性。只限於用在不利的事件。

1130 □□□

はずす【外す】

(他五) 摘下，解開，取下；錯過，錯開；落後，失掉；避開，躲過

類 とりのける

例 マンガでは、眼鏡を外したら実は美人、ということがよくある。
／在漫畫中，經常出現女孩拿下眼鏡後其實是個美女的情節。

1131 □□□

バスだい【bus 代】

(名) 公車（乘坐）費

類 バス料金

例 鈴木さんが私のバス代を払ってくれました。
／鈴木小姐幫我代付了公車費。

1132 □□□

パスポート【passport】

(名) 護照；身分證

例 パスポートと搭乗券を出してください。
／請出示護照和登機證。

1133 □□□

バスりょうきん【bus 料金】

(名) 公車（乘坐）費

類 バス代

例 大阪までのバス料金は 10 年間同じままです。
／搭到大阪的公車費用，這十年來都沒有漲價。

はずれる～はながら

1134 □□□

Track 51

はずれる【外れる】

自下一 脫落，掉下；（希望）落空，不合（道理）；離開（某一範圍）

反 当たる　類 離れる（はなれる）；逸れる（それる）

例 機械（きかい）の部品（ぶひん）が、外（はず）れるわけがない。

／機器的零件，是不可能會脫落的。

文法

わけがない［不可能…］

▶ 表示從道理上而言，強烈地主張不可能或沒有理由成立。

1135 □□□

はた【旗】

名 旗，旗幟；（佛）幡

例 会場（かいじょう）の入（い）り口（ぐち）には、参加（さんか）する各国（かっこく）の旗（はた）が揚（あ）がっていた。

／與會各國的國旗在會場的入口處飄揚。

1136 □□□

はたけ【畑】

名 田地，旱田；專業的領域

例 畑（はたけ）を耕（たがや）して、野菜（やさい）を植（う）える。

／耕田種菜。

1137 □□□

はたらき【働き】

名 勞動，工作；作用，功效；功勞，功績；功能，機能

類 才能（さいのう）

例 朝（あさ）ご飯（はん）を食（た）べないと、頭（あたま）の働（はたら）きが悪（わる）くなる。

／如果不吃早餐，腦筋就不靈活。

文法

ないと［不…不行］

▶ 表示受限於某個條件、規定，必須要做某件事情。

1138 □□□

はっきり

副・自サ 清楚；直接了當

類 明らか（あきらか）

例 君（きみ）ははっきり言（い）いすぎる。

／你說得太露骨了。

1139 □□□

バッグ【bag】

名 手提包

例 バッグに財布（さいふ）を入（い）れる。

／把錢包放入包包裡。

1140 □□□

はっけん【発見】

名·他サ 發現

類 見つける；見つけ出す

例 博物館(はくぶつかん)に行(い)くと、子(こ)どもたちにとっていろいろな発見(はっけん)があります。

／孩子們去到博物館會有很多新發現。

文法
にとって［對於…來說］
▶ 表示站在前面接的那個詞的立場，來進行後面的判斷或評價。

1141 □□□

はったつ【発達】

名·自サ（身心）成熟，發達；擴展，進步；（機能）發達，發展

例 子(こ)どもの発達(はったつ)に応(おう)じて、おもちゃを与(あた)えよう。

／依小孩的成熟程度給玩具。

1142 □□□

はつめい【発明】

名·他サ 發明

類 発案（はつあん）

例 社長(しゃちょう)は、新(あたら)しい機械(きかい)を発明(はつめい)するたびにお金(かね)をもうけています。

／每逢社長研發出新型機器，就會賺大錢。

文法
たびに［每當…就…］
▶ 表示前項的動作、行為都伴隨後項。

1143 □□□

はで【派手】

名·形動（服裝等）鮮艷的，華麗的；（為引人注目而動作）誇張，做作

反 地味（じみ）　類 艶やか（あでやか）

例 いくらパーティーでも、そんな派手(はで)な服(ふく)を着(き)ることはないでしょう。

／就算是派對，也不用穿得那麼華麗吧。

文法
ことはない［用不著…］
▶ 表示鼓勵或勸告別人，沒有做某一行為的必要。

1144 □□□

はながら【花柄】

名 花的圖樣

類 花模様（はなもよう）

例 花柄(はながら)のワンピースを着(き)ているのが娘(むすめ)です。

／身穿有花紋圖樣的連身洋裝的，就是小女。

はなしあう～ばらばら（な）

1145 □□□

はなしあう【話し合う】

自五 對話，談話；商量，協商，談判

例 今後の計画を話し合って決めた。
／討論決定了往後的計畫。

1146 □□□

はなす【離す】

他五 使…離開，使…分開；隔開，拉開距離

反 合わせる
類 分離（ぶんり）

例 混雑しているので、お子さんの手を離さないでください。
／目前人多擁擠，請牢牢牽住孩童的手。

1147 □□□

はなもよう【花模様】

名 花的圖樣

類 花柄（はながら）

例 彼女はいつも花模様のハンカチを持っています。
／她總是帶著綴有花樣的手帕。

1148 □□□

はなれる【離れる】

自下一 離開，分開；離去；距離，相隔；脫離（關係），背離

反 合う　類 別れる

例 故郷を離れる前に、みんなに挨拶をして回りました。
／在離開故鄉之前，和大家逐一話別了。

1149 □□□

はば【幅】

名 寬度，幅面；幅度，範圍；勢力；伸縮空間

類 広狭（こうきょう）

道路の幅を広げる工事をしている。
／正在進行拓展道路的工程。

1150 □□□

はみがき【歯磨き】

名 刷牙；牙膏，牙膏粉；牙刷

例 毎食後に歯磨きをする。
／每餐飯後刷牙。

1151 □□□

ばめん【場面】

㊔ 場面，場所；情景，（戲劇、電影等）場景，鏡頭；市場的情況，行情（或唸：ばめん）

類 光景（こうけい）；シーン

例 とてもよい映画で、特に最後の場面に感動した。

／這是一部非常好看的電影，尤其是最後一幕更是感人肺腑。

1152 □□□

はやす【生やす】

他五 使生長；留（鬍子）

例 恋人にいくら文句を言われても、彼はひげを生やしている。

／就算被女友抱怨，他依然堅持蓄鬍。

1153 □□□

はやる【流行る】

自五 流行，時興；興旺，時運佳

類 広まる（ひろまる）；流行する（りゅうこうする）

例 こんな商品がはやるとは思えません。

／我不認為這種商品會流行。

1154 □□□

はら【腹】

㊔ 肚子；心思，內心活動；心情，情緒；心胸，度量；胎內，母體內

反 背（せ）　類 腹部（ふくぶ）；お腹（おなか）

例 あー、腹減った。飯、まだ。

／啊，肚子餓了……。飯還沒煮好哦？（較為男性口吻）

1155 □□□

バラエティー【variety】

㊔ 多樣化，豐富多變；綜藝節目（「バラエティーショー」之略稱）

類 多様性（たようせい）

例 彼女はよくバラエティー番組に出ていますよ。

／她經常上綜藝節目唷。

1156 □□□

ばらばら（な）

副 分散貌；凌亂，支離破碎的

類 散り散り（ちりぢり）

例 風で書類が飛んで、ばらばらになってしまった。

／文件被風吹得散落一地了。

バランス～パンフレット

1157 □□□

バランス
【balance】

㊔ 平衡，均衡，均等

類 釣り合い（つりあい）

例 この食事では、栄養のバランスが悪い。
／這種餐食的營養並不均衡。

1158 □□□

はる
【張る】

自五・他五 延伸，伸展；覆蓋；膨脹，負擔過重；展平，擴張；設置，布置

類 覆う（おおう）；太る（ふとる）

例 今朝は寒くて、池に氷が張るほどだった。
／今早好冷，冷到池塘都結了一層薄冰。

文法
ほど［…得］
▶ 用在比喻或舉出具體的例子，來表示動作或狀態處於某種程度。

1159 □□□

バレエ
【ballet】

㊔ 芭蕾舞

類 踊り（おどり）

例 幼稚園のときからバレエを習っています。
／我從讀幼稚園起，就一直學習芭蕾舞。

1160 □□□

バン
【van】

㊔ 大篷貨車

例 新型のバンがほしい。
／想要有一台新型貨車。

文法
がほしい［想要…］
▶ 表示說話者希望得到某物。

1161 □□□

ばん
【番】

名・接尾・漢造 輪班；看守，守衛；（表順序與號碼）第…號；（交替）順序，次序

類 順序（じゅんじょ）、順番（じゅんばん）

例 30分並んで、やっと私の番が来た。
／排隊等了三十分鐘，終於輪到我了。

1162 □□□

はんい
【範囲】

㊔ 範圍，界線

類 区域（くいき）

例 次の試験の範囲は、32ページから60ページまでです。
／這次考試範圍是從第三十二頁到六十頁。

1163 □□□

はんせい
【反省】

名·他サ 反省，自省（思想與行為）；重新考慮

類 省みる（かえりみる）

例 彼は反省して、すっかり元気がなくなってしまった。

／他反省過了頭，以致於整個人都提不起勁。

1164 □□□

はんたい
【反対】

名·自サ 相反；反對

反 賛成（さんせい）

類 あべこべ；否（いな）

例 あなたが社長に反対しちゃ、困りますよ。

／你要是跟社長作對，我會很頭痛的。

1165 □□□

パンツ
【pants】

名 內褲；短褲；運動短褲

類 ズボン

例 子どものパンツと靴下を買いました。

／我買了小孩子的內褲和襪子。

1166 □□□

はんにん
【犯人】

名 犯人

類 犯罪者（はんざいしゃ）

例 犯人はあいつとしか考えられない。

／犯案人非他莫屬。

1167 □□□

パンプス
【pumps】

名 女用的高跟皮鞋，淑女包鞋

例 入社式にはパンプスをはいていきます。

／我穿淑女包鞋參加新進人員入社典禮。

1168 □□□

パンフレット
【pamphlet】

名 小冊子

補 略稱：パンフ

類 案内書（あんないしょ）

例 社に戻りましたら、詳しいパンフレットをお送りいたします。

／我一回公司，會馬上寄給您更詳細的小冊子。

ひ ひ～ひじ

1169 □□□

Track 52

ひ
【非】

名·接頭 非，不是

例 そんなかっこうで会社に来るなんて、非常識だよ。
／居然穿這樣來公司上班，簡直沒有常識！

1170 □□□

ひ
【費】

漢造 消費，花費；費用

例 大学の学費は親が出してくれている。
／大學的學費是由父母支付的。

1171 □□□

ピアニスト
【pianist】

名 鋼琴師，鋼琴家

類 ピアノの演奏家（ピアノのえんそうか）

例 知り合いにピアニストの方はいますか。
／請問你的朋友中有沒有人是鋼琴家呢？

1172 □□□

ヒーター
【heater】

名 電熱器，電爐；暖氣裝置

類 暖房（だんぼう）

例 ヒーターをつけたまま、寝てしまいました。
／我沒有關掉暖爐就睡著了。

1173 □□□

ビール
【(荷)bier】

名 啤酒

例 ビールが好きなせいか、おなかの周りに肉がついてきた。
／可能是喜歡喝啤酒的緣故，肚子長了一圈肥油。

文法

せいか［可能是（因為）…］

▶ 表示發生壞事或不利的原因，但這一原因也不很明確。

1174 □□□

ひがい
【被害】

名 受害，損失

反 加害（かがい）

類 損害（そんがい）

例 悲しいことに、被害は拡大している。
／令人感到難過的是，災情還在持續擴大中。

1175 □□□

ひきうける【引き受ける】 他下一 承擔，負責；照應，照料；應付，對付；繼承

類 受け入れる

例 引き受けたからには、途中でやめるわけにはいかない。
／既然已經接下了這份任務，就不能中途放棄。

文法
からには[既然…，就…]
▶ 表示既然到了這種情況，後面就要「貫徹到底」的說法

わけにはいかない[不能…]
▶ 表示由於一般常識、社會道德或經驗等，那樣做是不可能的、不能做的。

1176 □□□

ひきざん【引き算】 名 減法

反 足し算（たしざん）
類 減法（げんぽう）

例 子どもに引き算の練習をさせた。
／我叫小孩演練減法。

1177 □□□

ピクニック【picnic】 名 郊遊，野餐（或唸：ピクニック）

例 子供が大きくなるにつれて、ピクニックに行かなくなった。
／隨著孩子愈來愈大，也就不再去野餐了。

文法
につれて[隨著…]
▶ 表示隨著前項的進展，同時後項也隨之發生相應的進展。

1178 □□□

ひざ【膝】 名 膝，膝蓋

補 一般指膝蓋，但跪坐時是指大腿上側。例：「膝枕（ひざまくら）」枕在大腿上。

例 膝を曲げたり伸ばしたりすると痛い。
／膝蓋彎曲和伸直時會痛。

1179 □□□

ひじ【肘】 名 肘，手肘

例 テニスで肘を痛めた。
／打網球造成手肘疼痛。

びじゅつ～ひみつ

1180 □□□

びじゅつ【美術】

㊔ 美術

類 芸術（げいじゅつ）、アート

例 中国（ちゅうごく）を中心（ちゅうしん）として、東洋（とうよう）の美術（びじゅつ）を研究（けんきゅう）しています。

／目前正在研究以中國為主的東洋美術。

文法
を中心（ちゅうしん）として［以…為中心］
▶ 表示前項是後項行為、狀態的中心。

1181 □□□

ひじょう【非常】

名·形動 非常，很，特別；緊急，緊迫

類 特別

例 そのニュースを聞（き）いて、彼（かれ）は非常（ひじょう）に喜（よろこ）んだに違（ちが）いない。

／聽到那個消息，他一定會非常的高興。

文法
に違（ちが）いない［一定是］
▶ 説話者根據經驗或直覺，做出非常肯定的判斷。

1182 □□□

びじん【美人】

㊔ 美人，美女（或唸：びじん）

例 やっぱり美人（びじん）は得（とく）だね。

／果然美女就是佔便宜。

1183 □□□

ひたい【額】

㊔ 前額，額頭；物體突出部分

類 おでこ（口語用，並只能用在人體）

例 畑仕事（はたけしごと）をしたら、額（ひたい）が汗（あせ）びっしょりになった。

／下田做農活，忙得滿頭大汗。

1184 □□□

ひっこし【引っ越し】

㊔ 搬家，遷居

例 ３月（がつ）は引（ひ）っ越（こ）しをする人（ひと）が多（おお）い。

／有很多人都在三月份搬家。

1185 □□□

ぴったり

副·自サ 緊緊地，嚴實地；恰好，正適合；說中，猜中

類 ちょうど

例 そのドレス、あなたにぴったりですよ。

／那件禮服，真適合你穿啊！

1186 □□□

ヒット【hit】

名·自サ 大受歡迎，最暢銷；（棒球）安打

類 大当たり（おおあたり）

例 90年代（ねんだい）にヒットした曲（きょく）を集（あつ）めました。

／這裡面彙集了九〇年代的暢銷金曲。

1187 □□□

ビデオ【video】

名 影像，錄影；錄影機；錄影帶

例 録画（ろくが）したけど見（み）ていないビデオがたまる一方（いっぽう）だ。

／雖然錄下來了但是還沒看的錄影帶愈堆愈多。

文法

一方（いっぽう）だ［不斷地…；越來越…］

▶ 某狀況一直朝一個方向不斷發展。多用於消極的、不利的傾向。

1188 □□□

ひとさしゆび【人差し指】

名 食指

類 食指（しょくし）

例 彼女（かのじょ）は、人差（ひとさ）し指（ゆび）に指輪（ゆびわ）をしている。

／她的食指上帶著戒指。

1189 □□□

Track 53

ビニール【vinyl】

名（化）乙烯基；乙烯基樹脂；塑膠

例 本当（ほんとう）はビニール袋（ぶくろ）より紙袋（かみぶくろ）のほうが環境（かんきょう）に悪（わる）い。

／其實紙袋比塑膠袋更容易造成環境污染。

1190 □□□

ひふ・ひふ【皮膚】

名 皮膚

例 冬（ふゆ）は皮膚（ひふ）が乾燥（かんそう）しやすい。

／皮膚在冬天容易乾燥。

1191 □□□

ひみつ【秘密】

名·形動 秘密，機密

例 これは二人（ふたり）だけの秘密（ひみつ）だよ。

／這是只屬於我們兩個的秘密喔。

文法

だけ［只有］

▶ 表示除此之外，別無其他。

ひも～ひろがる

1192 □□□

ひも【紐】

名（布、皮革等的）細繩，帶

例 靴（くつ）のひもがほどけてしまったので、結（むす）び直（なお）した。

／鞋子的綁帶鬆了，於是重新綁了一次。

1193 □□□

ひやす【冷やす】

他五 使變涼，冰鎮；（喻）使冷靜

例 冷蔵庫（れいぞうこ）に麦茶（むぎちゃ）が冷（ひ）やしてあります。

／冰箱裡冰著麥茶。

1194 □□□

びょう【秒】

名・漢造（時間單位）秒

例 僕（ぼく）は 100 m（メートル）を 12 秒（びょう）で走（はし）れる。

／我一百公尺能跑十二秒。

文法

れる［會…］

▶ 表示技術上、身體的能力上，是具有某種能力的。

1195 □□□

ひょうご【標語】

名 標語

例 交通安全（こうつうあんぜん）の標語（ひょうご）を考（かんが）える。

／正在思索交通安全的標語。

1196 □□□

びようし【美容師】

名 美容師

例 人気（にんき）の美容師（びようし）さんに髪（かみ）を切（き）ってもらいました。

／我找了極受歡迎的美髮設計師幫我剪了頭髮。

1197 □□□

ひょうじょう【表情】

名 表情

例 表情（ひょうじょう）が明（あか）るく見（み）えるお化粧（けしょう）のしかたが知（し）りたい。

／我想知道怎麼樣化妝能讓表情看起來比較開朗。

文法

たい［想要…］

▶ 表示説話者的內心想做、想要的。

1198
□□□

ひょうほん
【標本】

㊔ 標本；（統計）樣本；典型

例 ここには珍しい動物の標本が集められています。
／這裡蒐集了一些罕見動物的標本。

1199
□□□

ひょうめん
【表面】

㊔ 表面

類 表（おもて）
例 地球の表面は約７割が水で覆われている。
／地球表面約有百分之七十的覆蓋面積是水。

1200
□□□

ひょうろん
【評論】

名·他サ 評論，批評

類 批評（ひひょう）
例 雑誌に映画の評論を書いている。
／為雜誌撰寫影評。

1201
□□□

びら

㊔（宣傳、廣告用的）傳單

例 駅前で店の宣伝のびらをまいた。
／在車站前分發了商店的廣告單。

1202
□□□

ひらく
【開く】

自五·他五 綻放；開，拉開

類 開ける
例 ばらの花が開きだした。
／玫瑰花綻放開來了。

1203
□□□

ひろがる
【広がる】

自五 開放，展開；（面積、規模、範圍）擴大，蔓延，傳播

反 挟まる（はさまる）
類 拡大（かくだい）
例 悪い噂が広がる一方だ。
／負面的傳聞，越傳越開了。

文法
一方だ［越來越…］
▶ 狀況一直朝著一個方向不斷發展。多用於消極、不利的傾向。

ひろげる～ファスナー

1204 □□□

ひろげる【広げる】

他下一 打開，展開；（面積、規模、範圍）擴張，發展

反 狭まる（せばまる） 類 拡大

例 犯人が見つからないので、捜査の範囲を広げるほかはない。

／因為抓不到犯人，所以只好擴大搜查範圍了。

文法
ほかはない［只好…］
▶ 表示雖然心裡不願意，但又沒有其他方法，只有這唯一的選擇，別無它法。

1205 □□□

ひろさ【広さ】

名 寬度，幅度，廣度

例 その森の広さは3万坪ある。

／那座森林有三萬坪。

1206 □□□

ひろまる【広まる】

自五（範圍）擴大；傳播，遍及

類 広がる

例 おしゃべりな友人のせいで、うわさが広まってしまった。

／由於一個朋友的多嘴，使得謠言散播開來了。

文法
せいで［由於］
▶ 發生壞事或會導致某種不利情況或責任的原因。

1207 □□□

ひろめる【広める】

他下一 擴大，增廣；普及，推廣；披漏，宣揚

類 普及させる（ふきゅうさせる）

例 祖母は日本舞踊を広める活動をしています。

／祖母正在從事推廣日本舞踊的活動。

1208 □□□

びん【瓶】

名 瓶，瓶子

例 缶ビールより瓶ビールの方が好きだ。

／比起罐裝啤酒，我更喜歡瓶裝啤酒。

1209 □□□

ピンク【pink】

名 桃紅色，粉紅色；桃色

例 こんなピンク色のセーターは、若い人向きじゃない。

／這種粉紅色的毛衣，不是適合年輕人穿嗎？

1210 □□□

びんせん
【便箋】

㊔ 信紙，便箋

類 レターペーパー

例 便箋(びんせん)と封筒(ふうとう)を買(か)ってきた。

／我買來了信紙和信封。

1211 □□□

ふ
【不】

Track 54

(接頭·漢造) 不；壞；醜；笨

例 不老不死(ふろうふし)の薬(くすり)なんて、あるわけがない。

／這世上怎麼可能會有長生不老的藥。

文法

わけがない［不可能…］

▶ 表示從道理上而言，強烈地主張不可能或沒有理由成立。

1212 □□□

ぶ
【部】

(名·漢造) 部分；部門；冊

例 君(きみ)はいつもにこにこしているから営業部(えいぎょうぶ)向(む)きだよ。

／你總是笑咪咪的，所以很適合業務部的工作喔！

1213 □□□

ぶ
【無】

(接頭·漢造) 無，沒有，缺乏

例 無遠慮(ぶえんりょ)な質問(しつもん)をされて、腹(はら)が立(た)った。

／被問了一個沒有禮貌的問題，讓人生氣。

1214 □□□

ファストフード
【fast food】

㊔ 速食

例 ファストフードの食(た)べすぎは体(からだ)によくないです。

／吃太多速食有害身體健康。

1215 □□□

ファスナー
【fastener】

㊔（提包、皮包與衣服上的）拉鍊

類 チャック；ジッパー

例 このバッグにはファスナーがついています。

／這個皮包有附拉鍊。

ファックス～ふくむ

1216 □□□

ファックス
【fax】

名・サ変 傳真

例 地図（ちず）をファックスしてください。
／請傳真地圖給我。

1217 □□□

ふあん
【不安】

名・形動 不安，不放心，擔心；不穩定

類 心配

例 不安（ふあん）のあまり、友達（ともだち）に相談（そうだん）に行（い）った。
／因為實在是放不下心，所以找朋友來聊聊。

1218 □□□

ふうぞく
【風俗】

名 風俗；服裝，打扮；社會道德

例 日本各地（にほんかくち）には、それぞれ土地（とち）の風俗（ふうぞく）がある。
／日本各地有不同的風俗習慣。

1219 □□□

ふうふ
【夫婦】

名 夫婦，夫妻

例 夫婦（ふうふ）になったからには、一生助（いっしょうたす）け合（あ）って生（い）きていきたい。
／既然成為夫妻了，希望一輩子同心協力走下去。

文法

からには［既然…，就…］
▶ 表示既然到了這種情況，後面就要「貫徹到底」的說法。

たい［想要…］
▶ 表示說話者的內心想做、想要的。

1220 □□□

ふかのう（な）
【不可能（な）】

形動 不可能的，做不到的

類 できない
反 できる

例 1週間（しゅうかん）でこれをやるのは、経験（けいけん）からいって不可能（ふかのう）だ。
／要在一星期內完成這個，按照經驗來說是不可能的。

文法

からいって［從…來說］
▶ 表示站在某一立場上來進行判斷。相當於「…から考えると」。

1221 □□□

ふかまる【深まる】

(自五) 加深，變深

例 このままでは、両国(りょうこく)の対立(たいりつ)は深(ふか)まる一方(いっぽう)だ。
／再這樣下去，兩國的對立會愈來愈嚴重。

文法
一方(いっぽう)だ [越來越…]
▶ 狀況一直朝著一個方向不斷發展。多用於消極、不利的傾向。

1222 □□□

ふかめる【深める】

(他下一) 加深，加強

例 日本(にほん)に留学(りゅうがく)して、知識(ちしき)を深(ふか)めたい。
／我想去日本留學，研修更多學識。

文法
たい [想要…]
▶ 表示說話者的內心想做、想要的。

1223 □□□

ふきゅう【普及】

(名·自サ) 普及

例 当時(とうじ)は、テレビが普及(ふきゅう)しかけた頃(ころ)でした。
／當時正是電視開始普及的時候。

1224 □□□

ふく【拭く】

(他五) 擦，抹

類 拭う（ぬぐう）

例 教室(きょうしつ)と廊下(ろうか)の床(ゆか)は雑巾(ぞうきん)で拭(ふ)きます。
／用抹布擦拭教室和走廊的地板。

1225 □□□

ふく【副】

(名·漢造) 副本，抄件；副；附帶

例 町長(ちょうちょう)にかわって副町長(ふくちょうちょう)が式(しき)に出席(しゅっせき)した。
／由副鎮長代替鎮長出席了典禮。

文法
にかわって [代替…]
▶ 表示應該由某人做的事，改由其他的人來做。

1226 □□□

ふくむ【含む】

(他五·自四) 含（在嘴裡）；帶有，包含；瞭解，知道；含蓄；懷（恨）；鼓起；（花）含苞

類 包む（つつむ）

例 料金(りょうきん)は、税(ぜい)・サービス料(りょう)を含(ふく)んでいます。
／費用含稅和服務費。

1227 □□□

ふくめる【含める】 他下一 包含，含括；囑咐，告知，指導

類 入れる

例 東京駅での乗り換えも含めて、片道約3時間かかります。

／包括在東京車站換車的時間在內，單程大約要花三個小時。

1228 □□□

ふくろ・ぶくろ【袋】 名 袋子；口袋；囊

例 買ったものを袋に入れる。

／把買到的東西裝進袋子裡。

1229 □□□

ふける【更ける】 自下一 （秋）深；（夜）闌

例 夜が更けるにつれて、気温は一段と下がってきた。

／隨著夜色漸濃，氣溫也降得更低了。

文法

につれて［隨著…］

▶ 表示隨著前項的進展，同時後項也隨之發生相應的進展。

1230 □□□

ふこう【不幸】 名 不幸，倒楣；死亡，喪事

例 夫にも子供にも死なれて、私くらい不幸な女はいない。

／死了丈夫又死了孩子，天底下再沒有像我這樣不幸的女人了。

文法

くらい…はない［沒有…比…的了］

▶ 表示前項程度極高，別的事物都比不上。

1231 □□□

ふごう【符号】 名 符號，記號；（數）符號

例 移項すると符号が変わる。

／移項以後正負號要相反。

1232 □□□

ふしぎ【不思議】 名·形動 奇怪，難以想像，不可思議

類 神秘（しんぴ）

例 ひどい事故だったので、助かったのが不思議なくらいです。

／因為是很嚴重的事故，所以能得救還真是令人覺得不可思議。

1233 □□□

ふじゆう【不自由】

名·形動·自サ 不自由，不如意，不充裕；（手腳）不聽使喚；不方便

類 不便（ふべん）

例 学校生活が、不自由でしょうがない。

／學校的生活令人感到極不自在。

1234 □□□

ふそく【不足】

名·形動·自サ 不足，不夠，短缺；缺乏，不充分；不滿意，不平

反 過剰（かじょう） 類 足りない（たりない）

例 ダイエット中は栄養が不足しがちだ。

／減重時容易營養不良。

文法

がちだ［容易…］

▶ 表示即使是無意的，也容易出現某種傾向。一般多用於負面。

1235 □□□

ふた【蓋】

名（瓶、箱、鍋等）的蓋子；（貝類的）蓋

反 身

類 覆い（おおい）

例 ふたを取ったら、いい匂いがした。

／打開蓋子後，聞到了香味。

1236 □□□

ぶたい【舞台】

名 舞台；大顯身手的地方

類 ステージ

例 舞台に立つからには、いい演技をしたい。

／既然要站上舞台，就想要展露出好的表演。

文法

からには［既然…，就…］

▶ 表示既然到了這種情況，後面就要「貫徹到底」的説法

たい［想要…］

▶ 表示説話者的內心想做、想要的。

1237 □□□

ふたたび【再び】

副 再一次，又，重新

類 また

例 この地を再び訪れることができるとは、夢にも思わなかった。

／作夢都沒有想過自己竟然能重返這裡。

ふたて～ふやす

1238 □□□

ふたて【二手】 ㊔ 兩路

例 道が二手に分かれている。
／道路分成兩條。

1239 □□□

ふちゅうい（な）【不注意（な）】 形動 不注意，疏忽，大意

類 不用意（ふようい）

例 不注意な言葉で妻を傷つけてしまった。
／我脫口而出的話傷了妻子的心。

1240 □□□

ふちょう【府庁】 ㊔ 府辦公室

例 府庁へはどのように行けばいいですか。
／請問該怎麼去府廳（府辦公室）呢？

1241 □□□

ぶつ【物】 名・漢造 大人物；物，東西

例 飛行機への危険物の持ち込みは制限されている。
／禁止攜帶危險物品上飛機。

1242 □□□

ぶっか【物価】 ㊔ 物價

類 値段

例 物価が上がったせいか、生活が苦しいです。
／或許是物價上漲的關係，生活很辛苦。

文法

せいか［可能是（因為）…］

▶ 表示發生壞事或不利的原因，但這一原因也不很明確。

1243 □□□

ぶつける 他下一 扔，投；碰，撞，（偶然）碰上，遇上；正當，恰逢；衝突，矛盾

類 打ち当てる（うちあてる）

例 車をぶつけて、修理代を請求された。
／撞上了車，被對方要求求償修理費。

1244 □□□

Track 55

ぶつり【物理】

㊔（文）事物的道理；物理（學）

例 物理の点が悪かったわりには、化学はまあまあだった。

／物理的成績不好，但比較起來化學是算好的了。

文法

わりには［但是相對之下還算…］

▶ 表示結果跟前項條件不成比例、有出入，或不相稱。

1245 □□□

ふなびん【船便】

㊔ 船運

例 船便だと一ヶ月以上かかります。

／船運需花一個月以上的時間。

1246 □□□

ふまん【不満】

名・形動 不滿足，不滿，不平

反 満足（まんぞく）

類 不平（ふへい）

例 不満そうだな。文句があるなら言えよ。

／你好像不太服氣哦？有意見就說出來啊！

1247 □□□

ふみきり【踏切】

㊔（鐵路的）平交道，道口；（轉）決心

例 車で踏切を渡るときは、手前で必ず一時停止する。

／開車穿越平交道時，一定要先在軌道前停看聽。

1248 □□□

ふもと【麓】

㊔ 山腳

例 青木ヶ原樹海は富士山の麓に広がる森林である。

／青木原樹海是位於富士山山麓的一大片森林。

1249 □□□

ふやす【増やす】

他五 繁殖；增加，添加

反 減らす（へらす）

類 増す（ます）

例 LINE の友達を増やしたい。

／我希望增加 LINE 裡面的好友。

文法

たい［想要…］

▶ 表示說話者的內心想做、想要的。

1250 □□□

フライがえし【fry 返し】

㊔（把平底鍋裡煎的東西翻面的用具）鍋鏟

類 ターナー

例 このフライ返しはとても使いやすい。

／這把鍋鏟用起來非常順手。

1251 □□□

フライトアテンダント【flight attendant】

㊔ 空服員

例 フライトアテンダントを目指して、英語を勉強している。

／為了當上空服員而努力學習英文。

1252 □□□

プライバシー【privacy】

㊔ 私生活，個人私密

類 私生活（しせいかつ）

例 自分のプライバシーは自分で守る。

／自己的隱私自己保護。

1253 □□□

フライパン【frypan】

㊔ 平底鍋

例 フライパンで、目玉焼きを作った。／我用平底鍋煎了荷包蛋。

1254 □□□

ブラインド【blind】

㊔ 百葉窗，窗簾，遮光物

例 姉の部屋はカーテンではなく、ブラインドを掛けています。

／姊姊的房間裡掛的不是窗簾，而是百葉窗。

1255 □□□

ブラウス【blouse】

㊔（多半為女性穿的）罩衫，襯衫

例 お姉ちゃん、ピンクのブラウス貸してよ。

／姊姊，那件粉紅色的襯衫借我穿啦！

1256 □□□

プラス【plus】

名・他サ（數）加號，正號；正數；有好處，利益；加（法）；陽性

反 マイナス　類 加算（かさん）

例 アルバイトの経験は、社会に出てからきっとプラスになる。

／打工時累積的經驗，在進入社會以後一定會有所助益。

1257 □□□

プラスチック
【plastic・plastics】

㊔（化）塑膠，塑料

例 これはプラスチックをリサイクルして作(つく)った服(ふく)です。

／這是用回收塑膠製成的衣服。

1258 □□□

プラットホーム
【platform】

㊔ 月台

補 略稱：ホーム

例 プラットホームでは、黄色(きいろ)い線(せん)の内側(うちがわ)を歩(ある)いてください。

／在月台上行走時請勿超越黃線。

1259 □□□

ブランド
【brand】

㊔（商品的）牌子；商標

類 銘柄（めいがら）

例 ブランド品(ひん)はネットでもたくさん販売(はんばい)されています。

／有很多名牌商品也在網購或郵購通路上販售。

1260 □□□

ぶり
【振り】

造語 樣子，狀態

例 彼(かれ)は、勉強(べんきょう)ぶりの割(わり)には大(たい)した成績(せいせき)ではない。

／他儘管很用功，可是成績卻不怎麼樣。

1261 □□□

ぶり
【振り】

造語 相隔

例 人気俳優(にんきはいゆう)のブルース・チェンが5年(ねん)ぶりに来日(らいにち)した。

／當紅演員布魯斯・陳時隔五年再度訪日。

1262 □□□

プリペイドカード
【prepaid card】

㊔ 預先付款的卡片（電話卡、影印卡等）

例 これは国際電話用(こくさいでんわよう)のプリペイドカードです。

／這是可撥打國際電話的預付卡。

プリンター～ぶんぼうぐ

1263 □□□

プリンター【printer】

名 印表機；印相片機

例 新しい（あたら）プリンターがほしいです。
／我想要一台新的印表機。

文法
がほしい［想要…］
▶ 表示説話者希望得到某物。

1264 □□□

ふる【古】

名·漢造 舊東西；舊，舊的

例 古新聞（ふるしんぶん）をリサイクルに出（だ）す。
／把舊報紙拿去回收。

1265 □□□

ふる【振る】

他五 揮，搖；撒，丟；（俗）放棄，犧牲（地位等）；謝絕，拒絕；派分；在漢字上註假名；（使方向）偏於

類 振るう

例 バスが見（み）えなくなるまで手（て）を振（ふ）って見送（みおく）った。
／不停揮手目送巴士駛離，直到車影消失了為止。

1266 □□□

フルーツ【fruits】

名 水果

類 果物（くだもの）

例 10年近（ねんちか）く、毎朝（まいあさ）フルーツジュースを飲（の）んでいます。
／近十年來，每天早上都會喝果汁。

1267 □□□

ブレーキ【brake】

名 煞車；制止，控制，潑冷水

類 制動機（せいどうき）

例 何（なに）かが飛（と）び出（だ）してきたので、慌（あわ）ててブレーキを踏（ふ）んだ。
／突然有東西跑出來，我便緊急地踩了煞車。

1268 □□□

ふろ（ば）【風呂（場）】

名 浴室，洗澡間，浴池

類 バス

補 風呂（ふろ）：澡堂；浴池；洗澡用熱水。

例 風呂（ふろ）に入（はい）りながら音楽（おんがく）を聴（き）くのが好（す）きです。
／我喜歡一邊泡澡一邊聽音樂。

1269 □□□
ふろや
【風呂屋】
㊔ 浴池，澡堂

例 家の風呂が壊れたので、生まれてはじめて風呂屋に行った。
／由於家裡的浴室故障了，我有生以來第一次上了大眾澡堂。

1270 □□□
ブログ
【blog】
㊔ 部落格

例 このごろ、ブログの更新が遅れがちです。
／最近部落格似乎隔比較久才發新文。

1271 □□□
プロ
【professional 之略】
㊔ 職業選手，專家

反 アマ
類 玄人（くろうと）

例 この店の商品はプロ向けです。
／這家店的商品適合專業人士使用。

1272 □□□
ぶん
【分】
名·漢造 部分；份；本分；地位

例 わーん。お兄ちゃんが僕の分も食べたー。
／哇！哥哥把我的那一份也吃掉了啦！

1273 □□□
ぶんすう
【分数】
㊔（數學的）分數

例 小学4年生のときに分数を習いました。
／我在小學四年級時已經學過「分數」了。

1274 □□□
ぶんたい
【文体】
㊔（某時代特有的）文體；（某作家特有的）風格

例 漱石の文体をまねる。
／模仿夏目漱石的文章風格。

1275 □□□
ぶんぼうぐ
【文房具】
㊔ 文具，文房四寶

例 文房具屋さんで、消せるボールペンを買ってきた。
／去文具店買了可擦拭鋼珠筆。

へ へいき～へやだい

1276 □□□

Track 56

へいき【平気】

(名・形動) 鎮定，冷靜；不在乎，不介意，無動於衷

類 平静（へいせい）

例 たとえ何を言われても、私は平気だ。
／不管別人怎麼說，我都無所謂。

文法
たとえ…ても［即使…也…］
▶ 表示讓步關係，即使是在前項極端的條件下，後項結果仍然成立。

1277 □□□

へいきん【平均】

(名・自サ・他サ) 平均；（數）平均值；平衡，均衡

類 均等（きんとう）

例 集めたデータの平均を計算しました。／計算了彙整數據的平均值。

1278 □□□

へいじつ【平日】

(名)（星期日、節假日以外）平日；平常，平素

反 休日（きゅうじつ） 類 普段（ふだん）

例 デパートは平日でさえこんなに込んでいるのだから、日曜日はすごいだろう。
／百貨公司連平日都那麼擁擠，禮拜日肯定就更多吧。

文法
でさえ［連；甚至］
▶ 用在理所當然的是都不能了，其他的是就更不用說了。

1279 □□□

へいたい【兵隊】

(名) 士兵，軍人；軍隊

例 祖父は兵隊に行っていたとき死にかけたそうです。
／聽說爺爺去當兵時差點死了。

1280 □□□

へいわ【平和】

(名・形動) 和平，和睦

反 戦争（せんそう） 類 太平（たいへい）；ピース

例 広島で、原爆ドームを見て、心から世界の平和を願った。
／在廣島參觀了原爆圓頂館，由衷祈求世界和平。

1281 □□□

へそ【臍】

(名) 肚臍；物體中心突起部分

例 おへそを出すファッションがはやっている。
／現在流行將肚臍外露的造型。

1282 □□□

べつ【別】

名・形動・漢造 分別，區分；分別

例 お金が足りないなら、別の方法がないこともない。
／如果錢不夠的話，也不是沒有其他辦法。

文法
ないこともない［並不是不…］
▶ 使用雙重否定，表示雖然不是全面肯定，但也有那樣的可能性。

1283 □□□

べつに【別に】

副（後接否定）不特別

類 特に

例 別に教えてくれなくてもかまわないよ。
／不教我也沒關係。

1284 □□□

べつべつ【別々】

形動 各自，分別

類 それぞれ

例 支払いは別々にする。／各付各的。

1285 □□□

ベテラン【veteran】

名 老手，內行

類 達人（たつじん）

例 たとえベテランだったとしても、この機械を修理するのは難しいだろう。
／修理這台機器，即使是內行人也感到很棘手的。

文法
たとえ…ても［即使…也…］
▶ 表示讓步關係，即使是在前項極端的條件下，後項結果仍然成立。

としても［即使…，也…］
▶ 表示假設前項是事實或成立，後項也不會起有效的作用。

1286 □□□

へやだい【部屋代】

名 房租；旅館住宿費

例 部屋代は前の月の終わりまでに払うことになっている。
／房租規定必須在上個月底前繳交。

文法
ことになっている［按規定…］
▶ 表示約定或約束人們生活行為的各種規定、法律以及一些慣例。

1287 □□□

へらす【減らす】

他五 減，減少；削減，縮減；空（腹）

反 増やす（ふやす）

類 削る（けずる）

例 あまり急に体重を減らすと、体を壊すおそれがある。

／如果急速減重，有可能把身體弄壞了。

文法

恐れがある［恐怕會…］

▶ 表示有發生某種消極事件的可能性。只限於用在不利的事件。

1288 □□□

ベランダ【veranda】

名 陽台；走廊

類 バルコニー

例 母は朝晩必ずベランダの花に水をやります。

／媽媽早晚都一定會幫種在陽台上的花澆水。

1289 □□□

へる【経る】

自下一 （時間、空間、事物）經過，通過

例 終戦から70年を経て、当時を知る人は少なくなった。

／二戰結束過了七十年，經歷過當年那段日子的人已愈來愈少了。

1290 □□□

へる【減る】

自五 減，減少；磨損；（肚子）餓

反 増える（ふえる）

類 減じる（げんじる）

例 運動しているのに、思ったほど体重が減らない。

／明明有做運動，但體重減輕的速度卻不如預期。

文法

ほど…ない［沒那麼…］

▶ 表示程度並沒有那麼高。

1291 □□□

ベルト【belt】

名 皮帶；（機）傳送帶；（地）地帶

類 帯（おび）

例 ベルトの締め方によって、感じが変わりますね。

／繫皮帶的方式一改變，整個感覺就不一樣了。

1292 □□□

ヘルメット【helmet】

名 安全帽；頭盔，鋼盔

例 自転車に乗るときもヘルメットをかぶった方がいい。

／騎自行車時最好也戴上安全帽。

讀書計劃：□□／□□

1293 □□□

へん【偏】 (名・漢造) 漢字的（左）偏旁；偏，偏頗

例 衣偏は、「衣」という字と形がだいぶ違います。
／衣字邊和「衣」的字形差異很大。

1294 □□□

へん【編】 (名・漢造) 編，編輯；（詩的）卷

例 駅には県観光協会編の無料のパンフレットが置いてある。
／車站擺放著由縣立觀光協會編寫的免費宣傳手冊。

1295 □□□

へんか【変化】 (名・自サ) 變化，改變；（語法）變形，活用

類 変動（へんどう）

例 街の変化はとても激しく、別の場所に来たのかと思うぐらいです。
／城裡的變化，大到幾乎讓人以為來到別處似的。

文法
ぐらい［幾乎…］
▶ 進一步說明前句的動作或狀態的程度，舉出具體事例來。相當於「…ほど」。

1296 □□□

ペンキ【(荷)pek】 (名) 油漆

例 ペンキが乾いてからでなければ、座れない。
／不等油漆乾就不能坐。

文法
てからでなければ［不…就不能…］
▶ 表示如果不先做前項，就不能做後項。

1297 □□□

へんこう【変更】 (名・他サ) 變更，更改，改變

類 変える

例 予定を変更することなく、すべての作業を終えた。
／一路上沒有更動原定計畫，就做完了所有的工作。

1298 □□□

べんごし【弁護士】 (名) 律師

例 将来は弁護士になりたいと考えています。
／我以後想要當律師。

文法
たい［想要…］
▶ 表示說話者的內心想做、想要的。

あ か さ た な は ま や ら わ 練習

1299 □□□

ベンチ【bench】

㊔ 長凳，長椅；（棒球）教練、選手席

類 椅子

例 公園には小さなベンチがありますよ。

／公園裡有小型的長條椅喔。

1300 □□□

べんとう【弁当】

㊔ 便當，飯盒

例 外食は高いので、毎日お弁当を作っている。

／由於外食太貴了，因此每天都自己做便當。

ほ

1301 □□□

Track 57

ほ・ぽ【歩】

名·漢造 步，步行；（距離單位）步

例 友達以上恋人未満の関係から一歩進みたい。

／希望能由目前「是摯友但還不是情侶」的關係再更進一步。

文法

たい［想要…］

▶ 表示說話者的內心想做、想要的。

1302 □□□

ほいくえん【保育園】

㊔ 幼稚園，保育園

類 保育所（ほいくしょ）

比 保育園：通稱。多指面積較大、私立。

保育所：正式名稱。多指面積較小、公立。

例 妹は2歳から保育園に行っています。

／妹妹從兩歲起就讀育幼園。

1303 □□□

ほいくし【保育士】

㊔ 保育士

例 あの保育士は、いつも笑顔で元気がいいです。

／那位幼教老師的臉上總是帶著笑容、精神奕奕的。

1304 □□□

ぼう【防】

漢造 防備，防止；堤防

例 病気はできるだけ予防することが大切だ。

／盡可能事前預防疾病非常重要。

讀書計劃：□□／□□

1305 □□□

ほうこく
【報告】

名·他サ 報告，匯報，告知

類 報知（ほうち）；レポート

例 忙しさのあまり、報告を忘れました。

／因為太忙了，而忘了告知您。

1306 □□□

ほうたい
【包帯】

名·他サ （醫）繃帶

例 傷口を消毒してガーゼを当て、包帯を巻いた。

／將傷口消毒後敷上紗布，再纏了繃帶。

1307 □□□

ほうちょう
【包丁】

名 菜刀；廚師；烹調手藝

類 ナイフ

例 刺身を包丁でていねいに切った。

／我用刀子謹慎地切生魚片。

1308 □□□

ほうほう
【方法】

名 方法，辦法

類 手段（しゅだん）

例 こうなったら、もうこの方法しかありません。

／事已至此，只能用這個辦法了。

1309 □□□

ほうもん
【訪問】

名·他サ 訪問，拜訪

類 訪れる（おとずれる）

例 彼の家を訪問したところ、たいそう立派な家だった。

／拜訪了他家，這才看到是一棟相當氣派的宅邸。

1310 □□□

ぼうりょく
【暴力】

名 暴力，武力

例 親に暴力をふるわれて育った子供は、自分も暴力をふるいがちだ。

／在成長過程中受到家暴的孩童，自己也容易有暴力傾向。

文法

がちだ［容易…］

▶ 表示即使是無意的，也容易出現某種傾向。一般多用於負面。

ほお～ポリエステル

1311 □□□

ほお
【頬】

名 頬，臉蛋（或唸：ほほ）

類 ほほ

例 この子はいつもほおが赤い。
／這孩子的臉蛋總是紅通通的。

1312 □□□

ボーナス
【bonus】

名 特別紅利，花紅；獎金，額外津貼，紅利

例 ボーナスが出ても、使わないで貯金します。
／就算領到獎金也沒有花掉，而是存起來。

1313 □□□

ホーム
【platform 之略】

名 月台

類 プラットホーム

例 ホームに入ってくる快速列車に飛び込みました。
／趁快速列車即將進站時，一躍而下（跳軌自殺）。

1314 □□□

ホームページ
【homepage】

名 網站，網站首頁

例 詳しくは、ホームページをご覧ください。
／詳細內容請至網頁瀏覽。

1315 □□□

ホール
【hall】

名 大廳；舞廳；（有舞台與觀眾席的）會場

例 新しい県民会館には、大ホールと小ホールがある。
／新落成的縣民會館裡有大禮堂和小禮堂。

1316 □□□

ボール
【ball】

名 球；（棒球）壞球

例 東日本大震災で流されたサッカーボールが、アラスカに着いた。
／在日本三一一大地震中被沖到海裡的足球漂到了阿拉斯加。

1317 □□□

ほけんじょ
【保健所】

名 保健所，衛生所

例 保健所で健康診断を受けてきた。
／在衛生所做了健康檢查。

讀書計劃：□□／□□

1318 □□□

ほけんたいいく
【保健体育】

㊔（國高中學科之一）保健體育

例 保健体育(ほけんたいいく)の授業(じゅぎょう)が一番(いちばん)好(す)きです。
／我最喜歡上健康體育課。

1319 □□□

ほっと

副・自サ 嘆氣貌；放心貌

類 安心する（あんしんする）
例 父(ちち)が今日(きょう)を限(かぎ)りにたばこをやめたので、ほっとした。
／聽到父親決定從明天起要戒菸，著實鬆了一口氣。

1320 □□□

ポップス
【pops】

㊔ 流行歌，通俗歌曲（「ポピュラーミュージック」之略稱）

例 80年代(ねんだい)のポップスが最近(さいきん)またはやり始(はじ)めた。
／最近又開始流行起八〇年代的流行歌了。

1321 □□□

ほね
【骨】

㊔ 骨頭；費力氣的事

例 風呂場(ふろば)で滑(すべ)って骨(ほね)が折(お)れた。
／在浴室滑倒而骨折了。

1322 □□□

ホラー
【horror】

㊔ 恐怖，戰慄

例 ホラー映画(えいが)は好(す)きじゃありません。
／不大喜歡恐怖電影。

1323 □□□

ボランティア
【volunteer】

㊔ 志願者，志工

例 ボランティアで、近所(きんじょ)の道路(どうろ)のごみ拾(ひろ)いをしている。
／義務撿拾附近馬路上的垃圾。

1324 □□□

ポリエステル
【polyethylene】

㊔（化學）聚乙稀，人工纖維

例 ポリエステルの服(ふく)は汗(あせ)をほとんど吸(す)いません。
／人造纖維的衣服幾乎都不吸汗。

ぼろぼろ（な）～まかせる

1325 □□□

ぼろぼろ（な）　名・副・形動（衣服等）破爛不堪；（粒狀物）散落貌

例 ぼろぼろな財布（さいふ）ですが、お気（き）に入（い）りのものなので捨（す）てられません。
／我的錢包雖然已經變得破破爛爛的了，可是因為很喜歡，所以捨不得丟掉。

1326 □□□

ほんじつ【本日】　名 本日，今日

類 今日

例 こちらが本日（ほんじつ）のお薦（すす）めのメニューでございます。
／這是今日的推薦菜單。

1327 □□□

ほんだい【本代】　名 買書錢

例 一ヶ月（いっかげつ）の本代（ほんだい）は 3,000 円（えん）ぐらいです。
／我每個月大約花三千日圓買書。

1328 □□□

ほんにん【本人】　名 本人

類 当人（とうにん）

例 本人（ほんにん）であることを確認（かくにん）してからでないと、書類（しょるい）を発行（はっこう）できません。
／如尚未確認他是本人，就沒辦法發放這份文件。

文法
てからでないと［不…就不能…］
▶ 表示如果不先做前項，就不能做後項。

1329 □□□

ほんねん【本年】　名 本年，今年

類 今年

例 昨年（さくねん）はお世話（せわ）になりました。本年（ほんねん）もよろしくお願（ねが）いいたします。
／去年承蒙惠予照顧，今年還望您繼續關照。

1330 □□□

ほんの　連體 不過，僅僅，一點點

類 少し

例 お米（こめ）があとほんの少（すこ）ししかないから、買（か）ってきて。
／米只剩下一點點而已，去買回來。

1331 □□□

Track 58

まい【毎】

(接頭) 毎

例 子どものころ毎朝牛乳を飲んだ割には、背が伸びなかった。

／儘管小時候每天早上都喝牛奶，可是還是沒長高。

1332 □□□

マイク【mike】

(名) 麥克風

例 彼は、カラオケでマイクを握ると離さない。

／一旦他握起麥克風，就會忘我地開唱。

1333 □□□

マイナス【minus】

(名・他サ) (數) 減，減法；減號，負數；負極；(溫度) 零下

反 プラス　類 差し引く（さしひく）

例 この問題は、わが社にとってマイナスになるに決まっている。

／這個問題，對我們公司而言肯定是個負面影響。

文法

に決まっている [肯定是…]

▶ 說話者根據事物的規律，覺得一定是這樣，充滿自信的推測。

1334 □□□

マウス【mouse】

(名) 滑鼠；老鼠

類 ねずみ

例 マウスを持ってくるのを忘れました。

／我忘記把滑鼠帶來了。

1335 □□□

まえもって【前もって】

(副) 預先，事先

例 いつ着くかは、前もって知らせます。

／會事先通知什麼時候抵達。

1336 □□□

まかせる【任せる】

(他下一) 委託，託付；聽任，隨意；盡力，盡量

類 委託（いたく）

例 この件については、あなたに任せます。

／關於這一件事，就交給你了。

まく～マスター

1337 □□□

まく【巻く】

自五・他五 形成漩渦；喘不上氣來；捲；纏繞；上發條；捲起；包圍；（登山）迂迴繞過險處；（連歌，俳諧）連吟

類 丸める

例 今日（きょう）は寒（さむ）いからマフラーを巻（ま）いていこう。

／今天很冷，裹上圍巾再出門吧。

1338 □□□

まくら【枕】

名 枕頭

例 ホテルで、枕（まくら）が合（あ）わなくて、よく眠（ねむ）れなかった。

／旅館裡的枕頭睡不慣，沒能睡好。

1339 □□□

まけ【負け】

名 輸，失敗；減價；（商店送給客戶的）贈品

反 勝ち　類 敗（はい）

例 今回（こんかい）は、私（わたし）の負（ま）けです。

／這次是我輸了。

1340 □□□

まげる【曲げる】

他下一 彎，曲；歪，傾斜；扭曲，歪曲；改變，放棄；（當舖裡的）典當；偷，竊

類 折る

例 膝（ひざ）を曲（ま）げると痛（いた）いので、病院（びょういん）に行（い）った。

／膝蓋一彎就痛，因此去了醫院。

1341 □□□

まご【孫】

名・造語 孫子；隔代，間接

例 孫（まご）がかわいくてしょうがない。

／孫子真是可愛極了。

1342 □□□

まさか

副 （後接否定語氣）絕不…，總不會…，難道；萬一，一旦

類 いくら何でも

例 まさか彼（かれ）が来（く）るとは思（おも）わなかった。

／萬萬也沒料到他會來。

1343 □□□

まざる
【混ざる】

自五 混雜，夾雜

類 混入（こんにゅう）
比 混合後沒辦法區分出原來的東西。例：混色、混音。

例 いろいろな絵の具が混ざって、不思議な色になった。
／裡面夾帶著多種水彩，呈現出很奇特的色彩。

1344 □□□

まざる
【交ざる】

自五 混雜，交雜，夾雜

類 交じる（まじる）
比 混合後仍能區分出各自不同的東西。例：長白髮、卡片。

例 ハマグリのなかにアサリが一つ交ざっていました。
／在這鍋蚌的裡面摻進了一顆蛤蜊。

1345 □□□

まし（な）

形動（比）好些，勝過；像樣

例 もうちょっとましな番組を見たらどうですか。
／你難道不能看比較像樣一些的電視節目嗎？

1346 □□□

まじる
【混じる・交じる】

自五 夾雜，混雜；加入，交往，交際

類 混ざる（まざる）

例 ご飯の中に石が交じっていた。
／米飯裡面摻雜著小的石子。

1347 □□□

マスコミ
【mass communication 之略】

名（透過報紙、廣告、電視或電影等向群眾進行的）大規模宣傳；媒體（「マスコミュニケーション」之略稱）

例 マスコミに追われているところを、うまく逃げ出せた。
／順利擺脫了蜂擁而上的採訪媒體。

1348 □□□

マスター
【master】

名・他サ 老闆；精通

例 日本語をマスターしたい。
／我想精通日語。

文法
たい［想要…］
▶ 表示說話者的內心想做、想要的。

ますます～まつり

1349 □□□

ますます
【益々】

副 越發，益發，更加

類 どんどん

例 若者向けの商品が、ますます増えている。
／迎合年輕人的商品是越來越多。

文法
向けの［適合於…的］
▶ 表示以前項為對象，而做後項的事物。

1350 □□□

まぜる
【混ぜる】

他下一 混入；加上，加進；攙，攙拌

類 混ぜ合わせる

例 ビールとジュースを混ぜるとおいしいです。
／將啤酒和果汁加在一起很好喝。

1351 □□□

まちがい
【間違い】

名 錯誤，過錯；不確實

例 試験で時間が余ったので、間違いがないか見直した。
／考試時還有多餘的時間，所以檢查了有沒有答錯的地方。

1352 □□□

まちがう
【間違う】

他五·自五 做錯，搞錯；錯誤

類 誤る（あやまる）

例 緊張のあまり、字を間違ってしまいました。
／太過緊張，而寫錯了字。

1353 □□□

まちがえる
【間違える】

他下一 錯；弄錯

例 先生は、間違えたところを直してくださいました。
／老師幫我訂正了錯誤的地方。

1354 □□□

まっくら
【真っ暗】

名·形動 漆黑；（前途）黯淡

例 日が暮れるのが早くなったねえ。もう真っ暗だよ。
／太陽愈來愈快下山了呢。已經一片漆黑了呀。

1355 □□□

まっくろ
【真っ黒】

名·形動 漆黑，烏黑

例 日差しで真っ黒になった。／被太陽晒得黑黑的。

讀書計劃：□□／□□

1356 □□□

Track 59

まつげ【まつ毛】

㊔ 睫毛

例 まつ毛がよく抜けます。

／我常常掉睫毛。

1357 □□□

まっさお【真っ青】

名·形動 蔚藍，深藍；(臉色) 蒼白

例 医者の話を聞いて、母の顔は真っ青になった。

／聽了醫師的診斷後，媽媽的臉色變得慘白。

1358 □□□

まっしろ【真っ白】

名·形動 雪白，淨白，皓白

反 真っ黒（まっくろ）

例 雪で辺り一面真っ白になりました。

／雪把這裡變成了一片純白的天地。

文法

▸ 近 ようになる［(變得)…了］

1359 □□□

まっしろい【真っ白い】

形 雪白的，淨白的，皓白的

反 真っ黒い（まっくろい）

例 真っ白い雪が降ってきた。

／下起雪白的雪來了。

1360 □□□

まったく【全く】

副 完全，全然；實在，簡直；(後接否定) 絕對，完全

類 少しも

例 facebook で全く知らない人から友達申請が来た。

／有陌生人向我的臉書傳送了交友邀請。

1361 □□□

まつり【祭り】

名 祭祀；祭日，廟會祭典

例 祭りは今度の金・土・日です。

／祭典將在下週五六日舉行。

まとまる～マフラー

1362 □□□

まとまる【纏まる】

自五 解決，商訂，完成，談妥；湊齊，湊在一起；集中起來，概括起來，有條理

類 調う（ととのう）

例 みんなの意見がなかなかまとまらない。
／大家的意見遲遲無法整合。

1363 □□□

まとめる【纏める】

他下一 解決，結束；總結，概括；匯集，收集；整理，收拾

類 整える（ととのえる）

例 クラス委員を中心に、意見をまとめてください。
／請以班級委員為中心，整理一下意見。

文法
を中心に［以…為中心］
▶ 表示前項是後項行為、狀態的中心。

1364 □□□

まどり【間取り】

名（房子的）房間佈局，採間，平面佈局

例 このマンションは、間取りはいいが、日当たりがよくない。
／雖然這棟大廈的隔間還不錯，但是採光不太好。

1365 □□□

マナー【manner】

名 禮貌，規矩；態度舉止，風格

類 礼儀（れいぎ）

例 食事のマナーは国ごとに違います。
／各個國家的用餐禮儀都不同。

1366 □□□

まないた【まな板】

名 切菜板

例 プラスチックより木のまな板のほうが好きです。
／比起塑膠砧板，我比較喜歡木材砧板。

1367 □□□

まにあう【間に合う】

自五 來得及，趕得上；夠用

類 役立つ（やくだつ）

例 タクシーに乗らなくちゃ、間に合わないですよ。
／要是不搭計程車，就來不及了唷！

文法
なくちゃ［不…不行］
▶ 表示受限於某個條件而必須要做，如果不做，會有不好的結果發生。

1368 □□□

まにあわせる【間に合わせる】

連語 臨時湊合，就將；使來得及，趕出來

例 心配いりません。提出締切日には間に合わせます。

／不必擔心，我一定會在截止期限之前繳交的。

1369 □□□

まねく【招く】

他五（搖手、點頭）招呼；招待，宴請；招聘，聘請；招惹，招致

類 迎える（むかえる）

例 大使館のパーティーに招かれた。

／我受邀到大使館的派對。

1370 □□□

まねる【真似る】

他下一 模效，仿效

類 似せる

例 オウムは人の言葉をまねることができる。

／鸚鵡會學人說話。

1371 □□□

まぶしい【眩しい】

形 耀眼，刺眼的；華麗奪目的，鮮豔的，刺目

類 輝く（かがやく）

例 雲の間から、まぶしい太陽が出てきた。

／耀眼的太陽從雲隙間探了出來。

1372 □□□

まぶた【瞼】

名 眼瞼，眼皮

例 まぶたを閉じると、思い出が浮かんできた。

／闔上眼瞼，回憶則一一浮現。

1373 □□□

マフラー【muffler】

名 圍巾；（汽車等的）滅音器

例 暖かいマフラーをもらった。

／我收到了暖和的圍巾。

まもる～みおくり

1374 □□□

まもる【守る】

他五 保衛，守護；遵守，保守；保持（忠貞）；（文）凝視

類 保護（ほご）

例 心配(しんぱい)いらない。君(きみ)は僕(ぼく)が守(まも)る。

／不必擔心，我會保護你。

1375 □□□

まゆげ【眉毛】

名 眉毛

例 息子(むすこ)の眉毛(まゆげ)は主人(しゅじん)にそっくりです。

／兒子的眉毛和他爸爸長得一模一樣。

1376 □□□

まよう【迷う】

自五 迷，迷失；困惑；迷戀；（佛）執迷；（古）（毛線、線繩等）絮亂，錯亂

反 悟る（さとる） 類 惑う（まどう）

例 山(やま)の中(なか)で道(みち)に迷(まよ)う。

／在山上迷路。

1377 □□□

まよなか【真夜中】

名 三更半夜，深夜

類 夜

反 真昼

例 大(おお)きな声(こえ)が聞(き)こえて、真夜中(まよなか)に目(め)が覚(さ)めました。

／我在深夜被提高嗓門說話的聲音吵醒了。

1378 □□□

マヨネーズ【mayonnaise】

名 美乃滋，蛋黃醬

例 マヨネーズはカロリーが高(たか)いです。

／美奶滋的熱量很高。

1379 □□□

まる【丸】

名・造語・接頭・接尾 圓形，球狀；句點；完全

例 テスト、丸(まる)は三(みっ)つだけで、あとは全部(ぜんぶ)ばつだった。

／考試只寫對了三題，其他全都是錯的。

文法

だけ［只；僅僅］

▶ 表示只限於某範圍，除此以外沒有別的了。

1380 □□□

まるで

副（後接否定）簡直，全部，完全；好像，宛如，恰如

類 さながら

例 そこはまるで夢のように美しかった。
／那裡簡直和夢境一樣美麗。

文法
ように［如同…］
▶ 說話者以其他具體的人事物為例來陳述某件事物的性質。

1381 □□□

まわり【回り】

名・接尾 轉動；走訪，巡迴；周圍；周，圈

類 身の回り

例 日本の回りは全部海です。
／日本四面環海。

1382 □□□

まわり【周り】

名 周圍，周邊

類 周囲（しゅうい）

例 周りの人のことは気にしなくてもかまわない。
／不必在乎周圍的人也沒有關係！

1383 □□□

マンション【mansion】

名 公寓大廈；（高級）公寓

例 高級マンションに住む。／住高級大廈。

1384 □□□

まんぞく【満足】

名・自他サ・形動 滿足，令人滿意的，心滿意足；滿足，符合要求；完全，圓滿

反 不滿 類 満悦（まんえつ）

例 社長がこれで満足するわけがない。
／總經理不可能這樣就會滿意。

文法
わけがない［不可能…］
▶ 表示從道理上而言，強烈地主張不可能或沒有理由成立。

み

1385 □□□

Track 60

みおくり【見送り】

名 送行；靜觀，觀望；（棒球）放著好球不打

反 迎え 類 送る

例 彼の見送り人は 50 人以上いた。／給他送行的人有 50 人以上。

みおくる～みらい

1386 □□□

みおくる【見送る】

他五 目送；送行，送別；送終；觀望，等待（機會）

例 私は彼女を見送るために、羽田空港へ行った。
／我去羽田機場給她送行。

1387 □□□

みかける【見掛ける】

他下一 看到，看出，看見；開始看

例 あの赤い頭の人はよく駅で見かける。
／常在車站裡看到那個頂著一頭紅髮的人。

1388 □□□

みかた【味方】

名・自サ 我方，自己的這一方；夥伴

例 何があっても、僕は君の味方だ。
／無論發生什麼事，我都站在你這邊。

1389 □□□

ミシン【sewingmachine 之略】

名 縫紉機

例 ミシンでワンピースを縫った。
／用縫紉機車縫洋裝。

1390 □□□

ミス【Miss】

名 小姐，姑娘

類 嬢（じょう）

例 ミス・ワールド日本代表に挑戦したいと思います。
／我想挑戰看看世界小姐選美的日本代表。

文法
たい［想要…］
▶ 表示說話者的內心想做、想要的。

1391 □□□

ミス【miss】

名・自サ 失敗，錯誤，差錯

類 誤り（あやまり）

例 どんなに言い訳しようとも、ミスはミスだ。
／不管如何狡辯，失誤就是失誤！

1392 □□□

みずたまもよう【水玉模様】

名 小圓點圖案

例 娘は水玉模様が好きです。／女兒喜歡點點的圖案。

1393 □□□

みそしる【味噌汁】 ㊔ 味噌湯

例 みそ汁は豆腐とねぎのが好きです。
／我喜歡裡面有豆腐和蔥的味噌湯。

1394 □□□

ミュージカル【musical】 ㊔ 音樂劇；音樂的，配樂的

類 芝居

例 オペラよりミュージカルの方が好きです。
／比起歌劇表演，我比較喜歡看歌舞劇。

1395 □□□

ミュージシャン【musician】 ㊔ 音樂家

類 音楽家

例 小学校の同級生がミュージシャンになりました。
／我有位小學同學成為音樂家了。

1396 □□□

みょう【明】 接頭 （相對於「今」而言的）明

例 明日はどういうご予定ですか。／請問明天有什麼預定行程嗎？

1397 □□□

みょうごにち【明後日】 ㊔ 後天

類 明後日（あさって）

例 明後日は文化の日につき、休業いたします。
／基於後天是文化日（11月3日），歇業一天。

文法
につき［因…］
▶ 接在名詞後面，表示其原因、理由。

1398 □□□

みょうじ【名字・苗字】 ㊔ 姓，姓氏

例 日本人の名字は漢字の２字のものが多い。
／很多日本人的名字是兩個漢字。

1399 □□□

みらい【未来】 ㊔ 將來，未來；（佛）來世

例 未来は若い君たちのものだ。／未來是屬於你們年輕人的。

ミリ～むける

1400 □□□

ミリ
【(法)millimetre 之略】

(造語・名) 毫，千分之一；毫米，公厘

例 1時間(じかん)100ミリの雨(あめ)は、怖(こわ)く感(かん)じるほどだ。
／一小時下一百公釐的雨量，簡直讓人覺得可怕。

文法
ほど［得令人］
▶ 表示動作或狀態處於某種程度。

1401 □□□

みる
【診る】

(他上一) 診察

例 風邪気味(かぜぎみ)なので、医者(いしゃ)に診(み)てもらった。
／覺得好像感冒了，所以去給醫師診察。

文法
気味(ぎみ)［有點…；趨勢］
▶ 表示身心、情況等有這種傾向，用在主觀的判斷。多用於消極。

1402 □□□

ミルク
【milk】

(名) 牛奶；煉乳

例 紅茶(こうちゃ)にはミルクをお入(い)れしますか。
／要為您在紅茶裡加牛奶嗎？

1403 □□□

みんかん
【民間】

(名) 民間；民營，私營

例 民間(みんかん)でできることは民間(みんかん)にまかせよう。
／人民可以完成的事就交給人民去做。

1404 □□□

みんしゅ
【民主】

(名) 民主，民主主義

例 あの国(くに)の民主主義(みんしゅしゅぎ)はまだ育(そだ)ちかけだ。
／那個國家的民主主義才剛開始萌芽。

文法
かけた［剛…；開始…］
▶ 表示動作，行為已經開始，正在進行途中，但還沒有結束。

む

1405 □□□

Track 61

むかい
【向かい】

(名) 正對面

類 正面（しょうめん）

例 向(む)かいの家(いえ)には、誰(だれ)が住(す)んでいますか。／誰住在對面的房子？

1406 □□□

むかえ【迎え】

㊔ 迎接；去迎接的人；接，請

反 見送り（みおくり）
類 歓迎（かんげい）
例 迎え（むかえ）の車（くるま）が、なかなか来（き）ません。／接送的車遲遲不來。

1407 □□□

むき【向き】

㊔ 方向；適合，合乎；認真，慎重其事；傾向，趨向；（該方面的）人，人們

類 方向（ほうこう）
例 この雑誌（ざっし）は若（わか）い女性（じょせい）向（む）きです。
／這本雜誌是以年輕女性為取向。

1408 □□□

むく【向く】

（自五・他五）朝，向，面；傾向，趨向；適合；面向，著

類 対する（たいする）
例 下（した）を向（む）いてスマホを触（さわ）りながら歩（ある）くのは事故（じこ）のもとだ。
／走路時低頭滑手機是導致意外發生的原因。

1409 □□□

むく【剥く】

（他五）剝，削

類 薄く切る（うすくきる）
例 りんごをむいてあげましょう。
／我替你削蘋果皮吧。

1410 □□□

むける【向ける】

（自他下一）向，朝，對；差遣，派遣；撥用，用在

類 差し向ける（さしむける）
例 銀行強盗（ぎんこうごうとう）は、銃（じゅう）を行員（こういん）に向（む）けた。
／銀行搶匪拿槍對準了行員。

1411 □□□

むける【剥ける】

（自下一）剝落，脫落

例 ジャガイモの皮（かわ）が簡単（かんたん）にむける方法（ほうほう）を知（し）っていますか。
／你知道可以輕鬆剝除馬鈴薯皮的妙招嗎？

1412 □□□
むじ【無地】
㊔ 素色
類 地味（じみ）
例 色を問わず、無地の服が好きだ。
／不分顏色，我喜歡素面的衣服。

1413 □□□
むしあつい【蒸し暑い】
㊒ 悶熱的
類 暑苦しい（あつくるしい）
例 昼間は蒸し暑いから、朝のうちに散歩に行った。
／因白天很悶熱，所以趁早晨去散步。

文法
うちに［趁…之內］
▶ 表示在前面的環境、狀態持續的期間，做後面的動作。

1414 □□□
むす【蒸す】
(他五·自五) 蒸，熱（涼的食品）；（天氣）悶熱
類 蒸かす（ふかす）
例 肉まんを蒸して食べました。
／我蒸了肉包來吃。

1415 □□□
むすう【無数】
(名·形動) 無數
例 砂漠では、無数の星が空に輝いていた。
／在沙漠裡看天上，有無數的星星在閃爍。

1416 □□□
むすこさん【息子さん】
㊔（尊稱他人的）令郎
反 お嬢さん
類 令息（れいそく）
例 息子さんのお名前を教えてください。
／請教令郎的大名。

1417 □□□
むすぶ【結ぶ】
(他五·自五) 連結，繫結；締結關係，結合，結盟；（嘴）閉緊，（手）握緊
反 解く 類 締結する（ていけつする）
例 髪にリボンを結ぶとき、後ろだからうまくできない。
／在頭髮上綁蝴蝶結時因為是在後腦杓，所以很難綁得好看。

讀書計劃：□□／□□

1418 □□□

むだ【無駄】

(名·形動) 徒勞，無益；浪費，白費

類 無益（むえき）

例 彼を説得しようとしても無駄だよ。

／你說服他是白費口舌的。

1419 □□□

むちゅう【夢中】

(名·形動) 夢中，在睡夢裡；不顧一切，熱中，沉醉，著迷

類 熱中（ねっちゅう）

例 ゲームに夢中になって、気がついたらもう朝だった。

／沉迷於電玩之中，等察覺時已是早上了。

1420 □□□

むね【胸】

(名) 胸部；內心

例 あの人のことを思うと、胸が苦しくなる。

／一想到那個人，心口就難受。

1421 □□□

むらさき【紫】

(名) 紫，紫色；醬油；紫丁香

例 腕のぶつけたところが、青っぽい紫色になった。

／手臂撞到以後變成泛青的紫色了。

文法

っぽい［看起來好像…］

▸ 接在名詞後面作形容詞，表示有這種感覺或有這種傾向。

め

1422 □□□

めい【名】

(名·接頭) 知名…

例 東京の名物を教えてください。

／請告訴我東京的名產是什麼。

1423 □□□

めい【名】

(接尾)（計算人數）名，人

例 三名一組になって作業をしてください。

／請三個人一組做作業。

めい～めんせつ

1424 □□□

めい
【姪】

㊔ 姪女，外甥女

例 今日(きょう)は姪(めい)の誕生日(たんじょうび)です。
／今天是姪子的生日。

1425 □□□

めいし
【名刺】

㊔ 名片

類 刺
例 名刺交換会(めいしこうかんかい)に出席(しゅっせき)した。
／我出席了名片交換會。

1426 □□□

めいれい
【命令】

名・他サ 命令，規定；(電腦)指令

類 指令(しれい)
例 プロメテウスは、ゼウスの命令(めいれい)に反(はん)して人間(にんげん)に火(ひ)を与(あた)えた。
／普羅米修斯違抗了宙斯的命令，將火送給了人類。

1427 □□□

めいわく
【迷惑】

名・自サ 麻煩，煩擾；為難，困窘；討厭，妨礙，打擾

類 困惑(こんわく)
例 人(ひと)に迷惑(めいわく)をかけるな。
／不要給人添麻煩。

1428 □□□

めうえ
【目上】

㊔ 上司；長輩

反 目下(めした)
類 年上
例 目上(めうえ)の人(ひと)には敬語(けいご)を使(つか)うのが普通(ふつう)です。
／一般來說對上司(長輩)講話時要用敬語。

1429 □□□

めくる
【捲る】

他五 翻，翻開；揭開，掀開

例 彼女(かのじょ)はさっきから、見(み)るともなしに雑誌(ざっし)をぱらぱらめくっている。
／她打從剛剛根本就沒在看雜誌，只是有一搭沒一搭地隨手翻閱。

1430 □□□

メッセージ【message】

㊔ 電報，消息，口信；致詞，祝詞；(美國總統)咨文

類 伝言（でんごん）

例 続（つづ）きまして、卒業生（そつぎょうせい）からのメッセージです。

／接著是畢業生致詞。

1431 □□□

メニュー【menu】

㊔ 菜單

例 レストランのメニューの写真（しゃしん）は、どれもおいしそうに見（み）える。

／餐廳菜單上的照片，每一張看起來都好好吃。

1432 □□□

メモリー・メモリ【memory】

㊔ 記憶，記憶力；懷念；紀念品；(電腦)記憶體

類 思い出

例 メモリが不足（ふそく）しているので、写真（しゃしん）が保存（ほぞん）できません。

／由於記憶體空間不足，所以沒有辦法儲存照片。

1433 □□□

めん【綿】

名·漢造 棉，棉線；棉織品；綿長；詳盡；棉，棉花

類 木綿（もめん）

例 綿（めん）100 パーセントの靴下（くつした）を探（さが）しています。

／我正在找百分之百棉質的襪子。

1434 □□□

めんきょ【免許】

名·他サ (政府機關)批准，許可；許可證，執照；傳授秘訣

類 ライセンス

例 学生（がくせい）で時間（じかん）があるうちに、車（くるま）の免許（めんきょ）を取（と）っておこう。

／趁還是學生有空閒，先考個汽車駕照。

文法

うちに[趁…之內]

▶ 表示在前面的環境、狀態持續的期間，做後面的動作。

1435 □□□

めんせつ【面接】

名·自サ (為考察人品、能力而舉行的)面試，接見，會面

類 面会

例 優秀（ゆうしゅう）な人（ひと）がたくさん面接（めんせつ）に来（き）た。

／有很多優秀的人材來接受了面試。

めんどう～もったいない

1436 □□□

めんどう【面倒】

名·形動 麻煩，費事；繁瑣，棘手；照顧，照料

類 厄介（やっかい）

例 手伝おうとすると、彼は面倒くさげに手を振って断った。

／本來要過去幫忙，他卻一副嫌礙事般地揮手說不用了。

も

1437 □□□

Track 63

もうしこむ【申し込む】

他五 提議，提出；申請；報名；訂購；預約（或唸：もうしこむ）

類 申し入れる（もうしいれる）

例 結婚を申し込んだが、断られた。

／我向他求婚，卻遭到了拒絕。

1438 □□□

もうしわけない【申し訳ない】

寒暄 實在抱歉，非常對不起，十分對不起

例 上司の期待を裏切ってしまい、申し訳ない気持ちでいっぱいだ。

／沒能達到上司的期待，心中滿是過意不去。

1439 □□□

もうふ【毛布】

名 毛毯，毯子

例 うちの子は、毛布をかけても寝ている間に蹴ってしまう。

／我家孩子就算蓋上毛毯，睡覺時也會踢掉。

1440 □□□

もえる【燃える】

自下一 燃燒，起火；（轉）熱情洋溢，滿懷希望；（轉）顏色鮮明

類 燃焼する（ねんしょうする）

例 ガスが燃えるとき、酸素が足りないと、一酸化炭素が出る。

／瓦斯燃燒時如果氧氣不足，就會釋放出一氧化碳。

1441 □□□

もくてき【目的】

名 目的，目標

類 目当て（めあて）

例 情報を集めるのが彼の目的に決まっているよ。

／他的目的一定是蒐集情報啊。

文法

に決まっている

［肯定是…］

► 說話者根據事物的規律，覺得一定是這樣，充滿自信的推測。

讀書計劃：□□／□□

1442 □□□

もくてきち【目的地】

㊔ 目的地

例 タクシーで、目的地に着いたとたん料金が上がった。

／乘坐計程車抵達目的地的那一刻又跳錶了。

文法
とたん［剛一…，立刻…］
▶ 表示前項動作和變化完成的一瞬間，發生了後項的動作和變化。

1443 □□□

もしかしたら

(連語·副) 或許，萬一，可能，說不定

類 ひょっとしたら

例 もしかしたら、貧血ぎみなのかもしれません。

／可能有一點貧血的傾向。

文法
気味［趨勢］
▶ 表示身心、情況等有這種傾向，用在主觀的判斷。多用於消極。

1444 □□□

もしかして

(連語·副) 或許，可能

類 たぶん；ひょっとして

例 さっきの電話、もしかして伊藤さんからじゃないですか。

／剛剛那通電話，該不會是伊藤先生打來的吧？

1445 □□□

もしかすると

(副) 也許，或，可能

類 もしかしたら；そうだとすると；ひょっとすると

比 もしかすると：可實現性低的假定。
ひょっとすると：同上，但含事情突發性引起的驚訝感。

例 もしかすると、手術をすることなく病気を治せるかもしれない。

／或許不用手術就能治好病情也說不定。

1446 □□□

もち【持ち】

(接尾) 負擔，持有，持久性

例「気は優しくて力持ち」は男性の理想像です。

／我心目中理想的男性是「個性體貼又身強體壯」。

1447 □□□

もったいない

(形) 可惜的，浪費的；過份的，惶恐的，不敢當

類 殘念（ざんねん）

例 これ全部捨てるの。もったいない。／這個全部都要丟掉嗎？好可惜喔。

もどり～やちん

1448 □□□

もどり
【戻り】

㊔ 恢復原狀；回家；歸途

例 お戻(もど)りは何時(なんじ)ぐらいになりますか。
／請問您大約什麼時候回來呢？

1449 □□□

もむ
【揉む】

他五 搓，揉；捏，按摩；(很多人）互相推擠；爭辯；（被動式型態）錘鍊，受磨練

類 按摩する（あんまする）

例 おばあちゃん、肩(かた)もんであげようか。
／奶奶，我幫您捏一捏肩膀吧？

1450 □□□

もも
【股・腿】

㊔ 股，大腿

例 膝(ひざ)が悪(わる)い人(ひと)は、ももの筋肉(きんにく)を鍛(きた)えるとよいですよ。
／膝蓋不好的人，鍛鍊腿部肌肉有助於復健喔！

1451 □□□

もやす
【燃やす】

他五 燃燒；（把某種情感）燃燒起來，激起

類 焼く（やく）

例 それを燃(も)やすと、悪(わる)いガスが出(で)るおそれがある。
／燒那個的話，有可能會產生有毒氣體。

文法
恐(おそ)れがある［恐怕會…］
▶ 表示有發生某種消極事件的可能性。只限於用在不利的事件。

1452 □□□

もん
【問】

接尾 （計算問題數量）題

例 5問(もん)のうち4問(もん)は正解(せいかい)だ。
／五題中對四題。

1453 □□□

もんく
【文句】

㊔ 詞句，語句；不平或不滿的意見，異議

類 愚痴（ぐち）

例 私(わたし)は文句(もんく)を言(い)いかけたが、彼(かれ)の目(め)を見(み)て言葉(ことば)を失(うしな)った。
／我本來想抱怨，但在看到他的眼神以後，就不知道該說什麼了。

讀書計劃：□□／□□

1454 □□□

Track 64

やかん
【夜間】

㊔ 夜間，夜晚

類 夜

例 夜間は危険なので外出しないでください。／晚上很危險不要外出。

1455 □□□

やくす
【訳す】

他五 翻譯；解釋

類 翻訳する

例 今、宿題で、英語を日本語に訳している最中だ。
／現在正忙著做把英文翻譯成日文的作業。

文法
最中だ [正在…]
▶ 表示某一行為、動作正在進行中。

1456 □□□

やくだつ
【役立つ】

自五 有用，有益

類 有益（ゆうえき）

例 パソコンの知識が就職に非常に役立った。
／電腦知識對就業很有幫助。

1457 □□□

やくだてる
【役立てる】

他下一（供）使用，使…有用

類 利用

例 これまでに学んだことを実生活で役立ててください。
／請將過去所學到的知識技能，在實際的生活上充分展現發揮。

1458 □□□

やくにたてる
【役に立てる】

慣（供）使用，使…有用

類 有用（ゆうよう）

例 少しですが、困っている人の役に立ててください。
／雖然不多，希望可以幫得上需要的人。

1459 □□□

やちん
【家賃】

㊔ 房租

例 家賃があまり高くなくて学生向きのアパートを探しています。
／正在找房租不太貴、適合學生居住的公寓。

文法
向きの [適合…]
▶ 表示為適合前面所接的名詞，而做的事物。

やぬし～ゆうしゅう

1460 □□□

やぬし【家主】

㊔ 房東，房主；戶主（或唸：やぬし）

類 大家

例 うちの家主（やぬし）はとてもいい人（ひと）です。
／我們房東人很親切。

1461 □□□

やはり・やっぱり

副 果然；還是，仍然

類 果たして（はたして）

例 やっぱり、あなたなんかと結婚（けっこん）しなければよかった。
／早知道，我當初就不該和你這種人結婚。

文法

なんか［這樣的］
▶ 表示對所提到的事物或主題，帶有輕視的語氣與態度。

ばよかった［就好了］
▶ 表示説話者對於過去事物的惋惜、感慨。

1462 □□□

やね【屋根】

㊔ 屋頂

例 屋根（やね）から落（お）ちて骨（ほね）を折（お）った。／從屋頂上掉下來摔斷了骨頭。

1463 □□□

やぶる【破る】

他五 弄破；破壞；違反；打敗；打破（記錄）

類 突破する（とっぱする）

例 警官（けいかん）はドアを破（やぶ）って入（はい）った。／警察破門而入。

1464 □□□

やぶれる【破れる】

自下一 破損，損傷；破壞，破裂，被打破；失敗

類 切れる（きれる）

例 上着（うわぎ）がくぎに引（ひ）っ掛（か）かって破（やぶ）れた。／上衣被釘子鉤破了。

1465 □□□

やめる【辞める】

他下一 辭職；休學

例 仕事（しごと）を辞（や）めて以来（いらい）、毎日（まいにち）やることがない。
／自從辭職以後，每天都無事可做。

文法

て以来（いらい）［自從…以來，就一直…］
▶ 表示自從過去發生某事以後，直到現在為止的整個階段。

1466 □□□

やや

副 稍微，略；片刻，一會兒

類 少し

例 スカートがやや短（みじか）すぎると思（おも）います。

／我覺得這件裙子有點太短。

1467 □□□

やりとり【やり取り】

名·他サ 交換，互換，授受

例 高校（こうこう）のときの友達（ともだち）と今（いま）でも手紙（てがみ）のやり取（と）りをしている。

／到現在仍然和高中時代的同學維持通信。

1468 □□□

やるき【やる気】

名 幹勁，想做的念頭

例 彼（かれ）はやる気（き）はありますが、実力（じつりょく）がありません。

／他雖然幹勁十足，但是缺乏實力。

ゆ

1469 □□□

Track 65

ゆうかん【夕刊】

名 晚報

例 うちでは夕刊（ゆうかん）も取（と）っています。

／我家連晚報都訂。

1470 □□□

ゆうき【勇気】

形動 勇敢

類 度胸（どきょう）

例 彼女（かのじょ）に話（はな）しかけるなんて、彼（かれ）にそんな勇気（ゆうき）があるわけがない。

／說什麼和她攀談，他根本不可能有那麼大的勇氣。

文法

わけがない［不可能…］

▶ 表示從道理上而言，強烈地主張不可能或沒有理由成立。

1471 □□□

ゆうしゅう【優秀】

名·形動 優秀

例 国内（こくない）はもとより、国外（こくがい）からも優秀（ゆうしゅう）な人材（じんざい）を集（あつ）める。

／別說國內了，國外也延攬優秀的人才。

文法

はもとより［當然；不用說］

▶ 表示一般程度的前項自然不用說，就連程度較高的後項也不例外。

ゆうじん～ゆのみ

1472 □□□

ゆうじん【友人】 ㊔ 友人，朋友

類 友達

例 多くの友人に助けてもらいました。
／我受到許多朋友的幫助。

1473 □□□

ゆうそう【郵送】 名・他サ 郵寄

類 送る

例 プレゼントを郵送したところ、住所が違っていて戻ってきてしまった。
／將禮物用郵寄寄出，結果地址錯了就被退了回來。

1474 □□□

ゆうそうりょう【郵送料】 ㊔ 郵費

例 速達で送ると、郵送料は高くなります。
／如果以限時急件寄送，郵資會比較貴。

1475 □□□

ゆうびん【郵便】 ㊔ 郵政；郵件

例 注文していない商品が郵便で届き、代金を請求された。
／郵寄來了根本沒訂購的商品，而且還被要求支付費用。

1476 □□□

ゆうびんきょくいん【郵便局員】 ㊔ 郵局局員

例 電話をすれば、郵便局員が小包を取りに来てくれますよ。
／只要打個電話，郵差就會來取件喔。

1477 □□□

ゆうり【有利】 形動 有利

例 英語に加えて中国語もできれば就職に有利だ。
／除了英文，如果還會中文，對於求職將非常有利。

文法
に加えて［而且…］
▶ 表示在現有前項的事物上，再加上後項類似的別的事物。

1478 □□□

ゆか【床】

㊔ 地板

例 日本では、床に布団を敷いて寝るのは普通のことです。

／在日本，在地板鋪上墊被睡覺很常見。

1479 □□□

ゆかい【愉快】

名·形動 愉快，暢快；令人愉快，討人喜歡；令人意想不到

類 楽しい

例 お酒なしでは、みんなと愉快に楽しめない。

／如果沒有酒，就沒辦法和大家一起愉快的享受。

1480 □□□

ゆずる【譲る】

他五 讓給，轉讓；謙讓，讓步；出讓，賣給；改日，延期

類 与える（あたえる）

例 彼は老人じゃないから、席を譲ることはない。

／他又不是老人，沒必要讓位給他。

文法

ことはない［用不著…］

▶ 表示鼓勵或勸告別人，沒有做某一行為的必要。

1481 □□□

ゆたか【豊か】

形動 豐富，寬裕；豐盈；十足，足夠

反 乏しい（とぼしい）

類 十分

例 小論文のテーマは「豊かな生活について」でした。

／短文寫作的題目是「關於豐裕的生活」。

1482 □□□

ゆでる【茹でる】

他下一（用開水）煮，燙

例 この麺は３分ゆでてください。

／這種麵請煮三分鐘。

1483 □□□

ゆのみ【湯飲み】

㊔ 茶杯，茶碗

類 湯呑み茶碗

例 お茶を飲みたいので、湯飲みを取ってください。

／我想喝茶，請幫我拿茶杯。

文法

たい［想要…］

▶ 表示說話者的內心想做、想要的。

ゆめ～よくじつ

1484 □□□

ゆめ【夢】

㊔ 夢；夢想

反 現実

類 ドリーム

例 彼は、まだ甘い夢を見続けている。／他還在做天真浪漫的美夢！

1485 □□□

ゆらす【揺らす】

他五 搖擺，搖動

類 動揺（どうよう）

例 揺りかごを揺らすと、赤ちゃんが喜びます。

／只要推晃搖籃，小嬰兒就會很開心。

1486 □□□

ゆるす【許す】

他五 允許，批准；寬恕；免除；容許；承認；委託；信賴；疏忽，放鬆；釋放

反 禁じる 類 許可する

例 私を捨てて若い女と出て行った夫を絶対に許すものか。

／丈夫拋下我，和年輕女人一起離開了，絕不會原諒他這種人！

文法

ものか［決不…］

▶ 絕不做某事的決心、強烈否定對方的意見。

1487 □□□

ゆれる【揺れる】

自下一 搖晃，搖動；躊躇

類 揺らぐ（ゆらぐ）

例 大きい船は、小さい船ほど揺れない。

／大船不像小船那麼會搖晃。

文法

ほど…ない［不像…那麼…］

▶ 表示兩者比較之下，前者沒有達到後者那種程度。

よ

1488 □□□

Track 66

よ【夜】

㊔ 夜、夜晚

例 夜が明けて、東の空が明るくなってきた。

／天剛破曉，東方的天空泛起魚肚白了。

1489 □□□

よい【良い】

形 好的，出色的；漂亮的；(同意）可以

例 良い子の皆さんは、まねしないでください。

／各位乖寶寶不可以做這種事喔！

1490 □□□

よいしょ

㊀（搬重物等吆喝聲）嘿咻

例「よいしょ」と立ち上がる。／一聲「嘿咻」就站了起來。

1491 □□□

よう【様】

造語・漢造 樣子，方式；風格；形狀

例 N１に合格して、彼の喜び様はたいへんなものだった。
／得知通過了N１級測驗，他簡直喜不自勝。

1492 □□□

ようじ【幼児】

㊔ 學齡前兒童，幼兒

類 赤ん坊

例 幼児は無料で利用できます。／幼兒可免費使用。

1493 □□□

ようび【曜日】

㊔ 星期

例 ごみは種類によって出す曜日が決まっている。
／垃圾必須按照分類規定，於每週固定的日子幾丟棄。

文法
によって［按照…］
▶表示所依據的方法、方式、手段。

1494 □□□

ようふくだい【洋服代】

㊔ 服裝費

類 衣料費

例 子どもたちの洋服代に月２万円もかかります。
／我們每個月會花高達兩萬日圓添購小孩們的衣物。

1495 □□□

よく【翌】

漢造 次，翌，第二

例 酒を飲みすぎて、翌朝頭が痛かった。／喝了太多酒，隔天早上頭痛了。

1496 □□□

よくじつ【翌日】

㊔ 隔天，第二天

類 明日　反 昨日

例 必ず翌日の準備をしてから寝ます。
／一定會先做好隔天出門前的準備才會睡覺。

あ か さ た な は ま や ら わ 練習

よせる～よわめる

1497 □□□

よせる【寄せる】

自下一・他下一 靠近，移近；聚集，匯集，集中；加；投靠，寄身

類 近づく

例 皆様のご意見をお寄せください。

／請先彙整大家的意見。

1498 □□□

よそう【予想】

名・自サ 預料，預測，預計

類 予測

例 こうした問題が起こることは、十分予想できた。

／完全可以想像得到會發生這種問題。

1499 □□□

よのなか【世の中】

名 人世間，社會；時代，時期；男女之情

類 世間（せけん）

例 世の中の動きに伴って、考え方を変えなければならない。

／隨著社會的變化，想法也得要改變才行。

文法

に伴って［隨著…］

▶ 表示隨著前項事物的變化而進展。

1500 □□□

よぼう【予防】

名・他サ 預防

類 予め（あらかじめ）

例 病気の予防に関しては、保健所に聞いてください。

／關於生病的預防對策，請你去問保健所。

文法

に関しては［關於…］

▶ 表示就前項有關的問題，做出「解決問題」性質的後項行為。

1501 □□□

よみ【読み】

名 唸，讀；訓讀；判斷，盤算

例 この字の読みは、「キョウ」「ケイ」の二つです。

／這個字的讀法有「キョウ」和「ケイ」兩種。

1502 □□□

よる【寄る】

自五 順道去…；接近

類 近寄る

例 彼は、会社の帰りに飲みに寄りたがります。

／他下班回家時總喜歡順道去喝兩杯。

1503 □□□

よろこび【喜び】

㊔ 高興，歡喜，喜悅；喜事，喜慶事；道喜，賀喜

反 悲しみ　類 祝い事（いわいごと）

例 子育ては、大変だけれど喜びも大きい。

／養育孩子雖然辛苦，但也相對得到很多喜悅。

1504 □□□

よわまる【弱まる】

自五 變弱，衰弱

例 雪は、夕方から次第に弱まるでしょう。

／到了傍晚，雪勢應該會愈來愈小吧。

1505 □□□

よわめる【弱める】

他下一 減弱，削弱

例 水の量が多すぎると、洗剤の効果を弱めることになる。

／如果水量太多，將會減弱洗潔劑的效果。

ら ら～りか

1506 □□□

Track 67

ら
【等】

接尾（表示複數）們；（同類型的人或物）等

例 君ら、まだ中学生だろ。たばこなんか吸っていいと思ってるの。
／你們還是中學生吧？以為自己有資格抽香菸什麼的嗎？

文法
なんか［什麼的］
▶ 表示從各種事物中例舉其一。

1507 □□□

らい
【来】

接尾 以來

例 彼とは 10 年来の付き合いだ。／我和他已經認識十年了。

1508 □□□

ライター
【lighter】

名 打火機

例 ライターで火をつける。／用打火機點火。

1509 □□□

ライト
【light】

名 燈，光

例 このライトは暗くなると自動でつく。
／這盞燈只要周圍暗下來就會自動點亮。

1510 □□□

らく
【楽】

名・形動・漢造 快樂，安樂，快活；輕鬆，簡單；富足，充裕

類 気楽（きらく）

例 生活が、以前に比べて楽になりました。
／生活比過去快活了許多。

文法
に比べて［與…相比］
▶ 表示比較、對照。

1511 □□□

らくだい
【落第】

名・自サ 不及格，落榜，沒考中；留級

反 合格
類 不合格

例 彼は落第したので、悲しげなようすだった。
／他因為落榜了，所以很難過的樣子。

1512 □□□

ラケット
【racket】

名（網球、乒乓球等的）球拍

例 ラケットを張りかえた。
／重換網球拍。

1513 □□□
ラッシュ【rush】
名（眾人往同一處）湧現；蜂擁，熱潮

類 混雑（こんざつ）

例 28日ごろから帰省ラッシュが始まります。
／從二十八號左右就開始湧現返鄉人潮。

1514 □□□
ラッシュアワー【rushhour】
名 尖峰時刻，擁擠時段

例 ラッシュアワーに遇う。／遇上交通尖峰。

1515 □□□
ラベル【label】
名 標籤，籤條

例 警告用のラベルを貼ったところで、事故は防げない。
／就算張貼警告標籤，也無法防堵意外發生。

文法
たところ［結果…］
▸ 表示因某種目的去作某一動作，在契機下得到後項的結果。

1516 □□□
ランチ【lunch】
名 午餐

例 ランチタイムにはお得なセットがある。／午餐時段提供優惠套餐。

1517 □□□
らんぼう【乱暴】
名・形動・自サ 粗暴，粗魯；蠻橫，不講理；胡來，胡亂，亂打人

類 暴行（ぼうこう）

例 彼の言い方は乱暴で、びっくりするほどだった。
／他的講話很粗魯，嚴重到令人吃驚的程度。

文法
ほど［得令人］
▸ 表示動作或狀態處於某種程度。

り

1518 □□□
Track 68
リーダー【leader】
名 領袖，指導者，隊長

例 山田さんは登山隊のリーダーになった。／山田先生成為登山隊的隊長。

1519 □□□
りか【理科】
名 理科（自然科學的學科總稱）

例 理科系に進むつもりだ。／準備考理科。

1520 □□□

りかい【理解】

名·他サ 理解，領會，明白；體諒，諒解

反 誤解（ごかい） 類 了解（りょうかい）

例 彼がなんであんなことをしたのか、全然理解できない。

／完全無法理解他為什麼會做出那種事。

1521 □□□

りこん【離婚】

名·自サ（法）離婚

例 あんな人とは、もう離婚するよりほかない。

／和那種人除了離婚以外，再也沒有第二條路了。

文法

よりほかない［除了…之外沒有…］

▶ 後面伴隨著否定，表示這是唯一解決問題的辦法。

1522 □□□

リサイクル【recycle】

名·サ変 回收，（廢物）再利用

例 このトイレットペーパーは牛乳パックをリサイクルして作ったものです。／這種衛生紙是以牛奶盒回收再製而成的。

1523 □□□

リビング【living】

名 起居間，生活間

例 伊藤さんのお宅のリビングには大きな絵が飾ってあります。

／伊藤先生的住家客廳掛著巨幅畫作。

1524 □□□

リボン【ribbon】

名 緞帶，絲帶；髮帶；蝴蝶結

例 こんなリボンがついた服、子供っぽくない。

／這種綴著蝴蝶結的衣服，不覺得孩子氣嗎？

1525 □□□

りゅうがく【留学】

名·自サ 留學

例 アメリカに留学する。／去美國留學。

1526 □□□

りゅうこう【流行】

名·自サ 流行，時髦，時興；蔓延

類 はやり

例 去年はグレーが流行したかと思ったら、今年はピンクですか。

／還在想去年是流行灰色，今年是粉紅色啊？

1527 □□□

りょう【両】 (漢造) 雙，兩

例 パイプオルガンは、両手(りょうて)ばかりでなく両足(りょうあし)も使(つか)って演奏(えんそう)する。

／管風琴不單需要雙手，還需要雙腳一起彈奏。

文法
ばかりでなく[不僅…而且…]
▶ 表示除前項的情況之外，還有後項程度更甚的情況。

1528 □□□

りょう【料】 (接尾) 費用，代價

例 入場料(にゅうじょうりょう)が高(たか)かった割(わり)には、大(たい)したことのない展覧会(てんらんかい)だった。

／這場展覽的門票儘管很貴，但是展出內容卻不怎麼樣。

1529 □□□

りょう【領】 (名·接尾·漢造) 領土；脖領；首領

例 プエルトリコは、1898年(ねん)、スペイン領(りょう)から米国領(べいこくりょう)になった。

／波多黎各從一八九八年起，由西班牙領土成了美國領土。

1530 □□□

りょうがえ【両替】 (名·他サ) 兌換，換錢，兌幣

例 円(えん)をドルに両替(りょうがえ)する。

／日圓兌換美金。

1531 □□□

りょうがわ【両側】 (名) 兩邊，兩側，兩方面

類 両サイド

例 川(かわ)の両側(りょうがわ)は崖(がけ)だった。

／河川的兩側是懸崖。

1532 □□□

りょうし【漁師】 (名) 漁夫，漁民

類 漁夫（ぎょふ）

例 漁師(りょうし)の仕事(しごと)をしていると、家(いえ)を留守(るす)にしがちだ。

／如果從事漁夫工作，往往無法待在家裡。

文法
がちだ[往往會…]
▶ 表示即使是無意的，也容易出現某種傾向。一般多用於負面。

りょく～レベル

1533 □□□

りょく
【力】

漢造 力量

例 集中力がある反面、共同作業は苦手だ。
／雖然具有專注力，但是很不擅長通力合作。

文法
反面［另一方面…］
▶ 表示同一種事物，同時兼具兩種不同性格的兩個方面。

る

1534 □□□

Track 69

ルール
【rule】

名 規章，章程；尺，界尺

類 規則（きそく）

例 自転車も交通ルールを守って乗りましょう。
／騎乘自行車時也請遵守交通規則。

1535 □□□

るすばん
【留守番】

名 看家，看家人

例 子供が留守番の最中にマッチで遊んで火事になった。
／孩子單獨看家的時候玩火柴而引發了火災。

文法
最中に［正在…］
▶ 表示某一行為在進行中。常用在突發什麼事的場合。

れ

1536 □□□

Track 70

れい
【礼】

名・漢造 禮儀，禮節，禮貌；鞠躬；道謝，致謝；敬禮；禮品

類 礼儀（れいぎ）

例 いろいろしてあげたのに、礼も言わない。
／我幫他那麼多忙，他卻連句道謝的話也不說。

1537 □□□

れい
【例】

名・漢造 慣例；先例；例子

例 前例がないなら、作ればいい。
／如果從來沒有人做過，就由我們來當開路先鋒。

1538 □□□

れいがい
【例外】

名 例外

類 特別

例 これは例外中の例外です。／這屬於例外中的例外。

1539

れいぎ
【礼儀】

名 禮儀，禮節，禮法，禮貌

類 礼節（れいせつ）

例 部長(ぶちょう)のお子(こ)さんは、まだ小学生(しょうがくせい)なのに礼儀正(れいぎただ)しい。
／總理的孩子儘管還是小學生，但是非常有禮貌。

1540

レインコート
【raincoat】

名 雨衣

例 レインコートを忘(わす)れた。／忘了帶雨衣。

1541

レシート
【receipt】

名 收據；發票

類 領収書（りょうしゅうしょ）

例 レシートがあれば返品(へんぴん)できますよ。／有收據的話就可以退貨喔。

1542

れつ
【列】

名·漢造 列，隊列，隊；排列；行，列，級，排

類 行列（ぎょうれつ）

例 ずいぶん長(なが)い列(れつ)だったけれど、食(た)べたいんだから並(なら)ぶしかない。／雖然排了長長一條人龍，但是因為很想吃，所以只能跟著排隊了。

文法

たい [想要…]

▶ 表示說話者的內心想做、想要的。

しかない [只好…]

▶ 表示只有這唯一可行的，沒有別的選擇。

1543

れっしゃ
【列車】

名 列車，火車

類 汽車

例 列車(れっしゃ)に乗(の)ったとたんに、忘(わす)れ物(もの)に気(き)がついた。
／一踏上火車，就赫然發現忘記帶東西了。

文法

とたんに [剛…就…]

▶ 表示前項動作和變化完成的一瞬間，發生了後項的動作和變化。

1544

レベル
【level】

名 水平，水準；水平線；水平儀

類 平均、水準（すいじゅん）

例 失業(しつぎょう)して、生活(せいかつ)のレベルを維持(いじ)できない。
／由於失業而無法維持以往的生活水準。

れんあい～ろんじる・ろんずる

1545 □□□

れんあい
【恋愛】

㊔・自サ 戀愛

類 恋

例 同僚に隠れて社内恋愛中です。／目前在公司裡偷偷摸摸地和同事談戀愛。

1546 □□□

れんぞく
【連続】

㊔・他サ・自サ 連續，接連

類 引き続く（ひきつづく）

例 うちのテニス部は、３年連続して全国大会に出場している。
／我們的網球隊連續三年都參加全國大賽。

1547 □□□

レンタル
【rental】

㊔・サ変 出租，出賃；租金

例 車をレンタルして、旅行に行くつもりです。／我打算租輛車去旅行。

1548 □□□

レンタルりょう
【rental 料】

㊔ 租金

類 借り賃（かりちん）

例 こちらのドレスのレンタル料は、５万円です。
／擺在這邊的禮服，租用費是五萬圓。

ろ

1549 □□□

Track 71

ろうじん
【老人】

㊔ 老人，老年人

類 年寄り（としより）

例 老人は楽しそうに、「はっはっは」と笑った。
／老人快樂地「哈哈哈」笑了出來。

1550 □□□

ローマじ
【Roma 字】

㊔ 羅馬字（或唸：ローマじ）

例 ローマ字入力では、「を」は「wo」と打つ。
／在羅馬拼音輸入法中，「を」是鍵入「wo」。

1551 □□□

ろくおん
【録音】

㊔・他サ 錄音

例 彼は録音のエンジニアだ。／他是錄音工程師。

1552 □□□

ろくが【録画】 名·他サ 錄影

例 大河(たいが)ドラマを録画(ろくが)しました。／我已經把大河劇錄下來了。

1553 □□□

ロケット【rocket】 名 火箭發動機；(軍) 火箭彈；狼煙火箭 (或唸：ロケット)

例 火星(かせい)にロケットを飛(と)ばす。／發射火箭到火星。

1554 □□□

ロッカー【locker】 名 (公司、機關用可上鎖的) 文件櫃；(公共場所用可上鎖的) 置物櫃，置物箱，櫃子

例 会社(かいしゃ)のロッカーには傘(かさ)が入(い)れてあります。／有擺傘在公司的置物櫃裡。

1555 □□□

ロック【lock】 名·他サ 鎖，鎖上，閉鎖

類 鍵

例 ロックが壊(こわ)れて、事務所(じむしょ)に入(はい)れません。
／事務所的門鎖壞掉了，我們沒法進去。

1556 □□□

ロボット【robot】 名 機器人；自動裝置；傀儡

例 家事(かじ)をしてくれるロボットがほしいです。
／我想要一個會幫忙做家事的機器人。

文法 がほしい [想要…]
▶ 表示說話者希望得到某物。

1557 □□□

ろん【論】 名·漢造·接尾 論，議論

例 一般論(いっぱんろん)として、表現(ひょうげん)の自由(じゆう)は認(みと)められるべきだ。
／一般而言，應該要保障言論自由。

文法 として [作為…]
▶ 表示身份、地位、資格、立場、種類、作用等。有格助詞作用。

べきだ [應當…]
▶ 表示那樣做是應該的、正確的。常用在勸告、禁止及命令的場合。

1558 □□□

ろんじる・ろんずる【論じる・論ずる】 他上一 論，論述，闡述

類 論争する（ろんそうする） 補 サ行変格活用

例 国(くに)のあり方(かた)を論(ろん)じる。／談論國家的理想樣貌。

わ わ～わび

1559 □□□

Track 72

わ
【羽】

接尾 （數鳥或兔子）隻

例 {早口言葉} 裏庭には２羽、庭には２羽、鶏がいる。
／{繞口令} 後院裡有兩隻雞、院子裡有兩隻雞。

1560 □□□

わ
【和】

名 日本

例 伝統的な和菓子には、動物性の材料が全く入っていません。
／傳統的日式糕餅裡完全沒有摻入任何動物性的食材。

1561 □□□

ワイン
【wine】

名 葡萄酒；水果酒；洋酒

例 ワインをグラスにつぐ。
／將紅酒倒入杯子裡。

1562 □□□

わが
【我が】

連體 我的，自己的，我們的

例 何の罪もない我が子を殺すなんて、許せない。
／竟然殺死我那無辜的孩子，絕饒不了他！

1563 □□□

わがまま

名·形動 任性，放肆，肆意

類 自分勝手（じぶんかって）

例 わがままなんか言ってないもん。
／人家才沒有要什麼任性呢！

文法

なんか［什麼的］
▶ 表示從各種事物中例舉其一。

もん［因為…嘛］
▶ 多用在會話。語氣帶有不滿、反抗的情緒。多用於年輕女性或小孩。

1564 □□□

わかもの
【若者】

名 年輕人，青年

類 青年
反 年寄り

例 最近、若者たちの間で農業の人気が高まっている。
／最近農業在年輕人間很受歡迎。

1565 □□□

わかれ【別れ】 ㊔ 別，離別，分離；分支，旁系

類 分離（ぶんり）

例 別れが悲しくて、涙が出てきた。

／由於離別太感傷，不禁流下了眼淚。

1566 □□□

わかれる【分かれる】 自下一 分裂；分離，分開；區分，劃分；區別

例 意見が分かれてしまい、とうとう結論が出なかった。

／由於意見分歧，終究沒能做出結論。

1567 □□□

わく【沸く】 自五 煮沸，煮開；興奮

類 沸騰（ふっとう）

例 お湯が沸いたから、ガスをとめてください。

／水煮開了，請把瓦斯關掉。

1568 □□□

わける【分ける】 他下一 分，分開；區分，劃分；分配，分給；分開，排開，擠開（或唸：わける）

類 分割する（ぶんかつする）

例 5回に分けて支払う。

／分五次支付。

1569 □□□

わずか【僅か】 副·形動（數量、程度、價值、時間等）很少，僅僅；一點也（後加否定）

類 微か（かすか）

例 貯金があるといっても、わずかなものです。

／雖說有儲蓄，但只有一點點。

1570 □□□

わび【詫び】 ㊔ 賠不是，道歉，表示歉意

類 謝罪（しゃざい）

例 丁寧なお詫びの言葉をいただいて、かえって恐縮いたしました。

／對方畢恭畢敬的賠不是，反倒讓我不好意思了。

わらい～わん

1571 □□□

わらい【笑い】

㊔ 笑；笑聲；嘲笑，譏笑，冷笑

類 微笑み（ほほえみ）

例 おかしくて、笑（わら）いが止（と）まらないほどだった。

／實在是太好笑了，好笑到停不下來。

文法

ほど［得令人］

▶ 表示動作或狀態處於某種程度。

1572 □□□

わり【割り・割】

造語 分配；（助數詞用）十分之一，一成；比例；得失

類 パーセント

例 いくら４割引（わりび）きとはいえ、やはりブランド品（ひん）は高（たか）い。

／即使已經打了六折，名牌商品依然非常昂貴。

1573 □□□

わりあい【割合】

㊔ 比例；比較起來

類 比率（ひりつ）

例 一生結婚（いっしょうけっこん）しない人（ひと）の割合（わりあい）が増（ふ）えている。

／終生未婚人口的比例愈來愈高。

1574 □□□

わりあて【割り当て】

㊔ 分配，分擔

例 仕事（しごと）の割（わ）り当（あ）てをする。

／分派工作。

1575 □□□

わりこむ【割り込む】

自五 擠進，插隊；闖進；插嘴

例 列（れつ）に割（わ）り込（こ）まないでください。

／請不要插隊。

1576 □□□

わりざん【割り算】

㊔（算）除法

類 掛け算

例 小（ちい）さな子（こ）どもに、割（わ）り算（ざん）は難（むずか）しいよ。

／對年幼的小朋友而言，除法很難。

1577 □□□

わる【割る】

他五 打，劈開；用除法計算

例 卵（たまご）を割（わ）って、よくかき混（ま）ぜてください。

／請打入蛋後攪拌均勻。

1578 □□□

わん【湾】

名 灣，海灣

例 東京湾（とうきょうわん）にも意外（いがい）とたくさんの魚（さかな）がいる。

／沒想到東京灣竟然也有很多魚。

1579 □□□

わん【椀・碗】

名 碗，木碗；（計算數量）碗

例 和食（わしょく）では、汁物（しるもの）はお椀（わん）を持（も）ち上（あ）げて口（くち）をつけて飲（の）む。

／享用日本料理時，湯菜類是端碗就口啜飲的。

MEMO

N3
TEST

JLPT

*以「國際交流基金日本國際教育支援協會」的「新しい『日本語能力試験』ガイドブック」為基準的三回「文字・語彙　模擬考題」。

問題1　漢字讀音問題 應試訣竅

這道題型要考的是漢字讀音問題，新制日檢出題形式改變了一些，但考點與舊制是一樣的。問題預估為8題。

漢字讀音分音讀跟訓讀，預估音讀跟訓讀將各佔一半的分數。音讀中要注意的有濁音、長短音、促音、撥音…等問題。而日語固有讀法的訓讀中，也要注意特殊的讀音單字。當然，發音上有特殊變化的單字，出現比率也不低。我們歸納分析一下：

1.音讀：接近國語發音的音讀方法。如：「花」唸成「か」、「犬」唸成「けん」。

2.訓讀：日本原來就有的發音。如：「花」唸成「はな」、「犬」唸成「いぬ」。

3.熟語：由兩個以上的漢字組成的單字。如：練習、切手、毎朝、見本等。
其中還包括日本特殊的固定讀法，就是所謂的「熟字訓読み」。如：「小豆」（あずき）、「土産」（みやげ）、「海苔」（のり）等。

4.發音上的變化：字跟字結合時，產生發音上變化的單字。如：春雨（はるさめ）、反応（はんのう）、酒屋（さかや）等。

問題1 ＿＿＿のことばの読み方として最もよいものを1・2・3・4から一つ選びなさい。

1 ここの景色は、いつ見ても最高です。

1 けいいろ　2 けいしょく　3 けしき　4 けいしき

2 伊藤さんは非常に熱心に発音のれんしゅうをしています。

1 ひじょう　2 ひじょお　3 ひじょ　4 ひしょう

3 私が納得し得る説明をしてくださいませんか。

1 なつとく　2 のうとく　3 なとく　4 なっとく

4 医学に興味がありますが、医学部に入るのはとてもむずかしいです。

1 きょおみ　2 きょふみ　3 きょうみ　4 きょみ

5 会社の周りはちかてつもあり、交通がとても便利です。

1 まはり　2 まわり　3 まはあり　4 まわあり

6 優勝を祝って、チームのみんなと乾杯しました。

1 さわって　2 うたって　3 あたって　4 いわって

7 警察にもきかれましたが、あのお嬢さんとわたしは何の関係もありません。

1 おしょうさん　2 おぼうさん　3 おひめさん　4 おじょうさん

8 タクシーの運転手さんに住所をいい間違えた。

1 まちかえた　2 まてがえた　3 まちがえた　4 までがえた

問題2　漢字書寫問題 應試訣竅

這道題型要考的是漢字書寫問題，新制日檢出題形式改變了一些，但考點與舊制是一樣的。問題預估為6題。

這道題要考的是音讀漢字跟訓讀漢字，預估將各佔一半的分數。音讀漢字考點在識別詞的同音異字上，訓讀漢字考點在掌握詞的意義，及該詞的表記漢字上。

解答方式，首先要仔細閱讀全句，從句意上判斷出是哪個詞，浮想出這個詞的表記漢字，確定該詞的漢字寫法。也就是根據句意確定詞，根據詞意來確定字。如果只看畫線部分，很容易張冠李戴，要小心喔。

問題２　＿＿＿のことばを漢字で書くとき、最もよいものを１・２・３・４から一つ選びなさい。

9　われわれはしぜんの恩恵を受けて生きているのだから、感謝しなければなりません。

1　天然　　2　自然　　3　天燃　　4　自燃

10　今日からタイプをとくべつ練習することにしました。

1　得別　　2　特別　　3　侍別　　4　特另

11　夏休みのけいかくについては、あとでお父さんと相談します。

1　計画　　2　什画　　3　辻画　　4　汁画

12　陽気で誰とでもすぐに仲良くなれる子だから、ここをはなれても笑顔でやっていくでしょう。

1　遠れて　　2　別れて　　3　離れて　　4　隔れて

13　発想のゆたかな人が周りにいると、良い刺激をうけることができる。

1　豊　　2　豊な　　3　豊かな　　4　豊たかな

14　３年生の学生は２時になったら講堂にあつまってください。

1　集まって　　2　寄まって　　3　合まって　　4　群って

問題３　選擇符合文脈的詞彙問題 應試訣竅

這道題型要考的是選擇符合文脈的詞彙問題。這是延續舊制的出題方式，問題預估為11題。

這道題主要測試考生是否能正確把握詞義，如類義詞的區別運用能力，及能否掌握日語的獨特用法或固定搭配等等。預測名詞、動詞、形容詞、副詞的出題數都有一定的配分。另外，外來語也估計會出一題，要多注意。

由於我們的國字跟日本的漢字之間，同形同義字占有相當的比率，這是我們得天獨厚的地方。但相對的也存在不少的同形不同義的字，這時候就要注意，不要太拘泥於國字的含義，而混淆詞義。應該多從像「自覚が足りない」（覺悟不夠）、「絶対安静」（得多靜養）、「口が堅い」（口風很緊）等日語固定的搭配，或獨特的用法來做練習才是。這樣才能加深對詞義的理解、並達到豐富詞彙量的目的。

問題３　（　　　　）に入れるのに最もよいものを、１・２・３・４から一つ選びなさい。

15　退職したら、田舎に帰って（　　　）した生活を送りたい。

1　のんびり　　2　のろのろ　　3　まごまご　　4　うっかり

16　おとうさんは50歳をすぎてからだんだん（　　　）だしました。

1　増え　　2　太り　　3　壊れ　　4　足り

17　教会に（　　　）つづけて、もう15年になります。

1　むかえ　　2　かよい　　3　けいけんし　　4　とおり

18　ストレスが（　　　）と、体に色々な症状が出てきます。

1　ためる　　2　とどまる　　3　たまる　　4　たくわえる

19 きょうは寒いので（　　　）にします。

1 スリッパ　2 セーター　3 サンダル　4 ガソリン

20 母への（　　　）を選び終わったら、食事にしましょうか。

1 コンサート　2 プレゼント　3 グラム　4 エレベーター

21 うちの猫は暗くてせまいところに入りたがりますが、（　　　）ですか。

1 りゆう　2 げんいん　3 なぜ　4 わけ

22 夫婦として（　　　）やっていくにはどうすればいいのでしょうか。

1 うまく　2 あまく　3 ほしく　4 すごく

23 家族で（　　　）が見えるホテルに泊まろうと思う。

1 おみやげ　2 もめん　3 みずうみ　4 いっぱん

24 （　　　）を送ったのに、届いていなかったようです。

1 いいわけ　2 でんごん　3 でんわ　4 でんぽう

25 半分も使わずに捨ててしまうなんて、（　　　）といったらないですよ。

1 でたらめ　2 のろい　3 やかましい　4 もったいない

問題4　替換同義詞 應試訣竅

這道題型要考的是替換同義詞的問題，這是延續舊制的出題方式，問題預估為5題。

這道題的題目會給一個較難的詞彙，請考生從四個選項中，選出意思相近的詞彙來。選項中的詞彙一般比較簡單。也就是把難度較高的詞彙，改成較簡單的詞彙。

預測名詞、動詞、形容詞、副詞的出題數都有一定的配分。另外，外來語估計也會出一題，要多注意。

針對這道題，準備的方式是，將詞義相近的字一起記起來。這樣，透過聯想記憶來豐富詞彙量，並提高答題速度。

問題4　＿＿＿のことばに最も近いものを、1・2・3・4から一つ選びなさい。

26　時々寒い日があるので、まだストーブはしまっていません。

1　つかって　2　もちいて　3　かたづけて　4　すませて

27　伊藤さんのコミュニケーションの技術は大したものだ。

1　おおきい　2　すごい　3　じゅうぶん　4　いだい

28　先輩としてアドバイスするとしたら、みなさんにはぜひ柔軟性を身につけてほしいですね。

1　責任　2　忠告　3　指導　4　説明

29　この広告の主な狙いは、若者の関心を引くことにあります。

1　役割　2　目標　3　役目　4　目的

30　どういう状況でけがをしたのか、おおよその様子を話してください。

1　はっきりとした　2　だいたいの　3　ほぼの　4　本当の

問題 5　判斷詞彙正確的用法 應試訣竅

這道題型要考的是判斷詞彙正確用法的問題，這是延續舊制的出題方式，問題預估為 5 題。

詞彙在句子中怎樣使用才是正確的，是這道題主要的考點。預測名詞、動詞、形容詞、副詞的出題數都有一定的配分。名詞以2個漢字組成的詞彙為主，動詞有漢字跟純粹假名的，副詞就舊制的出題形式來看，也有一定的比重。

針對這一題型，該怎麼準備呢？方法是，平常背詞彙的時候，多看例句，多唸幾遍例句，最好是把單字跟例句一起背起來。這樣，透過仔細觀察單字在句中的用法與搭配的形容詞、動詞、副詞…等，可以有效增加自己的「日語語感」。而該詞彙是否適合在該句子出現，很容易就能感覺出來了。

問題5　つぎのことばの使い方として最もよいものを、１・２・３・４から一つ選びなさい。

31　かみ

1　かみがずいぶん長くなったので、切ろうと思います。

2　ご飯を食べた後はかみをきれいに磨きます。

3　小さいごみがかみに入って、痛いです。

4　風邪を引かないように家に着いたら、かみを洗いましょう。

32　ひろう

1　鈴木さんがかわいいギターを私にひろいました。

2　学校へ行く途中500円ひろいました。

3　いらなくなった本は友達にひろいます。

4　燃えないごみは火曜日の朝にひろいます。

あ
か
さ
た
な
は
ま
や
ら
わ
練習

33 たおれる

1　今日は道がたおれやすいので、気をつけてね。

2　高校の横の大きな木がたおれました。

3　コンピューターが水に濡れてたおれてしまいました。

4　消しゴムが机からたおれました。

34 もっとも

1　意見を言っても、もっとも聞いてもらえないなら、言うだけ無駄でしょう。

2　もっともだから、普段あまり食べられないものをいただきましょうよ。

3　冷静に考えれば、彼女が反発を覚えるのももっともです。

4　日帰り旅行でも、家族と一緒に行ければ、それだけでもっとも嬉しいです。

35 少なくとも

1　この対策で少なくとも効果が出るとは限らない。

2　事件の影響を受けて、少なくとも5000万円の損失が見込まれている。

3　人気の俳優が出演していると言っても、少なくとも面白い作品だろう。

4　彼は製品の特徴どころか、少なくとも商品名さえ覚えていない。

問題1　＿＿＿のことばの読み方として最もよいものを1・2・3・4から一つ選びなさい。

1　あには政治や法律を勉強しています。

1　せいじ　　2　せえじ　　3　せっじ　　4　せじ

2　信用していたからこそ、裏切られた悲しみが、次第に恨みにかわっていった。

1　しんよう　　2　しよう　　3　しいよう　　4　しうよう

3　どういうわけか夜間のほうが日中より集中して、暗記することができます。

1　やま　　2　よるま　　3　やかん　　4　よるかん

4　警官に事故のことをいろいろ話しました。

1　じこう　　2　じっこ　　3　じこ　　4　じこお

5　火事の原因は煙草だと分かりました。

1　げえいん　　2　げんいん　　3　げへいん　　4　げえい

6　朝から首の具合がわるいので、病院に行きたいです。

1　くび　　2　ぐび　　3　くひ　　4　ぐひ

7　引っ越し会社の工員から上手な運搬の方法を教わったところです。

1　おさわった　　2　おしわった　　3　おせわった　　4　おそわった

8　社長からの贈り物は今夜届くことになっています

1　ととく　　2　どどく　　3　どとく　　4　とどく

問題2　＿＿＿のことばを漢字で書くとき、最もよいものを１・２・３・４から一つ選びなさい。

9　台風のせいで水道もでんきもとまってしまいました。

1　電池　　2　電気　　3　電機　　4　電器

10　送別会が始まると同時に、卒業生が立ち上がって、先生に向かっておじぎをした。

1　お辞儀　　2　お自儀　　3　お辞義　　4　お辞議

11　作品ごとにくべつして、書道はこちら、彫刻はあちらに展示しています。

1　区別　　2　区分　　3　工別　　4　工分

12　まぶたを閉じると、悲劇がまるで昨日のことのように浮かんできます。

1　瞳　　2　目　　3　眼　　4　瞼

13　私の家では夕食の時間は８時ときまっています。

1　決っています　　2　決ています

3　決まっています　　4　決めています

14　太鼓のリズムに合わせて、幕が少しずつおろされます。

1　垂ろされ　　2　下ろされ　　3　落ろされ　　4　卸ろされ

問題3　（　　　　）に入れるのに最もよいものを、1・2・3・4から一つ選びなさい。

15 台風のせいで、水は止まるし、（　　　）し、散々な一日でした。
1 ていしゃする　2 ていしする　3 ていでんする　4 きゅうがくする

16 勉強しているところ、（　　　）してすみません。
1 不便　2 適当　3 邪魔　4 複雑

17 珍しいものがたくさん展示してあると聞いたので、ちょっと（　　　）させてくださいませんか。
1 紹介　2 拝見　3 案内　4 用意

18 どこからかパンを（　　　）匂いがします。
1 やける　2 かわく　3 わかす　4 やく

19 部品に問題があることが分かったので、発売日が（　　　）ことになりました。
1 変化する　2 変化される　3 変更する　4 変更される

20 どの（　　　）を使うか今日中に決めなくちゃいけない。
1 アルバイト　2 テキスト　3 サンドイッチ　4 テスト

21 今から明日提出する（　　　）の資料をさがして、まとめないといけません。
1 レポート　2 リード　3 クリーニング　4 サイン

22 学ぶことの（　　　）がやっと分かってきました。

1 おかしさ　　2 たのしさ　　3 さびしさ　　4 うまさ

23 こんな平和な時代に、（　　　）戦争が起きるなんて、夢にも思わなかった。

1 まさか　　2 もしかすると　　3 まさに　　4 さすが

24 出かけようと思っていたところ、私の（　　　）がお腹が痛いといいだした。

1 むすめ　　2 じんこう　　3 ぼく　　4 ひと

25 彼女ができてからというもの、山田君はずいぶん（　　　）が悪くなった。

1 交際　　2 付き合い　　3 往復　　4 交流

問題4　＿＿＿のことばに最も近いものを、1・2・3・4から一つ選びなさい。

26　幼稚園児にはこのスカートはやや大きい。

1　ずいぶん　　2　かなり　　3　少し　　4　相当

27　冷ましてから食べた方が、味が良く染みておいしいですよ。

1　こごえて　　2　ふるえて　　3　こおらせて　　4　つめたくして

28　野球の場内アナウンスをやらせてもらいました。

1　案内　　2　放送　　3　警備　　4　裁判

29　プールに入る人は、壁に貼ってある決まりを守らなければいけません。

1　義務　　2　決定　　3　注文　　4　規則

30　小犬がしきりに足を動かしている。

1　たちまち　　2　ごういんに　　3　そっと　　4　絶えず

問題5　つぎのことばの使い方として最もよいものを、1・2・3・4から一つ選びなさい。

31 おれい

1 すみません。私の間違いでした。ここにおれいさせていただきます。

2 合格できたのはあなたのおかげです。ぜひおれいさせてください。

3 駅まで鈴木さんをおれいにいってきます。

4 事故にあった友人のおれいに病院へ行きます。

32 つつむ

1 そこにある野菜を全部なべにつつんでください。

2 旅行の荷物は全部かばんにつつみましょうね。

3 プレゼントをきれいな紙でつつみました。

4 お店の品物は棚につつんであります。

33 あく

1 水曜日なら時間があいています。

2 お腹がとてもあいたので、なにか食べたいです。

3 テストの点数があいたのでお母さんに怒られました。

4 風邪を引いてすこしあいてしまったようです。

34 果たして

1 吹雪は今夜から果たしてひどくなるでしょう。

2 教授の指示通りにすれば、実験が果たして成功するはずです。

3 摂取するカロリーを制限して、夏までに体重を果たして45キロにします。

4 この成績で果たして希望する大学に合格できるのだろうか。

35 ますます

1 映画館の入り口でますます大学時代の友人に会って、びっくりしました。

2 機器を最新のものに取り換えたおかげで、ますます仕事の効率が上がりました。

3 10時間に及んだ手術がますます終了するそうです。

4 種を植えて、大切に育てたトマトを昨日ますます収穫しました。

第三回　新制日檢模擬考題【語言知識—文字・語彙】

問題 1　＿＿＿＿のことばの読み方として最もよいものを１・２・３・４から一つ選びなさい。

1　30歳という年齢の割に、彼は驚くほど幼稚です。

1　ようぢ　　2　ようち　　3　よおち　　4　よっち

2　さきほどの手品は誰にも真似できない高度なものだそうです。

1　まに　　2　しんに　　3　もことに　　4　まね

3　どうやら希望したとおり、薬局に就職することができそうです。

1　しゅしょく　　2　しゅうじょく　　3　しゅうしょく　　4　しゅっしょく

4　経済のことなら伊藤さんに伺ってください。彼の専門ですから。

1　せんも　　2　せえもん　　3　せいもん　　4　せんもん

5　世界のいろんなところで戦争があります。

1　せんそお　　2　せんぞう　　3　せんそう　　4　せんそ

6　母が郵送してくれた箱の中身は、産地直送の果実でした。

1　なかしん　　2　ちゅうしん　　3　なかみ　　4　ちゅうみ

7　母は隣の寺の木を大切に育てています。

1　おてら　　2　てら　　3　おでら　　4　おってら

8　大きな鏡が応接間のよこにかけてあります。

1　がかみ　　2　かかみ　　3　かがみ　　4　かっかみ

問題2　＿＿＿のことばを漢字で書くとき、最もよいものを１・２・３・４から一つ選びなさい。

9　芝居があまりに下手だったので、盛り上がるはずのばめんも静かなものでした。

1　場面　　2　馬面　　3　場緬　　4　場所

10　おしょうがつには食卓にお餅が上ります。

1　お明月　　2　お正月　　3　お疋月　　4　お互月

11　この１ヶ月の間にたいじゅうが５キロも増加してしまいました。

1　体積　　2　体重　　3　休重　　4　体熏

12　大きな地震がおきて、たくさんの家がこわれました。

1　損れました　　2　壊れました　　3　破れました　　4　障れました

13　このままだと、弟においこされてしまうんじゃないかしら。

1　抜越されて　　2　追い越されて　　3　通り越されて　　4　追い超されて

14　いなかのほうが都会より安全といえますか。

1　田舎　　2　村里　　3　田園　　4　港町

問題３　（　　　　）に入れるのに最もよいものを、１・２・３・４から一つ選びなさい。

15　ざんねんですが、入学説明会へのしゅっせきは（　　　）させていただきます。

1　遠慮　　2　考慮　　3　利用　　4　心配

16　忘れたいことを（　　　）しまった。

1　起こして　　2　捕まえて　　3　思って　　4　思い出して

17　古いカメラですが、（　　　）するまで使いつづけるつもりです。

1　しっぱい　　2　ゆしゅつ　　3　りよう　　4　こしょう

18　もしあと1時間遅く病院についていたら、（　　　）でしょうと言われました。

1　助からなかった　　2　助けなかった　　3　望めなかった　　4　望まなかった

19　おにぎりを作るご飯はもう（　　　）ある。

1　ゆでて　　2　炊いて　　3　煮て　　4　焦げて

20　高校生になったら（　　　）をしたいとかんがえています。

1　オートバイ　　2　アルバイト　　3　テキスト　　4　テニスコート

21　明日の待ち合わせ場所は駅の改札にしますか。それとも（　　　）にしますか。

1　プラスチック　　2　プラットホーム

3　パターン　　4　セメント

22 こちらが今日の（　　　）メニューでございます。

1 しんせつ　　2 だいじ　　3 とくべつ　　4 じゅうぶん

23 注意しても（　　　）親のいうことを聞きません。

1 きっと　　2 ちっとも　　3 だいたい　　4 とうとう

24 娘は反抗期に入ったのか、あれがいい、これが嫌だと（　　　）を言うようになりました。

1 皮肉　　2 問い　　3 わがまま　　4 独り言

25 私が手を振って（　　　）したら、撮影を開始してください。

1 看板　　2 合図　　3 目印　　4 標識

問題４　＿＿＿＿のことばに最も近いものを、１・２・３・４から一つ選びなさい。

26　もし遠足が延期になったら、それはそれでやっかいだ。

1　からっぽ　　2　いたずら　　3　いじわる　　4　めんどう

27　春から転勤されることは、鈴木より承っております。

1　係って　　2　話して　　3　聞いて　　4　拝んで

28　スポーツでプロ選手とアマチュア選手の違いってどこだと思いますか。

1　専門家　　2　達人　　3　玄人　　4　愛好家

29　こういう柄のシャツは珍しいから、少しぐらい高くても買いたいです。

1　色　　2　模様　　3　スタイル　　4　様子

30　何度も話し合いを重ねて、ようやく計画の方向が見えてきました。

1　たちまち　　2　おそらく　　3　やっと　　4　きっと

問題5　つぎのことばの使い方として最もよいものを、１・２・３・４から一つ選びなさい。

31 したぎ

1　したぎの下にセーターを着るとあたたかいです。

2　太陽が強い日はしたぎをかぶりなさい。

3　したぎを右と左、はき間違えました。

4　したぎは毎日かえなさい。

32 たな

1　すみません、たなからお茶碗をとってくれませんか。

2　スーパーで買ってきたお肉やお魚はたなに入れてあります。

3　どうぞたなに座ってゆっくりしてください。

4　ご飯ができましたから、たなに運んでいただきましょう。

33 ふえる

1　よく食べるので、だんだん体がふえてきました。

2　成績がふえたのでお父さんが褒めてくれました。

3　政治に興味がない人がふえています。

4　最近ガソリンの値段がふえました。

34 所々

1　長い間休んでいないので、今月は休暇を所々とることにします。

2　彼は家族や友人など所々の人にとても愛されています。

3　孫が遊びに来ると、所々遊園地に行ったり動物園に行ったりします。

4　所々空席が見られますが、初日としては観客も多く、好調な出だしといえるでしょう。

35　まるで

1　解決してしまうと、あんなに悩んでいたのがまるで嘘のように感じられます。

2　フランス語が話せると言っても、まるで簡単な挨拶ができるだけです。

3　さっきテレビに映っていたのは、まるでおじいちゃんに違いない。

4　私の記憶が正しければ、ゆきちゃんはまるで上司の遠い親戚ですよ。

第一回

問題 1

1	3	2	1	3	4	4	3	5	2
6	4	7	4	8	3				

問題 2

9	2	10	2	11	1	12	3	13	3
14	1								

問題3

15	1	16	2	17	2	18	3	19	2
20	2	21	3	22	1	23	3	24	4
25	4								

問題4

26	3	27	2	28	2	29	4	30	2

問題5

31	1	32	2	33	2	34	3	35	2

第二回

問題 1

1	1	2	1	3	3	4	3	5	2
6	1	7	4	8	4				

問題 2

9　2	10　1	11　1	12　4	13　3
14　2				

問題3

15　3	16　3	17　2	18　4	19　4
20　2	21　1	22　2	23　1	24　1
25　2				

問題4

26　3	27　4	28　2	29　4	30　4

問題5

31　2	32　3	33　1	34　4	35　2

第三回

問題 1

1　2	2　4	3　3	4　4	5　3
6　3	7　2	8　3		

問題 2

9　1	10　2	11　2	12　2	13　2
14　1				

問題3

15　1	16　4	17　4	18　1	19　2
20　2	21　2	22　3	23　2	24　3
25　2				

問題4

26 4	27 3	28 4	29 2	30 3

問題5

31 4	32 1	33 3	34 4	35 1

精修 重音版

隨看 隨聽 朗讀QR code 線上下載學習更方便

新制對應 絕對合格！

日檢必背單字

[25K+附QR Code線上音檔＋實戰MP3]

【日檢智庫QR碼 03】

■ 發行人／林德勝

■ 著者／吉松由美、田中陽子、西村惠子、山田社日檢題庫小組

■ 出版發行／山田社文化事業有限公司
臺北市大安區安和路一段112巷17號7樓
電話 02-2755-7622
傳真 02-2700-1887

■ 郵政劃撥／ 19867160號 大原文化事業有限公司

■ 總經銷／ 聯合發行股份有限公司
新北市新店區寶橋路235巷6弄6號2樓
電話 02-2917-8022
傳真 02-2915-6275

■ 印刷／上鎰數位科技印刷有限公司

■ 法律顧問／林長振法律事務所 林長振律師

■ 書+MP3+QR Code／定價 新台幣410元

■ 初版／2022年 08 月

© ISBN：978-986-246-697-1

STS
山田社

STS
山田社

STS
山田社

STS

山田社